KB000733

신재인

대학에서 화학, 철학 공부

직장생활

직업 없는 생활

영화를 쓰고 연출함. 단편 〈재능있는 소년 이준섭〉, 〈그의 진실이 전진한다〉 등이 미장센, 아시아나, 대한민국영화상 등에서, 장편 〈신성일의 행방불명〉이 베를린국제영화제, 뱅쿠버국제영화제 등에서 수상하였다. 몇 가지 주제에 대해 공부 중. 필요악에 대한 연구서 『필요악』, 소심자 처세서 『작은 심장의 메아리』, 왕따 연구서, 강간 연구서 등을 쓰고 있거나 준비 중. 나오려면 한참 멀었다. 더 멀리 가면 노년에 낼 회고록 『동태 같은 내 인생』도 벌써 쓰고 있다.

처세술연구회, 플롯연구회 등 운영

포도주

포도주

신재인소설

궁리
KungRee

일러두기

*작가의 의도를 살려 일부 어휘는 외래어표기법 및 맞춤법을 따르지 않았습니다.

예) 아인쉬타인, 싸르트르, 바램, 짜장면 등

서문

이것은 삭은 포도처럼 향기로운 냄새를 풍기지는 않을 것이다. 그러나 나는 이것에 포도향을 주입하고 포도주라는 이름을 붙여 줄 것이다. 그리고 멋들어진 필기체로 금색 이파리와 넝쿨도 몇 개 달린 포, 도, 주를 새겨 줄 것이다.

그러면 사람들은 이것을 통상적인 상술(商術)의 범위 내에 포함된다 여길 것이고 그들은

이것에서 어떠한 우정 비슷한 것과 운명 비슷한 것과 누구든 누릴 자격이 있는 행운을

읽어내지는 않을 테지만

불쾌한 심정을 품게 되지도 않을 것이다.

아시다시피 포도주는 어떠한 열악한 조건에서도 제조가

가능한 술이다.

이스라엘의 골란고원에서 생산되는 포도주와 함께 이하의 포도주 또한 새삼 이 점을 증거하게 될 것이다.

포도주는 또한 매우 다양한 맛을 지니고 있다.

신맛, 단맛, 친숙한 맛, 맹한 맛, 가끔은 과도하게 농축된 맛.

이 포도주는

1998년산. 그 후 백프로 프렌치 오크인 책상 서랍 속에 9년간 저장되었다.

차례

프롤로그

여기 하나의 사물이 있습니다. 그것은 그러므로

언젠가는

어차피

사라질 것이었습니다.

오늘이 바로 그날입니다.

거짓말을 혐오하던 나의 거짓말쟁이는 깨어졌습니다. 산산조각이 나버렸습니다. 조각들은 서로 흩어졌습니다. 그것들을 모아 다시 붙이려 해도 모서리는 서로 어긋날 뿐이었습니다. 그리고 그 조각들은 각기 하나의 이야기였습니다.

그것은 여관에서였습니다. 침대보는 새하얗게 빛났지만 소독약 냄새가 지독했습니다. 숨쉬기가 어려울 정도였습니다. 나는 입으로 숨을 쉬며 그의 조각난 몸을 꿰어 맞추려 노력했습니다. 처음에는 손이 베일까 퍽 조심을 하기도 했지요. 하지만 알고 보니 그의 몸은 생각보다 무딘 편이더군요.

그러나 모서리는 서로 어긋날 뿐이었습니다. 그의 이야기들은 예전부터 그렇게 어긋나곤 했었지요. 그러니 그의 이야기들은 서로를 견뎌내기가 몹시 힘들었을 것입니다.

그는 부서질 수밖에 없었겠지요.

세상에는 어떤 사람들이 있어 그들의 몸 속을 돌아 다니는 피는 다음과 같이 속삭이곤 한다고 합니다.

"너의 이야기가 진실이어도 거짓이어도 상관이 없다. 다만 모순이 없도록만 하여라. 그럼 내 네게 영생(永生)을 약속하마."

한때 그의 몸 속을 돌아다니기도 했던 이 피의 속삭임을 믿는다면 그가 영생을 누리지 못한 까닭은 단지 그가 모순 없는 이야기를 지어내지 못했기 때문일 것입니다.

나는 그를 추억하는 심정으로 거울이 떨어져 나간 화장대를 바라다보았습니다. 여태껏 거울의 뒷면에 감추어져 있었을 엉성한 합판대기가 전면에 드러나 있더군요. 그것은 누군가 힘껏 할퀴기라도 한 듯 길게 홈이 파이고 결이 일어나 있었습니다. 그래, 그는 매달렸을 것입니다. 그때가 생각나는군요. 그의 피부가 팽팽하게 부풀어 올랐던 적이 있었습니다. 그의 이야기들이 서로를 밀어내며 만들어 내는 표면의 긴장 탓이었지요. 그는 정말 위태로워 보였습니다. 그래 나는 말했습니다. 이대로는 안 된다. 너도 알겠지?

물론 그는 알았을 것입니다. 갓 태어난 망아지도 일어서야 한다는 것을 알듯이 우리는 어떤 것들을 알고 있습니다. 그리하여 그는 약학(藥學)적 지식을 구하고자 하였을 것입니다.

그리하여 그는 동네 철물점으로 달려갔던 것입니다.

나는 조각난 그의 조각들을 잡고 이리저리 놓아 봅니다. 네가 좀더 거짓말을 잘 했더라면, 그랬더라면 나는 너를 다시 이어 붙일 수도 있었을 텐데. 내가 그랬지. 거짓말의 거장(巨匠)이 되라고. 그러나 그는 말을 듣지 않았습니다. 너는 쓸데없는 열정에 휩쓸렸지. 너는 법정에 선 증인처럼 진실만을 말할 것을 세상 모든 것에 대고 맹세해 대곤 했다. 그러나 너는 타고난 거짓말쟁이였지. 나는 너의 포도가 익고 또 술이 되는 것을 보았다. 너는 사람들에게 너의 거짓말을 대접할 수 있었으리. 세상은 네 덕분에 더욱 흥겨워지고 사람들은 너를 좋은 친구라고 불러 주었을 것이다. 물론 너의 술이 적실 수 있는 세상은 아주 좁을 것이다. 그러나 어차피 이 세상의 어떠한 세상도 세상 그 전체는 아니니. 동네 깡패 청년과 가수가 되고팠던 다방 아가씨처럼 너에게도 우리 동네는 좁았겠지만 네가 뿌리는 것은 술일 뿐이니 그것이 마치 세상을 구원할 무엇인 양 요란한 생각을 품을 필요는 없을 것이다.

영생을 누릴 수 있었다. 행복할 수 있었다. 그 모든 것은 일주일 간의 아침 운동으로도 해결될 수 있는 것이었다. 게다 네겐 나누어 줄 술이 있지 않았느냐?

우동집의 이방인

나는 자전거를 타고 갔습니다. 겨울이었고 밤이었지요. 바람에 귀가 떨어져 나가는 것 같았고 두 볼이 쩍쩍 갈라지는 느낌마저 들었습니다. 하지만 나는 신이 났어요. 우동을 먹으러 가는 길이었으니까요. 나는 거의 매일 자전거를 타고 밤거리를 쏘다녔습니다. 그러다 집으로 돌아가는 길이면 항상 우동집에 들렀지요. 주머니 사정이 허락하는 한 말입니다. 그 우동집의 불빛이 얼마나 기분 좋게 눈을 부시게 했는지……아셨으면 좋겠군요. 문을 열고 들어서면 김이 모락모락 피어 오르고 어떤 낯선 사람이 곁에 와 앉더라도 우리는 그를 형제라고 부르고 싶어지는 것입니다. 그 집 아주머니의 얼굴은 기억이 나질 않지만 그 집 우동맛은 아직도 잘 기억하고 있습니다. 오뎅을 넣은 우동이었는데 아마 아주 좋은 오뎅을 썼던 모양이에요. 지금도 그 맛이 혀 끝에 감도는군요.

하지만 사실을 말하면 나는 나의 모든 감각 중에서 미각만은 바보였으면 싶었었습니다. 나는 많은 것을 대가로 치루고 맛있는 요리를 사먹는 데서 혹은 사먹이는 데서 삶의 낙을 찾는 사람들을 보아왔습니다. 나의 부모와 같은 사람들 말입니다. 그들을 볼 때면 그런데 나는 두려움을 느끼곤 했지요. 사람은 많은 것을 탐하나 그들이 알고 가는 것은 기껏해야 음식의 맛뿐이다. 어느 책에선가 읽은 적이 있는 구절인데 이것이 그 두려움과 어떤 연관이 있는 건지도 모르겠습니다.

내가 어렸을 때 부모님은 가끔 나를 고깃집에 데려가시곤 하셨습니다. 그때나 지금이나 우리 집 형편은 그닥 좋은 편이 아니지만 부모님은 내 밥그릇 위에 백숙이나 갈비구이를 얹어 주고 싶어하셨습니다. 그분들에게는 그것이 정신없이 일한 보람이 되는 것만 같았지요. 내게는 사실 고등어조림이 더 맛이 있었지만 말입니다. 어쩌면 나의 부모도 이 점을 알고 계셨을 것입니다. 하지만 그래도 내 밥 위에는 며칠 간의 야근으로만 살 수 있는 고기가 올라야 한다는 생각을 떨쳐 버리지는 못하셨을 거예요. 두 분은 늘 바라셨습니다. 아버지는 내가 배가 부르다고 하며 괴로운 얼굴로 허리를 젖힐 때까지 기다리셨다가 준비해 온 소화제를 내밀고 싶어하셨고 "이담소화젠가 뭐라더라", 어머니는 짤막한 두 팔을 어깨 위로 들어 올려 역기 드는 흉내를 내시며 씩씩하게 말씀하고 싶어하셨지요. "자, 나가서 운동을 하자, 소화시키게." 고깃집 밖으로 나와 고기냄새가 덜 밴 신선한 공기를 들이키며 아버지는 튀어나온 내 배를 손가락으로 쿡쿡 찔러 보고 어머니는 내 어깻죽지에 도톰하게 오른 살을 만지작거리곤 하셨습니다. 그리곤 말씀하셨지요. "맛있지? 나중에 또 오자아."

그럴 때 그분들의 얼굴빛과 목소리는 평소보다 조금 더 밝고 조금 더 부드럽고 조금 더 느긋하지만 조금 더 뭐랄까 잦은 진동 같은 것을 보이고 있었는데요. 평상시와 다른 그 미세한 차이는 왠지 나를 간지럽혀서 나는 고개를 수그리고 키득거리며 간지럼 잘 타는 어린애마냥 기쁨과 아픔을 동시에 느끼지 않을 수 없었습니다. 그래서일까요? 나는 미각에 있어서는 둔감해지려고 노력했고 그 결과 음식 맛을 보통은 잘 기억하지 못하지만 그 집 우동 맛은 어쩐지 선명하게 남아 있군요.

언제부턴가 그 우동집 앞에는 여자가 서 있었습니다. 아마 11월이었을 거예요. 한겨울의 추위가 일찌감치 몰아 닥친 초겨울이었지요. 어둠 속에서 낡은 가로등 불빛에 어설피 모습을 드러낸 그녀를 보고 있노라면 가냘픈 양이 한 마리 울고 있는 것 같았습니다. 여자는 조그마했고 하얀색의 꼬불거리는 털로 잔뜩 뒤덮인 외투를 입고 있었으니까요. 그녀에게 큰 흥미를 느꼈지만 그녀는 늘 누군가를 기다리고 있는 것처럼 보여서 나는 그저 곁을 스치고 지나갈 따름이었습니다. 그러던 어느날 그녀가 나를 불러 세우더군요. 그리곤 말하는 것이었습니다. 저기요, 우동 한 그릇 사주시지 않겠어요?

우리는 함께 우동집으로 들어갔습니다.

자리에 앉은 그녀는 밖에서 볼 때보다 더 쬐그만했고 조금은 이상스레 보이기도 했습니다. 깡마르고 양볼만이 약간 늘어진 얼굴. 뼈만 남아 앙상한 코가 얼굴의 한 중앙을 길게 가르고 있었습니다. 그리고 선홍색 루즈가 입술에 발라져 있었는데 어찌나 두껍게 덧칠을 했는지 입술이 곧 떨어져 나갈 이물(異物)처럼 도드라져 보이더군요.

누구를 기다리고 계시는 게 아니었나요?

네, 기다리고 있었지만 오지를 않네요.

늘 이 시간에 만나기로 하시는 모양이죠?

네, 그런 셈이에요.

우동이 모락모락 김을 내며 도착하고 나는 이 집 우동맛을 칭찬하는 데 말을 아끼지 않았습니다. 그녀도 무척 맛이 있다고 하며 복스럽게 먹더군요. 그녀는 저녁 한 끼쯤은 굶은 것처럼 아주 맛있게 조금은 허겁지겁 젓가락을 놀렸습니다. 나도 우동을 들면서 내 소개를 했습니다.

저는 수험생입니다. 등대지기 시험을 준비 중이에요.

예? 하하, 그런 것도 시험을 봐야 돼나요?

늘 들어오던 말이라서 더는 뭐 기분이 상할 것도 없었어요. 나는 늘상 하듯 담담하게 수험과목이 네 과목이나 된다는 것, 그리고 경쟁이 몹시 치열하다는 것 등을 알려 주었습니다.

양털 외투인가요?

나는 그녀가 더운 스팀이 나오는 집에서 따뜻한 우동을 먹으면서도 벗지 않고 있는 코트에 대해 물어 보았습니다.

그런 것 같애요.

코트는 그렇게 깨끗치는 못했습니다. 하얀 코트였으니까요.

우리가 밤참을 마치자 그녀는 냅킨으로 입 근처를 톡톡 두드려 닦고는 최근에 내가 가장 감명 깊게 읽은 책이 무엇인가 묻더군요. 우동을 대접받은 대가로 무슨 얘기라도 나누어야 한다는 생각이었던 것 같습니다. 그래서 나는, 글쎄요 최근에는 수험서밖엔 별로 읽은 책이 없어서요, 라고 대답했지요. 그러자 그녀는 얼마 전 이방인이라는 책을 아주 재미있게 읽었노라고 말했습니다. 까뮈라는 사람의 소설말입니다. 그녀는 말했지요.

주인공이 자기 어머니의 가슴에 총을 겨누었을 때 그리고 방아쇠를 당겼을 때 저는요 말할 수 없이 심오한 느낌을 받았거든요.

그녀는 책을 읽을 당시의 감정이 새삼 떠오르는 듯하였고 그것을 내게도 몹시 전달하고 싶어하는 것 같았습니다. 하지만 나는 다음과 같이 말하지 않을 수 없었어요.

그런데요, 그런데 말이죠, 죄송하지만 제 기억에는 그 주인공이 자기 어머니를 죽인 게 아니었던 것 같은데요. 아랍인이 아니었습니까? 우연히 해변에서 만난 아랍인을 죽인 게 아니었나요?

우연찮게도 나 역시 그 소설을 언젠가 읽은 적이 있는 데다가 내용마저 비록 어렴풋하였지만 기억을 하고 있었던 것입니다.

그러나 그녀는 조금도 당황하지 않는 기색이었습니다. 표정에는 아무런 변화가 없었고 다만 턱을 괴고 있던 한쪽 팔을 테이블 아래로 내리더군요. 그리고는 단호한 어조로 반박하는 것이었습니다.

그렇다면 어떻게 이방인일 수가 있겠어요?

그녀가 무엇을 뜻하는지 내가 알아들었다고는 할 수 없겠습니다. 하지만 그렇다면 그러니까 자기 어머니를 죽이지 않았다면 그가 어떻게 이방인일 수 있겠는가 뭐 그런 생각이 저 역시 뇌리를 스치더군요. 그래서 정말 그렇겠다고 저는 그녀의 말에 동의를 표하려 했습니다. 아시다시피 무슨 뜻인지 알지 못하는 것을 가지고도 우리는 얼마든지 고민하고 대화를 나누고 맞장구도 칠 수 있는 것이니까요. 그런데 마침 다른 생각이 떠오르는 것이었어요.

아뇨, 아뇨. 태양 때문이든가, 정확히 기억은 나지 않습니다만, 어쨌든 괜히 죽였으니까요 죽여야 할 이유도 별로 없이 죽였으니까 이방인일 수 있겠는데요.

그녀는 잠시 말이 없었습니다. 생각에 잠긴 듯했지요. 그러나 곧 입을 열었습니다.

아니에요. 다른 사람을 죽이는 게 어떻게 이방인일 수 있어요? 자기 어머니를 죽여야지.

나는 혼란스러워졌습니다.

그러고 보니 그렇게 말할 수도 있겠는데요.

우리는 다시 만나기로 하는 약속 같은 것은 없이 헤어졌습니다. 그러나 다음날 밤 내가 자전거를 달려 그곳으로 갔을 때 그녀는 같은 자리에 같은 모습으로 서 있었습니다. 나는 그녀를 데리고 들어가 우동 두 그릇을 시켰지요. 그 다음날도 그리고 그 다음날도 같았습니다. 나는 우동집으로 달려갔고 그녀는 거기 그곳에 서 있었습니다. 날씨가 몹시 싸늘했고 진눈깨비가 나리기도 하였지만 그녀는 먼저 우동집으로 들어가 기다리는 법도 없었습니다. 그리고 헤어질 때 다음날에도 이곳에서 만날 것을 청하면 그녀는 내일은 아무도 알 수 없는 거라고만 대답하는 것이었습니다. 그러나 그 다음 날도 그녀는 그곳에 서 있었습니다.

어느 날엔 그녀가 말했지요.

혹시나 해서 말씀드리는데요 제가 옷을 갈아입지 않는다든가 뭐 그런 생각은 하지 말아 주세요. 저는 꼭 같은 옷을 몇 벌 가지고 있어요. 그걸 매일 바꿔 입는 거예요. 이거 입을까 저거 입을까 옷 입을 때마다 고민하는 게 귀찮아서요. 시간 낭비 아니겠어요?

그러고 보니 그녀는 나와 만나는 동안 늘 같은 차림새였습니다. 같은 옷, 하얀 양털 외투와 무릎 아래까지 내려오는 모직 같은 검정 치마에 잿빛 털실 목도리, 늘 같은 갈색 구두에 같은 가방, 그러니까 갈색으로 아마도 인조가죽이지 싶은 숄더백을 들고 있었지요. 그녀가 외투를 벗는 일이 없었기 때문에 확실히는 알 수 없었지만 그 밖으로 언뜻언뜻 드러나는 스웨터도 늘 같은 검정색 칼라를 달고 있었던 것 같습니다. 그래서 그녀는 자신이 옷을 갈아 입지 않는다고 내가 생각이라도 할까봐 염려가 되는 모양이었어요. 나는 말했습니다.

아인쉬타인이든가 어느 과학자도 그랬다던데 그 사람만큼 몰두하는 일이 있으신 모양이군요.

그녀는 외투 자락에 우동 국물을 엎지른 다음 날도 같은 양털 코트를 입고 우동집 앞에서 누군가를 기다리고 있었습니다.

그녀는 먹성이 좋은 편이었어요. 늘 우동 그릇을 깨끗이 비웠고 그러고도 허기진 듯 보이는 경우가 있었으니까요. 나는 간혹 저녁을 과하게 먹어 우동을 남기기도 했는데 그것을 마저 먹으라고 그녀에게 내밀면 그러나 그녀는 고개를 젓거나 나를 슬쩍 흘겨 보곤 하였습니다.

그러던 어느 날 나는 우동집을 나와서도 그녀를 놓아 주지 않았습니다. 나는 잠시만 어디에 다녀오자고 떼를 쓰며 그녀의 옷소매를 잡았어요. 그런데 순간 정전기가 일었지요.

놀라서 나는 손을 떼고 말았어요. 다시 잡으려고 하였지만 그 정전기가 어찌나 신경질적인지 나는 다시 그녀를 놓아 줄 수밖에 없었습니다. 그녀의 하얗고 꼬불탕거리는 외투에 섞여 있던 몇 프로인지 알 수 없는 화학물질 탓에 나는 그녀에게 내 마음을 강요할 수가 없었던 거예요. 그저 애걸할 밖에요. 나는 침울한 목소리로 내 사정이 얼마나 딱한지 그리고 급한지에 대해 거듭거듭 호소를 하였습니다. 그녀는 그러나 근처 아파트의 놀이터까지만 그리고 키스까지만 허락할 뿐이었습니다.

그녀의 코는 차가웠어요. 입술도 차디찼습니다. 나는 나의 따뜻한 입 안에 넣어 그녀의 코와 입술을 데워 주고 싶었습니다. 그러면 기운없이 펄떡이다 마는 그녀의 피가 제대로 돌고 그럼 그녀도 나와 한 가지 감정을 느껴 볼 수도 있는 일 아니겠어요?

그녀의 입술은 축축했습니다. 나 역시 그러했을 테구요. 아아, 그때의 내 마음을 어떻게 표현할 수 있을까요? 그저 이렇게밖에 말하지 못할 것만 같습니다. 사랑. 사랑했다구요.

그녀를 몹시 사랑했다구요.

나는 그녀를 꼬옥 끌어안았습니다. 이때는 그 완강한 정전기마저 나를 어쩌지 못하더군요.

자전거를 타고 우동을 먹으러 가는 것만도 신이 나는 일인데 매일 그녀를 만난다니. 그리고 키스를 나눌 수 있다니.

나는 내가 공부하던 고사성어집에서 욱일승천(旭日昇天)이라는 말을 발견했을 때 느꼈던 기쁨 역시 달리 표현하지를 못하겠습니다. 그것 역시 욱일승천이었다고 밖에요. 그거야말로 바로 내가 찾고 있던 말이었습니다.

이거 읽어봐.

우동집 테이블에서 나는 낮에 연습해 두었던 대로 욱일승천을 한자로 멋들어지게 썼습니다. 그리고 그 메모지를 그녀 쪽으로 밀었지요. 내 눈에 그녀가 다소 당황해하는 것 같기에 나는 바보!, 라고 말해 주며 그 한자어 곁에 한글로 욱일승천이라 적어 주었습니다.

읽어 봐.

그러자 그녀가 욱 하고 읽더군요. 뒤이어 일 자도 읽었는데 그 두 음절 사이의 간격이 너무 길었어요. 아마도 떠듬적거린다는 것, 그것이었을 것입니다. 그녀의 얼굴이 벌겋게 달아오르더군요. 그녀는 자리를 박차고 일어나 문을 열고 나가 버렸습니다. 얼떨떨하여 나는 그녀를 잡을 생각도 따라나설 생각도 하지를 못하고 엎어진 물컵을 바로 세울 뿐이었습니다.

그녀가 욱일승천이라고 말하면 나는 내 기분이 바로 그거야, 라고 말하면서 그녀의 손에 뽀뽀를 쪽 해주면 되는 것이었어요. 그런데 왜.

나는 밤마다 우동집으로 달려갔지만 그녀는 서 있지 않았습니다. 나는 혹시나 싶어 문을 열고 들여다보았지만 그녀는 들어 있지 않았습니다. 따뜻한 백열등과 꼬마전구들 아래 모르는 사람들만이 죽 늘어앉아 있더군요. 그들 앞에는 김이 오르는 우동이 한 그릇씩 놓여 있고 그들은 모두 정다운 이야기를 나누고 있는 것 같았습니다.

그렇게 닷새가 지났을 때 나는 가로등 불빛에 웅크리고 있는 작은 양을 한 마리 보았습니다. 자전거를 팽개치고 달려가 그녀를 일으켜 세웠어요. 그리곤 끌어안았습니다. 그녀의 통통한 배가 느껴지더군요. 그녀를 안고 있자니 눈물마저 돌 것 같았습니다. 그래서 나는 농담조로 내가 그 동안 우동을 먹인 보람이 있다고 말하며 그녀의 배를 슬쩍 찔러 주었습니다. 그러자 그녀는 나를 힘껏 밀쳐 내더군요. 어찌할 바를 모르고 엉거주춤 바라보고 있으려니 물기가 어리는 듯 그녀의 두 눈이 반짝이고 그녀는 와락 달려들어 내게 입을 맞추었습니다. 아주아주 오래도록 말입니다.

찻길에는 차가 인도에는 행인이 하나 둘 지나고 있었을 테지요.

꿈을 꾸는 것 같았습니다.

그녀가 빙긋이 웃으며 내 코를 눌렀을 때에야 나는 정신이 드는 것 같았지요.

우리는 얼싸안고 우동집으로 들어갔습니다.

그 뒤로 그녀는 자신을 안는 것을 아예 금지해 버렸지만 대신 놀이터에서 매일밤 입맞춤을 해주었습니다. 오래도록 뜨거운 입맞춤 말입니다. 때론 나의 정열이 지나쳐 몇 개째인지 모를 그녀의 입술을 다 먹어치우고도 하룻밤을 같이 보내자고 애걸하게 되는 때가 있었습니다. 그녀는 그러나 차갑게 거절할 뿐이었지요. 한 마디 이상 하려 들지를 않더군요. 결국 나는 승복하는 수밖에 없었습니다. 내가 그녀를 욱일승천 따위로 괴롭혔던 죄과 탓이라 여기고 그녀를 안지 못하는 것마저 나는 견뎌 낼 수가 있었습니다.

나는 그녀가 낮에 무슨 일을 하는지 직업이 무엇인지 알지 못했습니다. 어디 사는지 양친이 있는지 어쩐지도 몰랐습니다. 그녀는 그런 것에 관해서 말하고 싶어하지를 않았으니까요. 그러나 나는 그녀가 어떤 책들을 좋아하는지 그리고 어떤 생각들을 하는지에 대해서는 들을 수 있었습니다. 그녀는 얘기를 매우 재미나게 할 줄을 알았고 나는 그녀를 매우 사랑할 줄을 알았으니까요. 나는 욱일승천, 날마다 그야말로 욱일승천하였습니다. 낮에도 공부가 너무 잘 되어 이번에는 반드시 합격할 수 있다는 예감이 마법처럼 나를 사로잡았습니다. 나는 그녀의 손을 꼭 쥐고 말했습니다. 내가 등대지기가 되면 꼭 같이 가자고 가서 함께 바다를 보자고. 지겹도록 보자고 말입니다.

떠올려 보십시오. 너른 바다를 말예요. 그 무시무시하게 짙푸른 바다 한가운데 아주 자세히 보면 삐죽 솟아오른 형상이 보일 수도 있을 거예요. 그곳, 많은 사람들이 가고 싶어하지만 결국은 체념하고 마는 그곳에 이제는 두 남녀가 살고 있는 것입니다. 그리고 그들은 믿고 있다는 것입니다.

오가는 배들은 모두 숭고한 일을 하고 바깥 사람들은 모두 훌륭하다고. 그리고 그들은 바다에 그을리고 터진 살갗을 찡그려 가며 하얀 이를 드러내고 웃고 있는데, 또 손도 들어 흔드는데 이 남녀는 세상 모든 것에 대해 그러한 인사를 보낸다는 것입니다. 그 지긋지긋한 우동만 빼고 말입니다.

우동집에서의 어느 날, 처음으로 그녀는 낮에도 나를 만나고 싶다는 말을 꺼내었습니다. 다음날 낮에 만날 수 있겠느냐는 것이었지요. 나는 뛸듯이 기뻤습니다. 영화구경을 갈까 놀이공원을 갈까 아니면. 그런데 그녀는 내일 낮에 우리 집에 부모님이 계시는지를 물었습니다. 내일 낮이라면 집에는 부모도 형제도 아무도 없을 것입니다. 나만이 홀로 공부를 하고 있을 테지요. 그녀는 자신을 우리 집에 초대할 수 있는지 묻더군요. 나는 그간 그녀를 부모님께 소개하지 않았던 것이 좀 미안해졌습니다. 그래서 곧 그렇게 하마고 약속을 하였지만 그녀는 부모님 이전에 내가 사는 집, 내가 공부하는 방을 먼저 보고 싶다는 것이었습니다.

다음날 오후 한 시에 우리는 우동집 앞에서 만났습니다. 토요일의 한가한 행인들 틈에서 그녀를 발견했을 때 나는 다소 쑥스러워서 그녀를 얼른 부르지 못했습니다. 한낮에 그녀를 만나기는 처음이었으니까요. 그녀는 그간 보아왔던 것보다 살이 조금 올라 보였지만 얼굴의 그늘 때문인지 두세 살은 더 들어 보이더군요.

사랑하는 여인을 데리고 들어오기에는 집이 너무 누추한

것이 아닌가, 나는 현관에서 잠시 머뭇거렸습니다. 하지만 그녀는 그런 것에 별로 개의치 않는 듯 성큼 들어섰습니다. 내 공부방에 가 보고는 깨끗하다고 감탄을 하고 내 침대 위에 앉아 보기도 하고. 그러다 그녀는 점심 메뉴가 무엇인지를 묻더군요. 떡라면을 준비했다고 하자 그녀는 고기가 먹고 싶다고 웅얼거리는 듯했습니다. 그녀에게 점심을 대접하려고 내가 부엌에서 분주히 움직이는 동안 그녀는 나를 도울 요량인지 냉장고를 들여다보고 있었습니다. 그러더니 냉동실을 뒤지는 것 같았습니다. 그녀는 시커먼 비닐 봉지에 싸인 정체 모를 언 것들을 하나하나 꺼내 보았습니다. 그 중에는 허연 얼음이 끼여 창백해지긴 했으나 여전히 검붉은, 아니 붉기 보다는 검은 고깃덩이가 하나 끼여 있었습니다. 이미 먹기 좋게 썰어져 있는 것이었지만 서로 엉겨 붙은 채 단단히 냉동이 돼 있었지요. 그녀는 그것을 보이며 고기가 먹고 싶다고 칭얼대었습니다. 그것은 그녀와 내가 한 끼 식사로 먹기에는 충분하고도 남을 만한 양이었지만 그러나 해동이 쉽지 않을 것 같았습니다. 그것은 고기가 아니라 차라리 거무튀튀한 하나의 돌이었으니까요. 어머니도 그 고기가 있다는 것을 까맣게 잊으셨는지 냉동실에서 무척 오랫동안 묵어 있었던 게 분명해 보였습니다. 나는 떡라면을 아주 맛있게 끓이겠다고 달래 보았지만 고기가 먹고 싶다고 너무 먹고 싶다고 그녀는 고집을 피우는 것이었습니다. 주머니를 뒤져 보았지만 돼지고기를 한 근 사기에도 돈이 되지를 않았어요. 들어오는 길에 과일과 음료수를 너무 많이 사버렸던 것입니다. 하는 수 없어 나는 그 몇 해를 묵었는지도 알 수 없는 고기를 해동시킬 마음을 먹고 그것을 꺼내 놓았습니다. 그러나 꺼내만 두면 녹는 데 시간이 많이 걸리지 않겠는가 그녀는 그것이 걱정이었습니다. 하지만 우리 집에는 전자레인지가 없었고 온수도 나오지를 않는데……. 그래서 나는 냄비를 불 위에 얹고 물을 끓이기 시작했습니다.

우동집 근처가 아닌 곳에서 만나는 것이 처음이어선지 나는 그녀가 내 곁에서 얼쩡대는 것이 이상하게 느껴졌습니다. 내가 하는 일들, 그릇을 꺼낸다든지 행주를 짜는 일 같은 게 모두 매우 서투르게 느껴지고 말이지요. 그래서 그녀가 내 방으로 돌아갔을 때에야 나는 마음이 놓였습니다. 크게 할 일은 없었지만 나는 그녀에게서 좀 멀찍이 떨어져 주방 용구를 들고 왔다갔다 하며 등 뒤에 있는 그녀를 느끼는 것으로 만족하고 있었지요. 가끔은 등을 돌려 내 방 쪽을 그녀가 쳐다보고 그녀가 있다는 걸 확인하기도 했습니다. 내 방은 빛이 잘 들지를 않아서 어두웠는데 그녀는 불을 켜지 않더군요. 외투도 벗지 않은 채 침대 위에 걸터 앉아 있는 모습이 어렴풋이 보였습니다. 그녀는 내게 비곗덩어리를 읽어 보았느냐고 느닷없이 묻더군요. 나는 여기에는 비계가 없으며 아무래도 이것은 쇠고기 같다고 장난스레 대답을 했습니다. 그녀는 이 말을 내가 그 책을 읽지 못했다는 뜻으로 받아들인 모양이었습니다. 그럼 얘기를 해주마. 이것은 모파상이라는 프랑스인이 쓴 것이다. 그녀는 이야기를 시작했습니다.

어느 마을에 뚱뚱한 여자가 살았어. 보통 뚱뚱한 게 아니고 아주 심했지. 마을 사람들은 그녀를 천시했어. 비곗덩어리라고 부르면서. 드러내놓고 그렇게 부르지는 않았지만 모두들 그녀의 이름을 그렇게 알고 있었어. 마차를 타고 갈 때는 더욱 그랬어. 그날도 비곗덩어리는 이웃 마을로 물건을 사러 가기 위해 마차를 타려 했지. 비곗덩어리가 함께 마차를 타게 된다는 것을 알고 마을 주민들은 이맛살을 찌푸렸어. 마차가 출발하기도 전에 자리가 좁다는 불평이 여기저기서 터져 나오고. 비곗덩어리는 얼굴을 붉히며 몸을 최대한 문쪽으로 밀착시키고 숨조차 크게 쉬지 않으려고 했지. 어쨌거나 마차는 출발했어. 비가 뿌리고 있었고 그날따라 마부는 급하게 말을 몰았어. 그전에 연착을 했었기 때문에 예정된 시간에 대기 위해서 그랬던 거야. 네 마리 말이 콧김을 뿜으며 전속력으로 빗속을 달릴 때,

물이 끓어 올라서 나는 불을 끄고 뜨거운 물을 고깃덩어리에 부었습니다. 그러나 고기는 겉테두리 부분만 누르스름하게 변할 뿐 서로 떨어질 생각을 하지 않는 것이었습니다. 그녀의 이야기는 계속되었습니다.

승객들은 졸거나 도시락을 까먹기도 하고 마차가 심하게 기운다고 불평도 했지. 아무도 정확히 가리키지는 않았지만 그건 비계덩어리 쪽으로 기운다는 뜻이었어. 그런데 갑자기

마차가 옆으로 미끄러져 나갔어. 다리 위에서였는데 말 네 마리 중 어느 녀석이 보조를 맞추지 못한 것인지, 마부가 채찍을 너무 심하게 휘둘렀는지, 바퀴에 이상이 있었는지 아니면 다리, 비……무엇 때문이었는지. 비곗덩어리의 몸무게 때문이었을까? 아무튼 마차는 다리 난간에 부딪히고 튕겨져 나가 아래 개천으로 떨어져 버렸어.

애를 쓰다가 나는 다시 가스불을 켜고 끓는 물 속에 고깃덩어리를 집어넣었습니다. 빨리 녹아내리길 바라는 마음에 젓가락으로 이리저리 뒤집어 보면서요.

완전히 뒤집혔지. 몇몇은 물가로 날아갔지만 승객 대부분은 마차 아래 깔려 있었어. 다행히 개천은 매우 야트막했어. 그러나 비 때문에 물이 불고 있었지. 한동안 정신을 잃고 있던 사람들에게 하나 둘 의식이 돌아오기 시작했어. 그런데 그들은 정신이 들자마자 한결같이 생각했던 거야. 비곗덩어리 때문이다. 그년 때문에 마차가 뒤집혔다. 승객들은 신음하기 시작했어. 비명을 지르기도 하고. 아아악.

나는 그녀의 비명소리가 너무나 리얼하여 그녀 쪽을 돌아다보지 않을 수 없었습니다. 방에서 양팔을 뒤로 하여 침대를 짚고 비스듬히 앉아 있는 모습이 어둡게나마 보이더군요. 나는 그녀의 재주에 감탄하지 않을 수 없었습니다. 그녀는 읽지 않은 책에 대해 이야기를 해주는 재주 외에도 말하자면 구연(口演)이라고 할까요, 등장인물의 비명소리를 실감나게 표현할 수 있는 그런 재능도 갖추고 있는 것이 분명

했습니다. 그녀는 고기가 얼른 먹고 싶다고 다시금 떼를 쓰더군요. 냄비 안을 들여다보니 그런데 고기는 끓는 물 안에서도 겉면만 살짝 데쳐질 뿐 흩어지지를 않는 것이었습니다. 나는 젓가락으로 고깃덩어리를 꾹꾹 쑤셔댔습니다.

그들은 비명을 질렀어. 아아. 아프기도 했지만 그 쓸모없는 여자 때문에 자신들이 그런 꼴을 당한다 생각하니 노여웠던 거야. 비곗덩어리도 깨어났지. 온몸이 쑤셔대는 아픔을 느꼈어. 그리고 생각했어. 몸을 움직이기 시작했지. 숨을 크게 들이마시고 마차 아래 깔려 있던 자신의 몸뚱이를 들어올리기 시작했어. 끄응.

나는 다시 한번 그녀 쪽을 돌아다 보았습니다.

그녀는 엎어져 있던 몸을 모로 세우면서 자신의 가슴을 짓누르던 마차 좌석의 한귀퉁이를 옆구리로 받쳤어.

이야기를 잠시 멈추고 그녀는 고기가 다 녹았는지를 물어왔습니다. 나는 젓가락에 힘을 주어 덩어리를 갈라 보려고 애를 썼지만 소용이 없었습니다. 그녀는 고기가 무척 먹고 싶다고 다시 보채더군요. 나는 불을 끄고 이번에는 고깃덩어리를 도마 위에 얹었습니다. 씽크대 하단의 문을 열고 칼꽂이에서 부엌칼을 꺼내 들고. 그리고는 고깃덩이를 썰어 보려고 칼 끝에 힘을 주었습니다.

끄응. 비곗덩어리의 힘을 모으는 소리, 헐떡이는 숨소리를 듣고서도 그녀를 쳐다보기만 할 뿐 다른 승객들은 그녀의 뜻을 알지 못했어. 그래서 그녀가 말해 주어야 했지. 자,

나가세요. 그제야 비곗덩어리가 만들어낸 틈으로 승객들은 하나 둘 빠져 나가기 시작했어. 그녀는 힘을 잃고 점차 틈이 좁아져 갔지. 사람들은 서둘러야 했어. 빨리, 빨리! 사람들은 서로에게 소리쳤지. 마차 아래의 승객 수는 하나 둘 줄어가고. 사람들은 다친 몸을 이끌고 흙탕물 속을 기어나가느라 고통스러워들 했어. 그러나 결국 마지막 승객까지 빠져나와 물가로 오를 수 있었지. 사람들은 기뻐했어. 그래도 다행이다. 그래도 불행 중 다행이다. 그런데 실은 마차 아래에 승객이 하나 남아 있었어. 몸집 큰 그 승객은 너무도 조용했지. 숨소리도 들리지 않았어.

이야기가 끝났는지 그녀는 너무나 조용했습니다. 돌아보니 그녀는 침대 위에 누워 있더군요. 내가 다가가려 하자 그녀는 고기가 녹았는지를 신경질적으로 물어왔습니다. 화가 났는지 목소리가 쇳소리처럼 날카로웠어요.

칼질을 해도 되지를 않어. 칼날이 들어가지도 않는데?

나는 온기를 잃어버린 손에 입김을 불어대며 말했습니다. 하지만 그녀는

아아 너무 먹고 싶어.

그녀는 아무래도 울고 있는 것 같았습니다. 훌쩍이며 얼른 먹고 싶다고 칭얼대는 것이었어요.

답답해진 나는 부엌 뒤편 창고로 뛰어가 톱을 꺼내왔습니다. 그리고 고기를 부엌 바닥에 내동댕이치고 있는 힘껏 톱질을 하기 시작했습니다. 고기가 두 동강 나고 다시 셋, 네 동

강이 되고 나는 톱질을 계속 하였습니다. 고기를 잡고 있던 손이 새로 드러나는 언 고기에 쩌억쩍 들러붙고 몹시 시리더군요. 그러나 고기는 부서지기 시작했습니다.

나는 프라이팬 위에 호일을 한 장 깔고 고기를 얹었습니다. 그리고 고기가 익는 동안 내 방에 들어가 보았지요. 어두웠지만 침대가 흥건히 젖어 있는 것을 알 수 있었습니다. 그녀의 두 다리 사이에는 무엇인가 매달려 있더군요. 핏덩어리 같았습니다.

나도 그녀에게 책 얘기를 들려 주어야겠다고 마음먹었습니다. 내가 생각해 낸 것은 모히칸족의 최후 얘기였습니다. 그 책은 내가 몇 줄만 읽어 본 것으로 스토리는 그녀를 본받아 꾸며 본 것이었지요. 좀 어설프긴 했지만 고기 얘기도 들어 있고 하여 그녀의 취향에 맞으리라는 생각이 들었습니다. 그러나 그녀는 다음날부터 우동집에 나타나지 않았습니다. 다음날도 그 다음날도 닷새 여드레 한 달……. 내가 우동으로 키운 아이는 생사조차 알 수 없었습니다. 나는 다만 그녀가 늘 들고 다니던 갈색 가방을 열고 아이를 집어 넣은 다음 일어서서 치마의 주름을 고치고 나가는 것을 보았을 따름입니다. 그러나 나는 오늘도 자전거를 타고 우동을 먹으러 이렇게 달려가는 것입니다. 그 우동집은 돈을 많이 벌어 새로운 장사를 시작했고 나는 우동이라면 한동안 넌덜머리를 냈지만 곧 다른 우동집이 들어서고 제 입맛도 다시 돌아왔으니까요. 그리고 지금은 다시 겨울이고 밤이니 말입니다.

라스트 모히칸

나는 책 자체는 일찍부터 좋아했던 것 같아요. 활자가 한 자 한 자 박혀 종이를 움푹 들어가게 하는 것, 어느 곳의 잉크는 흐리고 어느 곳에는 잉크가 너무 많이 모여 있는 것, 삽화, 그리고 책마다 달리 나는 책 냄새.

근데 나는 참 늦게 글을 깨쳤어요. 글을 깨치고 나서도 책읽기를 즐기지는 좀체 못했어요. 하지만 친구들과 노는 데는 지장이 없었어요. 그 나이 또래가 지녀야 할 상식 정도는 웬만큼 커버할 수 있었으니까요. 그건 모두 텔레비전 덕분이었어요.

어느 날 방학숙제로 독후감이 나왔어요. 그런데 그때까지 내가 읽어 본 책이라고는 교과서밖에 없었어요. 그래서 나는 숙제를 할 수가 없었어요. 당시 집에는 어른들이 읽는 책이 몇 권 있는 정도였어요. 내가 우는 소리를 내자 어머니는 서점에서 책을 빌려 갖고 오셨어요. 그때는 도서대여점이라는 게 없었어요. 하지만 어머니는 수완이 몹시 좋은 분이셨어요. 그래서 사지 않고도 서점에서 책을 들고 오실 수 있으셨어요. 깨끗이 읽어야 한다고 하시며 어머니께서 건네 주신 책은 모히칸 족의 최후라는 책이었어요. 천연색 삽화도 몇 장 곁들여 있었는데요 책읽기가 싫어서 나는 삽화가 나오는 곳만 계속해서 뒤적였어요. 그러다가 방학은 끝이 났어요. 나는 숙제를 내야 했어요. 제목 : 모히칸 족의 최후를 읽고, 라고 나는 적었어요. 그런데 아무 생각도 나지를 않았어요. 그래서 고민이 무척 되었어요. 나는 줄거리를 지어내기로 하고 그 책의 삽화를 떠올렸어요. 가장 인상적이었던 건 주인공 인디언이 꼭 미국 배우처럼 생겼다는 것이었어요. 그는 눈이 크고 깊었고요 코도 무척 컸어요. 입술은 얇았고요. 즉 주말이면 텔레비전에서 흔히 만날 수 있는 그런 서양 미남 같았던 거예요. 그리하여 이야기가 되었어요. 그는 원래 서양 남자, 백인이었던 거예요. 그의 친구들이 인디언과 전쟁을 벌이던 시기에 그런데 그는 인디언이 되기를 갈망했어요. 그리하여 그는 인디언 부족의 일원이 되고 그들의 언어와 풍습을 열심히 익혔어요. 그러나 그의 다른 생김새는 어쩔 수 없이 그를 구별지었어요. 그는 이런저런 차별을 받게 되었어요. 용사가 될 자격이 없어서 그는 전쟁터에도 나가지를 못했지요. 그는 무척 괴로워했어요. 그러던 어느 날 우리의 주인공은 생각을 했어요. 진정한 인디언이 되자고. 그러기 위해 백인의 피부를 버리자고. 즉 그는 황인종이 되기 위해 자신의 살갗을 태우기로 한 거예요. 그는 전신을 모래로 깨끗이 씻은 다음 불을 피워 올렸어요. 태울 준비를 하는 것이었지요. 그런데 인디언들이 그의 결심을 알게 되었어요. 그들은 깊이 감동을 받았어요. 그리하여 그를 진정한 모히칸으로 받아들이고 주인공과 그들은 서로 부둥켜 안고 모두들 기쁨의 눈물을 흘렸지요. 인디언이 된 주인공은 이제 전쟁터에 나갔어요. 그는 자신의 친구였던 백인들과 싸움을 벌여야 해요. 그는 용감히 싸웠어요. 하지만 자신의 옛 친구들 앞에서는 그도 창과 활을 거둘 수밖에 없었어요. 결국 사로잡힌 그는 백인 친구들에게 갖은 모멸을 당하게 돼요. 친구들은 그에게 백인으로 개종(改宗)할 것을 강요하고요 그는 이것을 거부했어요. 그리고 그는 마지막 말을 외쳤어요. 모히칸이여 영원하라……고요.

줄거리를 적고 나서 나는 나의 감상을 적어 넣었어요. 백인 인디언이 고민할 때는 가슴이 아팠으며 그가 인디언으로 받아들여질 때는 무척 기뻤고 그가 최후를 맞이할 때는 슬펐다고요. 내가 지어낸 얘기에 그런 말을 쓰는 것이 조금은 쑥스러웠지만요 나는 덧붙였어요. 전체적으로 매우 감동적이었다고요.

뜻밖에도 나는 그 독후감으로 상을 받았어요. 지금 생각해 보면 선생님께서 인종문제에 대한 나의 종교학적 혹은 인식론적인 접근을 높이 사신 때문인지도 몰라요. 어쨌거나 그것은 내가 태어나 처음으로 받아본 상장과 상품—공책 한 권—이었으니 쉽게 잊을 수가 없어요. 그 뒤에 소공녀나 비밀의 화원, 허클베리 핀의 모험 같은 것을 읽고, 정말로 읽고요 독후감 숙제를 해내기도 했지만 상을 받지는 못하였어요. 한 번도요.

리얼 드림1

너는 지나치게 잠을 많이 잔다. 그래서 먹고 씻는 시간을 제하면 네게는 남는 시간이 별로 없다. 겨울에는 먹지도 않고 사흘을 내리 잠만 자기도 한다.

잠깐 정신을 차리는 시간이 돌아오면 너는 먹고 씻기에 앞서 자신의 꿈을 적어 놓는다. 무섭기도 하고 슬프기도 하며 우스꽝스럽고 모호한 꿈들. 꿈을 꾸는 꿈을 꾸는 꿈을 꾸고 그것에 관해 적게 되는 때도 있다. 그리하여 고풍스런 글자체로 저널 오브 드림이라 커버에 장식되어 있는 너의 공책은 착실히 두터워지고, 주변 사람들은 "무슨 차이가 있느냐"는 너의 대답을 듣기 싫어 너에게 왜 정상적으로 살지 않느냐, 왜 직장을 다니고 아이를 기르고 텔레비전을 보고 가족, 친구들과 모임을 갖는 생활을 하지 않느냐고 이제는 더 묻지 않는다. 네가 잠을 많이 자도록 너를 먹여 살리는 너의 늙은 부모는 더 이상 자신의 아들을 창피하게 여기지도 않고 게으르고 쓸모없는 가축도 키우는 재미가 없지는 않다고 담담하게 말하거나 농담조로 커다란 나무늘보를 한 마리 키우는 셈 친다며 웃기도 한다. 부모와 그 아들 간에는 일종의 계약이 있었으나 이제 그 계약은 양측 모두에 의해 잊혀지고 그들은 습관에 의해 그 계약을 이행하는 것과 같은 효과를 내고 있다. 이 계약이란 아들이 삶의 의욕을 남김없이 상실했을 때 자식을 잃느니 자는 아들을 두는 편이 낫다는 부모의 생각에 의해 맺어진 용인과 성실, 나아가서는 만족이다.

계약이 있기 오래전 어린 너는 밤마다 칭얼대었고 부모는 너를 타이르곤 했었다. "아가, 자고 일어나면 기분이 달라질 거야. 밤에 떠오르는 것들은 오로지 삿된 것들. 그래서 귀신은 보통 밤중에만 출현하지." 밤에 궁리하는 것들은 아무 소용도 없는 것이다. 진실은 오로지 대낮에 있으며 진실을 위해 우리는 밤의 망각을 필요로 한다. 하지만 어떤 자들에게 그것은 초저녁부터 시작되어야 하고 그리고 너는. 너는 진실을 위해 좀더 많은 준비가 필요한가 보다.

가끔은 부모가 묻기도 한다. "꿈꿀 거리가 이제 모자라지 않겠니? 거리에 나가도 보고 친구들도 만나고 책이나 영화라도 좀 보면 꿈꾸는 데 도움이 될 텐데." 그러나 아들은 말한다. 모르셔서 그러시는 거예요. 그동안 보고 만난 것으로도 충분해요. 그리고 이곳에도 볼 게 넘쳐나구요.

"이곳?"

어느 날은 다시 잠에 들려 하는 아들을 붙들고 어미가 묻는다. 그렇게 오래 자고 나서 또다시 자리에 누우면 느낌이 어떤가를. "제 몸이 납작하고 판판해졌다는 느낌이 들죠. 바닥이 된 것처럼 편안해요." 그러나 필요없다고 아무리 아들이 말려도, 너는 나한테서 이 재미마저 뺏어갈 작정이냐?, 너의 어미는 철이 바뀔 적마다 푹신한 요와 화려한 이불을 새로이 장만한다. 지난주에 어미는 너의 뒷머리가 베개에 눌려 피의 순환이 답답해지고 네 꿈을 방해하게 될까봐 몹시 푹신한 베개를 새로 마련하고. 오늘 어미는 너의 가을 이불을 지으며 아들이 깨기를 기다린다. 아들의 기척이 들리면 언제나처럼 그녀는 아들에게 달려가 꿈얘기를 해달라고 조를 것이다. "그래, 어떻든? 무슨 일이 있었니?" 어떤 저녁에는 잠에서 깬 아들이 다가드는 어미를 젖히고 얼른 머리맡의 공책을 찾는다. 그는 화급히 꿈을 적어 놓고 나서야 어머니에게 꿈 얘기를 해줄 것이다. 그녀는 아들의 젖은 눈을 보며 슬픈 얘기를 들을 마음의 준비를 한다. 하지만 정작 그녀가 듣게 되는 것은 무서운 꿈인 경우도 있다. 많았어요. 근데 그게 뭔지 모르겠어요. 뭔가 너무 많아서 그래서 무서웠어요. 무서워서 돌아서지 못하고 뒷걸음질쳤어요. 어미는 아들이 말한 꿈 이야기를 되새기며 꿈풀이를 해보려고 애쓰다가 잠자리에서 관련된 꿈을 꾸곤 한다. 아들의 꿈을 꾸기도 하고 꿈풀이를 하려고 애쓰는 자신이 등장하기도 하며 꿈 속에서 소리지르는 때도 있다. 아들아, 그 많은 게 뭔지 알았어. 너를 겁주던 것들. 세상에, 정말 너무 많더구나.

너는 오후 두 시와 저녁 여덟 시에 일어나는 것으로 되어 있다. 어머니가 너를 깨우면 일어나 저널 오브 드림을 적고 식사와 세수를 하는 것이다. 그 외에 오전 열한 시와 새벽 세 시, 두 차례 더 너는 잠을 깬다. 이때는 누가 깨우지 않아도 시계처럼 정확하게 눈을 뜬다. 네가 열한 시와 새벽 세 시에도 잠에서 깨어난다는 것을 그런데 네 어미는 알지 못한다. 이때 너는 자리에서 일어나지 않는 것이다. 눈을 뜨면

넌 이부자리 옆에 놓인 시계를 보고 열한 시 또는 세 시임을 확인한다. 그리고는 곧 다시 눈을 감는다. 너는 휴식을 취하는 것이다. 이때는 저널 오브 드림조차 쓰지 않는다. 그러므로 열한 시와 새벽 세 시 직전에 꾼 꿈들은 그것이 어떤 것이었는지 누구도 너 자신에게도 기억되지 못한 채 지상에서 사라져 버린다. 혹 꿈의 잔영이 남아 너의 휴식을 방해하면 너는 다시 한번 눈을 뜨고 천장과 벽, 이불, 시계 따위를 바라보거나 어머니의 잔기침이나 그릇이 달그락거리는 소리에 귀를 기울인다. 그러면 꿈은 자취를 감추고 너는 다시 눈을 감는 것이다. 너는 이 시간을 사적(私的)인 시간이라 부른다. 꿈도 저널도 어머니도 없는 시간이다. 깨어 있으나 너는 아무 생각도 하지 않는다. 하루 두 차례, 모든 것으로부터의 휴식이다. 간혹 피로하지 않은 때면 눈을 감고서 들려오는 소리에 계속 귀를 기울이는 때도 있다. 그 소리는 네가 거부하지 않는 유일한 외부 세계의 소식, 계절의 변화다. 너의 집 근처에는 중학교가 있어 오전에 있는 사적인 시간에는 네가 원한다면 언제든지 살아 있는 소리를 들을 수 있다. 책읽는 소리, 교련 수업, 기합 소리, 운동회, 시험 전날의 숨소리, 공휴일의 공놀이. 이 소리들은 다른 기압과 바람, 다른 기온과 습기를 만나 계절마다 다른 소리가 된다. 그 계절의 열한 시가 그 중학교에서 내는 그 소리들을 눈을 감고 들으며 너는 새로운 계절이 오고 무르익으며 다른 계절 속으로 사라지는 것을 느낀다. 그럴 때 네 입가에는 간혹 미소가 감돌기도 한다. 이 시간은 이십 분이 될 때도 있고 한 시간 혹은 오 분일 경우도 있다. 네가 다시 잠이 들면 이 시간은 끝이 난다.

너의 애비는 보통 밤이 늦어 돌아오므로 애비가 보는 것은 저녁식사를 마치고 다시 잠에 든 아들의 모습이다. 그 얼굴을 물끄러미 바라보다 애비는 아들이 적어 놓은 꿈얘기를 들춰 보곤 한다. 그 이야기에 눈물을 흘리거나 몸서리치는 때도 있다. 여보, 그래도 이게 단지 종잇장 쌓이는 것과 다른 것 같지 않아? 얘기가 점점 더 재밌어진다고 할까, 뭔가 달라지는 것 같지 않냐구? 어느 날 아들은 애비가 어미에게 이렇게 말하는 꿈을 꾼다. 꿈에서 너는 아버지에게 이렇게 말씀드린다. 재미있어진다기보다 리얼해진다는 표현이 맞을 걸요, 아버지. 그래요, 이 세계도 조금씩 변하고 있는 것 같애요. 마치 생생해지는 것 같은 걸요. 그러다 넌 갑자기 불안감을 느낀다. 잠을 많이 잘수록 꿈의 세계가, 꿈의 세계마저 리얼해진다면? 너는 몸서리친다. 이것은 악몽이다. 꿈속에서 애비는 놀란 얼굴로 네게 왜 그러느냐고 묻고. 아, 아버지, 모르시겠어요? 정말 아프고 정말 두려운 것들을 나는 견딜 수 없다구요. 그것이 정말로 정말이 아닌 한에만 재미있는 거라구요. 애비와 어미는 날이 갈수록 재미있어지는 너의 이야기를 기다리고 너의 잠은 조금씩 길어져 간다. 이제 너는 자리 곁 시계가 열한 시와 세 시를 가리킬 때에도 눈뜨지 못하고 늦춰진 너의 사적인 시간은 또한 조금씩 짧아진다. 어느 날의 사적인 시간을 위해 너는 눈을 뜨고 시계를 본다. 그리고 다시 눈을 감는다. 그러나 너의 머리는 아직도 꿈으로 덮여 사적인 시간은 시작될 줄을 모른다. 눈을 뜨고 감기를 반복하고 치뜬 눈으로 주변 사물들을 바라보고 들려오는 소리에 열심히 귀를 기울여 보지만, 지난 꿈의 잔영에서 헤어나오지 못하고, 너는 결국 이불을 차고 일어나 어머니를 부른다. 이제 너의 사적인 시간은 포기되었다. 하루에 두 번을 더 아들을 보게 되어 어미는 기쁘기가 그지없지만, 하루에 두 번을 더 "그래, 어떻든? 무슨 일이 있었니?" 하며 다가드는 어미에게 그러나 너는 꿈얘기를 하려 들지 않는다. "어머니, 다른 얘기 없어요? 아무 얘기나 해주세요. 꿈을 깨고 휴식이 있어야 하는데 깨지를 않아요. 지금도 나는 꿈을 꾸고 있는 것 같애요." 그것도 리얼한 꿈. 어미는 너를 깨우기 위해 자신의 꿈얘기를 들려 주거나 혹은 네 저널 오브 드림의 한 장을 읽어 주지만, 네 눈동자는 어딘가를 떠돌다 어느덧 다시 깊은 잠에 빠져 들고.

꿈이라고 말해! 이것은 꿈이야. 그러면 꿈을 깬다고 전에 네가 말하지 않았드냐?

이것도 꿈인가? 어머니가 너를 흔들고 있는 모습이 보인다. 어머니, 그런 주문이 아직도 통할 거 같애요?

마침내 너의 부모 역시 불안감에 휩싸이기 시작한다. 너는 사적인 시간으로 탈출하기 위해 몸부림치지만,

결국 너는 꿈 속에 거주하게 될 것인가. 그리하여 부모는

아들이 써둔 옛꿈들을 되풀이 읽고 또 읽으며 긴 밤을 보내게 될 것인가.

불멸의 요령1

보장되지는 않아. 하지만 네가 피울 수 있는 요령은 있어.
STUDY MORE, EXERCISE MORE.
남들이 여덟 시간을 한다면 너는 열두 시간은 하는 거야.
불멸을 위하여.

불멸의 요령2

정글에서 사람들이 싸우는데 주인공은 잠만 잔다우. 이끼에 뒤덮여서 들키지도 않구. 근데 주인공이 꿈 속에서 그 싸우는 사람들을 보는 거라우, 글쎄.

어미는 네 꿈얘기를 자랑한다. 화투패를 돌리던 아주머니는 혀를 찬다. 꿈을 이룬 것도 아니구 꿈꾼 걸 가지고 자식자랑을 하니, 원.

너를 낳은 것이 그랬던 것처럼 이것도 불멸의 요령인가? 네 부모에게 욕심이 생기는구나. 네가 관료가 되기를 바랐던 마음만큼 그들은 네가 저널 오브 드림을 더욱 성실히 작성하고 언젠가는 완성을 보기를 바란다.

애비는 네 꿈이 인생을 제대로 반영했으면 싶은 모양이다.

좀 더 따뜻한 꿈이 많으면 어떻겠니? 네가 아직은 어려서 잘 모르겠다만 인생은 그렇게 말야, 꼭 그런 건 아니거든. 희망말이야, 희망. 중요한 건 그거라고.

어머니는 네 꿈 속 로맨스에 신분 갈등이 좀 더 포함되기를 바란다. 가난하고 착한 처녀와 고관대작 아들의 러브스토리 같은.

이 에미가 그렇게 바라건만 그런 꿈 하나 못 꿔준단 말이냐? 어미는 역정을 낸다.

STUDY MORE, EXERCISE MORE.

우리, 완성을 보자구.

여기서 '마음' 보다는 '온몸'이 낫겠구만. 아버지는 슬쩍 너의 저널을 고쳐 본다.

어머니는 다시 잠에 들려는 너의 볼을 어루만지며

한두 번쯤 더 깨어나서 그 동안 적어 논 걸 고쳐보면 어떻겠니? 안 되겠니?

남이 먹을 때1

초등학교 2학년 때 얘기야. 나는 믿을 수 없었어. 그는 뭐든지 먹었다니까. 그리고 뭐든 먹을 수 있었다니까. 그가 화장실에서 뭘 떠먹었다는 둥, 교실에서는 뭘 집어먹었다는 둥, 누구네 집에 가서는 뭘 삼키고 왔다는 둥 그런 증언은 얼마든지 널려 있었어. 그가 대성(大成)하면 언젠가는 비행기나 우주선을 뜯어먹을 거라고 믿는 아이들 투성이였고. 결국에는 나도 어느 정도까진 믿게 되었지.

그가 자기 도시락에서 숟가락을 꺼내 가지고 자신의 지지자와 적을 포함하여 여러 아이들을 몰고 화장실에 갔던 일은 나도 예전부터 들어서 알고 있었어. 하지만 그 이상은 알고 싶지 않았지. 이미 그것만으로도 내 점심 한 끼는 날아가 버린 거니까.

나는 그가 우리들에게 대단한 놈으로 비치길 바란다는 걸 알았어. 어떻게 보면 좀 딱하기도 했지. 생각해 보라구. 자신에게 대단한 무언가가 튼튼한 비위뿐이라면 말야. 그는 무척 조그맣고 상당히 까맣고 영 없어 뵈는 몰골이었지. 말은, 나는 그가 말을 할 줄이나 아는지도 잘 모르겠어. 하지만 우리는 대단한 아무 것 없이도 그럭저럭 지낼 수가 있는데 말이지. 모르겠어. 그는 그럭저럭 지내는 그 흔한 재능도 지니고 있지 않았는지. 누군가는 정말 그것들이 맛이 있기 때문에 그가 그러는 거라고도 하더군. 그는 누가 보고 있지 않을 때도 우리가 먹지 않기로 되어 있는 것들을 먹고 있다는 거야. 맛이 있으니까. 그래서 저녁 때쯤 되면 뱃속에 여유가 별로 남지 않게 되고 저녁상 앞에서 더 이상은 아무것도 못 먹겠다고 버티다가 엄마한테 두들겨 맞곤 한다지. 그렇다면 이런 생각이 들기도 해. 우리 인간들은 소중한 양분이 될 많은 자원들을 방치하고 있는 것은 아닐까. 천지에 먹을 것을 널어 두고도 배를 곯고. 단지 무지, 비위 혹은 그놈의 테이스트 때문에 말야.

예쁘장한 소녀였던 나한테 그는 제법 관심이 있는 것 같았어. 내가 친구들과 오징어 게임을 할 때 물끄러미 나를 바라보곤 하던 그를 기억할 수가 있지. 나는 그와 찍은 사진도 한 장 가지고 있는데 그건 내가 다른 여학생 둘과 함께 학교의 코끼리 동상 곁에서 찍은 거야. 몰랐는데 나중에 사진을 들여다보니 코끼리의 뒷다리 사이에 누군가 쪼그리고 앉아 있더라구. 잡초 위로 불쑥 솟은 고동색 스웨터. 얼굴은 어둑어둑해서 또렷하진 않았지만 그 녀석임이 분명했지.

그와 한 반이 된 지 한 해가 거진 지날 무렵 나는 비로소 그에게 관심이 좀 가기 시작했어. 그가 또 새롭게 무얼 먹어냈다고 내 앞자리 계집애가 그러더라구. 그 애 집안이 어떻고 뭐 그런 나름의 분석도 곁들여서. 그 계집애는 그를 동정했어. 어느 집에 아이가 또 하나 태어난 거야. 그 아이는 누워서 줄창 기다렸다는군. 밥이 될 만한 것이 들어오기를. 하지만 큰소리로 울고 애원의 눈물도 흘려 보고 분노로 바들바들 떨어 봐도 소용이 없자 손에 잡히는 대로 하나씩 먹어치우기 시작했다는 거야. 제일 먼저 사라진 것은 아마도 배냇저고리일 거라는군. 하지만 그런 견고한 섬유 조직을 소화시킬 수 있는 갓난애는 아마 없겠지. 그러니까 그것은 듣는 사람에겐 있음직하지 않으면서 막상 들은 사람이 그 얘기를 전할 때는 믿어봄 직해지는 그런 이야기였어. 누구를 가엾게 여긴다는 건 하여간 나쁜 일은 아니지. 그리고 그것은 내게 녀석에 대한 관심을 불러일으키기도 했고. 나는 그를 향해 손짓을 하고 물었지.

어이, 너 이것도 먹을 수 있냐?

그의 눈빛이 반짝이더군. 내 말이 끝나기가 무섭게 내게로 달려와 내 손에서 샤프통을 빼앗고. 그리고는 뚜껑을 연 다음 샤프심을 몽땅 입에 털어 넣었어. 우물우물하더니 저작 과정이 벌써 끝났는지 나를 빤히 쳐다보더군. 자부심이라고 할까? 아무튼 얼굴에 반드르르 윤기가 나고. 그리고는 샤프심이 뱃속에 낸 자국을 지우고 싶었을까, 허락도 받지 않고 내 책상에서 지우개를 집어 들더니 입에 넣더라구. 한두 번 씹고는 꿀꺽.

아, 문방구가 어떤 맛일까? 게다가 지우개에는 까맣게 내 손자국이 묻었는데. 나도 모르게 헛구역질이 나왔어. 두세 번쯤 그러다가 입을 틀어막고 그를 쳐다보았지. 나를 뚫어지게 응시하는 그의 두 눈이 붉게 변하고. 그는 교실을 나가 버렸어.

나는 그에게 이렇게 말해 줄 수도 있었어. 너는 언젠가 구황(救荒) 의류와 구황 문방구와……구황 사물로 인류를 배고픔에서 구원할지도 모른다고. 그러니 그것도 재능이라고.

하지만 아직은 저주받은 재능이랄까?

나의 비위는 아무래도 그를 공정하게 평가할 수 없었어. 그건 인정해야겠지.

두 번째 이야기. 초등학교 3학년 때였다. 당시 그 계집애는 모 방송국의 아동 예술단원으로 이미 프로페셔널 액터였고 나야 그저 동네 꼬마, 나와 남을 구분하기 시작한 지도 얼마 안 되는 그런 아이였지. 그런데 그 계집애가 내게 관심을 보이는 거였어. 우리는 자주 어울려서 주로 연극을 하며 놀았는데 왕과 공주와 내시가 나오는 즉흥극들이었지. 그 아이는 연극 도중 "풀무질한다는 말, 어디서 들어봤지?" 라든가 "그럴 때 눈물이 나온다는 걸 어떻게 알았지?" 따위의 말을 종종 물어 왔어. 아마도 칭찬인 것 같았지.

연극은 보통 우리 집에서 벌어졌는데 어느 날은 그 아이가 나를 자기 집으로 초대하더군. 그 애의 집은 넓었지만 별다른 인상을 남기지는 않았어. 하지만 얻어 먹은 음식 맛은 좋더군. 그래서 나는 우물우물, 이게 뭐라고 하는 요리지?, 물어 보았어. 여러 번을 물었지만 이상하게도 그 계집애는 대꾸는커녕 들은 체도 안 하는거야. 그저 자기 숟가락만 열심히 놀리고. 식후에도 그 애는 각자 책이나 읽자고 하면서 자기 책상에 앉아 책을 읽을 뿐이었어. 나는 그 계집애가 어떤 무례함을 의도한 것이라는 걸 알아차렸지만 뭐, 나도 책꽂이에서 책을 꺼내 읽기로 했지. 그런데 책을 읽는 것은 고역이었어. 음절 여러 개를 묶어 그걸 한 단어로 봐야 하다니. 글자가 너무 작지 않나 싶기도 했고. 얼마 후 그 애는 자신이 읽던 책을 덮으므로써 겨우 나를 해방시켜 주었지. 그리고는 한 마디 말도 없이 나를 자신의 집에서 내보냈어. 그 후 우리는 예전과 다름없이 가끔 우리집에서 만나 떠들고 연극놀이도 했지. 그래서 나는 그 아이 집에서 있었던 불미스런 일은 잊어 버리고 그때 먹어 본 음식 맛만을 기억키로 했어. 그러자 다시 가보고 싶어지더라구. 그래서 나는 계집애에게 여러 번 졸라 보았지만 그 애는 안 된다고 잘라말하더군. 그러던 어느 날 그 애가 나를 다시 한번 초대하는 일이 일어났어. 그런데 이번에 그 집에서 대접받은 것은 불고기로 사실 그렇게 감명을 주는 것은 아니었어. 나도 서울에서 오빠들이 내려온다든가 아무튼 가끔은 양껏 먹을 수 있는 것이었으니까. 그러나 후식으로 나온 과자는 무척 맛이 있어서 오기를 백번은 잘 했다는 생각이 들었지. 그 애는 그 날도 말수가 적었는데 식후에 조용히 책상에서 웅크리고 있었어. 책을 읽는 것 같지는 않고 무언가 끄적거리고 있더군. 방해하면 안 될 것 같아 나는 뒤편에서 과자를 씹고 있었지. 그런데 그 시간이 너무 길었어. 지루해진 나는 작별인사를 하려고 그 애에게 다가갔어. 계집애는 누군가에게 편지를 쓰고 있는 것 같더군. 그 애는 내가 지켜 보고 있는 것에도 아랑곳없이 계속 글을 써내려가더니 잠시 후 펜을 놓고, 그 공책을 내게 건네더군. 그것은 모두 연이라는 이름의 어떤 아이에게 보내는 편지들이었어. 누군지 묻자 나와 매우 다른 아이라는 대답만 들을 수 있었지. 내가 아는 한 그 아이에게는 친구가 별로 없었어. 그리고 나는 여태껏 내가 그 아이의 가장 친한 친구인 줄만 알고 있었고. 그 애에게 나말고 다른, 그것도 아마 훨씬 더 친한 친구가 있다니. 질투는 정말 쓰더군. 그 애는 나의 반응을 관찰하고 있었을 거야. 결국 입을 연 그 계집애에 따르면 연은 한때 나였으나 이제는 내가 아니게 된 인물이라더군. 지난 이야기를 하자면, 하고 그 애는 말했어. 나와 연극 놀이를 하면서 나를 좀 좋아하게 되었다. 그리하여 나의 촌스런 이름 대신 연이라는 멋진 이름을 달아주었다. 그러나 얼마 안 가 나에 대해 크나큰 실망을 경험하게 되고 내가 자신의 편지를 받을 자격이 없음을 깨달았다. 그리하여 그 후에는 가상의 인물로서 연에게 자신의 숨은 얘기들을 편지 형식으로 털어 놓고 있는데 언젠가는 정말 연을 만날지도 모른다.

서럽더군. 나는 나의 어디가 그렇게 실망스러웠는지를 물었어. 그 애는 자신이 실망한 가장 큰 이유는 내가 먹을 것을 너무 밝힌다는 점이라고 했어.

"니가 우리 집에서 밥을 먹을 때 너는 꼭 돼지 같았어!"

그녀는 치를 떨었지.

영화 〈재능있는 소년 이준섭〉 중에서

용 산
Yongsan

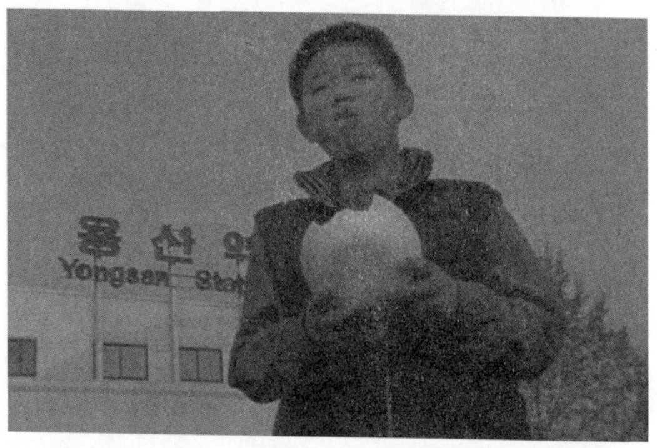
용 산
Yongsan

용 산
Yongsan

랑소년!
를 구하라

남이 먹을 때2

고등학교 수업을 마치고 집에 가는 길에 너는 그를 만났어. 그는 너의 집 대문 근처에서 얼쩡거리다 골목을 들어서는 너를 보고는 반가운 얼굴로 달려온 거야. 그리고는 그가 누구인지 네가 알아보기도 전에 네 양손을 움켜잡았어. 알고 보니 그는 너의 중학교 동창. 그와 너는 이 년 동안 같은 반이었으면서도 아마 한 번도 말을 나눠 본 적이 없었을 거야. 네가 그에 대해 가장 깊이 알고 있는 것은 집안 형편이 부유함에도 아침마다 신문배달을 한다고 담임 선생이 칭찬했다는 것 정도. 그런 그가 각자의 고등학교로 흩어진 지 일 년여가 지난 지금 갑자기 나타나 네 손을 부여잡은 거야. 너는 몹시 놀랐지만,—그는 부잣집 애면서도 신문배달을 한다—그에 대한 신뢰가 있었기 때문에 그의 손에 네 손을 맡긴 채 반가움을 표시할 수 있었지. 그리고 그에 대해 더 많은 것을 회상해 보려고 노력했지. 하지만 그는 말수도 적고 말썽도 너무나 피우지를 않았어. 매우 희미한 존재였지. 생각해 보면 너는 그에게 호감을 갖고는 있었던 것 같아. 그러나 그의 존재에 걸맞게 매우 희미한 것이었지. 어느 고등학교 다니니 누구랑 혹시 같은 학교 아니니 지금은 어디 사니 따위가 끝나자마자 그는 너를 다시 한번 놀래켰어. 괴로운 듯 양미간을 찌푸리고 더 이상은 견딜 수 없다는 듯 말한 거야.

너를 사랑했어. 너와 같은 반이 되던 날부터였어.

섬뜩한 느낌이 들어 너는 손을 빼고 집을 향해 빠르게 걸어 가기 시작했지. 하지만 그에게 다시 손을 붙들리고. 그는 그간 너로 인해 겪은 고통을 두서없이 토로했는데 그의 입에서는 거품이 일었어. 그날부터 한 달 이상 위기는 계속되었지. 그는 네가 다니던 학교 교문에서 너를 기다렸고 길거리에서 껴안기 일쑤였으며 집으로 숨어 들어와 네 방 옷장에 숨어 있기도 했어. 반신반의하던 가족들도 네 옷장 안에서 그를 발견하고는 네 말을 믿지 않을 수 없었지. 결국 너의 부모는 그의 집까지 찾아가게 되고 그는 곧 네 시야에서 사라지게 되지. 그런데 몇 개월 후 그의 어머니로부터 전화가 온 거야. 식사 대접을 하고 싶다고 너더러 와달라는 부탁이었지. 그리고 아들은 더 이상 너를 괴롭힐 수 없다고 안심해도 좋다고 부인은 덧붙였어.

문을 열고 너를 맞은 부인, 그의 어머니는 용모가 수려한 분이었어. 하지만 생기가 없고 기운을 많이 잃은 듯 보이더군. 너는 자책감이 들었지. 그것이 너의 심히 평범한 외모에 대한 반응이 아닐까 싶어서 말야. 이런 계집아이 때문에 내 아들이 그렇게 법석을 떨다니. 그러니까 부인은 너를 직접 보고서야 결국 자신의 아들이 정신적으로 문제가 있다는 것을 인정하게 된 것이 아닐까.

부인은 너를 식당으로 안내했고 긴장으로 인해 너는 사실 배가 고프지 않았지만 부인은 네가 아니면 자신은 함께 식사할 사람이 없다고 우겼어. 너는 식탁에 자리를 잡았지. 부인만큼 부엌도 정갈하더군. 상당히 호화롭고. 너는 이렇게 부유한 녀석이 네게 호감을, 아니 호감 이상을 가졌다는 데 대해 자못 흐뭇한 느낌이 드는 것을 어쩔 수 없었지. 그녀는 손수 식탁을 차려 주었는데 대리석처럼 보이는 식탁 위에 식기가 놓일 때마다 맑은 소리가 울렸어. 그 소리는 부유했고 넓었으며 어딘가 외로운 듯 들리기도 했어. 그 소리는 부인과 소년을 외로운 성의 성주로 만들어 주었지.

부인은 식사 도중 말없이 너를 쳐다보곤 하더군. 너는 부인을 더 이상 실망시켜 드리고 싶지 않았어. 그래서 식사를 하는 네 모습에 신경을 썼는데 얼굴에 경련이 일어날 지경이었지. 수저가 달그락거리고 그런데 이상한 소리가 들려오는 거였어. 알고 보니 그것은 부인이 음식을 씹으면서 내는 소리더군. 그녀의 목구멍에서 으으으 하는 소리가 흘러나오고 있었던 거야. 그리고 그것은 네게 이상하리만치 혐오스럽더군. 어떤 사람들이 밥 먹을 때 습관적으로 내는 쩝쩝 소리보다 훨씬 더. 그래서 너는 그 고결한 부인에 대해 상당히 실망할 수밖에 없었지.

너는 어쨌든 식사의 고역을 마칠 수 있었어. 부인은 네게 숭늉을 가져다 주었지. 너는 고맙다고 고개를 숙이고 오물오물 열심히 먹던 그 자세로 숭늉을 들어 마셨어. 그런데 그것은 앗, 아주 뜨거웠어. 너는 입천장을 온통 데었지. 그러나 신음도 내지 못하고 너는 물그릇을 식탁 위에 얌전히 내려 놓았어. 그런데 갑작스레 노기를 띤 부인의 목소리가 들리는 거야.

내 아들한테도 그랬니?

고개를 들자 온화하던 부인의 표정은 어디로 가고 너는 벌겋게 충혈된 부인의 얼굴을 보았지. 더 정확히 말하면 그녀의 안색은 자줏빛이었어. "내 아들한테도 그랬냐구?" 부인은 다시 물었지. "뜨거워도 뜨겁지 않은 체하고……." 부인의 눈초리는 너를 찢어발길 듯했어. 갈가리 말이지.

너를 쫓아다니던 소년은 스토킹으로 문제가 되자 정신병원에 잠시 입원했대. 그런데 퇴원한 직후 목숨을 끊었다더군. 너는 그때까지 그것을 모르고 있었어. 신은 없다거나 지구는 돌고 있다 혹은 노동자도 사람이다 같은 말을 외치지 않고도 목숨을 버릴 수 있는 것일까? 너는 이상스러워서 웃음이 나올 지경이었지. 이제 숭늉은 꼭 식혀서 먹는다.

두 번째 얘기. 너는 열일곱이 되었어. 하지만 달라진 게 있다면 읽는 책의 글자 크기 정도. 어느 날 너는 새로 사귄 친구의 집에 초대를 받았어. 그녀는 하얗고 갸름한 얼굴에 책을 많이 읽는 소녀처럼 보이는 친구였어. 그리고 그녀의 아버지는 매우 높으신 분으로 너는 처음 맛보게 될 고급 관료의 저녁식사에 기대가 컸지. 그런데 그 집안은 몹시 이른 시간에 저녁을 먹는 듯 네가 방문했을 때는 설거지 감만이 쌓여 있는 상태였지. 네게 식사 대접을 할 생각은 아무래도 없었던 모양이야. 너는 배가 고팠지만 저녁식사를 못 하고 왔다 말하기에는 왠지 쑥스러운 분위기더군. 다만 그 집 딸, 친구에게 부탁해서 켈로그를 좀 얻어 먹을 수가 있었지. 색색으로 된 링모양으로 과일맛이 났는데 후르츠 링인가 아마 그랬을 거야. 그 집의 가정부는 그것에 우유와 키위, 바나나 같은 생과일을 섞어 주었는데 무척 맛이 있었어. 그런데 그 정도로는 네 허기를 달랠 수가 없었지. 저녁 한 끼가 통째로 모자랐고 너는 쉼없이 크고 있었으니까. 친구는 뾰로통해져서 너더러 직접 가져다 먹으라고 하더군. 그래서 너는 켈로그와 우유를 통째로 들고 와 먹기 시작했어. 친구는 곁에서 책 얘기를 주절거리기 시작했고. 그것은 싸르트르라는 자가 쓴 것으로 구토라는 제목의 소설에 관한 것이었어. 제목이 비위에 좀 거슬렸지만 너는 그녀 앞에서 싸르트르라는 이름에 어떻게 반응해야 하는지 정도는 알고 있었지. 그 친구는 구토라는 책을 서점에서 구입할 때 겪었던 이야기도 들려주었는데 서점 아가씨에게 그 책을 찾지 못하겠다고 하자 아가씨가 저자 이름을 여러 번 되물었다는 거야. 사 뭐요? 친구는 대답했대. 싸르트르요. 아가씨는 또 물었대. 사르 뭐요? 싸르트르요. 사르트 뭐요? 싸르트르요. 네 친구에게는 이 세상에 싸르트르를 모르는 자가 존재한다는 것이 상상하기도 힘든 일이었을 거야. 너 또한 싸르트르가 불쌍해졌어. 비록 너는 그의 글을 읽어 본 적은 없었지마는 그가 사팔뜨기였다든가 계약 결혼, 그리고 두 명 이상의 여자와 관계를 맺었다는 것 등은 어디선가 들은 적이 있었던 거야. 그래서 너는 그를 매우 잘 알고 있는 것처럼 느꼈고 서점 아가씨가 자신의 이름을 모르고 있었다면 그가 상당히 언짢아했으리라는 생각이 들었던 거지. 네 친구는 그 서점에서의 상황을 소설 구토에 포함한다면 어디에 끼워 넣는 것이 가장 어울릴지—가장 구토가 날지—를 물어 왔어. 너는 글쎄 하고 말을 흐리면서 생각하는 낯으로 계속 켈로그를 먹었지. 그녀는 그 문제에 대해 골똘히 궁리하다가 그 소설의 장면들이 떠오르는지 "정말 끔찍하지?" 하고 묻더군. 아주 끔찍해하는 것 같았어. 그래서 너는 "응, 아주 더러워." 하고 대답해 주고. 너는 그 책이 구토 장면에 대한 묘사를 꽤나 많이 담고 있겠구나 생각했지.

몇 달 간 너희는 그럭저럭 어울려 지낼 수가 있었어. 네가 그녀의 집에서 밥과 켈로그를 대접받는 걸 그녀가 아까워한다는 것이 마음에 걸리게 될 때까지는 말이야. 우연히 그 친구 집의 식사 시간에 방문한다든가 해서 그녀와 함께 식탁에 앉게 되면 그녀는 유난히 까다롭게 굴었어. 그 집에서 밥을 얻어 먹기에는 너는 외모도 너무 평범하고 습관도 여러모로 좋지 않은 게 아닌가 그런 느낌을 받았지. 그간 그녀에게 해준 것이 뭐가 있는가, 그것은 이런 식사 대접을 받기에 충분한가 따위를 숟가락을 들기 전에 자문(自問)해 봐야 할 것 같기도 했고. 그 친구는 그 밖에 책이나 푼돈을 빌려 주는 것도 몹시 꺼려했는데, 너는 놀랐지. 그녀는 부유했으며 무엇보다 너희들은 열일곱이었고 열일곱은 다른 열일곱이

열이나 일곱과는 다를 것으로 기대하기 마련이니까. 그로부터 십여 년 후 그 친구는 학자가 되었고 아름다운 글로도 이름을 얻었어. 그녀는 타인과의 관계에 대해 쓰기를 즐겼는데 타인과의 사이에 벽이 있다든가 그래서 슬프다든가 주로 그런 이야기였지. 그 친구가 아름다운 글을 쓸 수 있었던 것도 인생을 탐구하는 학자가 된 것도 모두 자신의 밥과 켈로그를 남이 먹을 때 그녀가 큰 괴로움을 느꼈기 때문이다. 너는 이렇게 믿고 있지. 그녀에게 삶에 대한 심오한 느낌을 끊임없이 제공한 것은 싸르트르보다는 자신처럼 그녀의 밥과 켈로그를 넘보는 자들이었을 거라고 말야.

너의 얼굴

네 얼굴엔 사람의 얼굴이 박혀 있다. 그런데 그 얼굴은 너의 것이 아니다. 거울을 들여다보던 너는 그치의 얼굴을 씻어내려고 비누를 칠하고 문질러 거품을 일으킨다. 너는 고개를 들어 다시 거울을 본다. 뿌옇게 흐려진 것이 이제 곧 네 얼굴을 다시 볼 수 있을 것만 같다. 세면대에 얼굴을 박고 하푸하푸 거칠게 씻어낼 때 그런데 문득 생각이 든다. 너의 얼굴을 찾을 이유가 없는 것이다. 너는 씻어내기를 멈추고 고개를 들어 거울을 본다. 그래, 내버려두자. 나를 알지도 못하는 자들이 나를 안다고 믿게 하고 내가 없던 곳에 내가 있었다고 맹세케 하고 내가 하는 말마다 그럴 줄 알았다고 떠들게 하는 얼굴. 그 따위쯤 잃어버린다고 무어 대수냐. 어디 그뿐인가. 수천 번 거울을 보며 나라는 사물이 있으며 그것은 아주 독특한 것이며 똘똘 뭉쳐 하나인 것이며 이 사물은 허투루 입히거나 먹여서는 안 되며 그 앞에선 말도 조심해야 하며 보험쯤은 한두 개 들어 두어야 하며 이 사물의 혈압을 상승시키는 티브이 프로는 건너뛰어야 하며 지나친 박색이나 자신을 너무 사랑하는 사람을 사귀게 두어서는 안 되며……이러한 믿음하에 그 귀찮은 일들을 묵묵히 수행했던 것은 거울 때문이 아니라 그놈의 얼굴 탓이 아니었는가. 그러니 너의 얼굴쯤 어느 후미진 골목길에서 나뒹굴게 하자. 지나던 개가 한두 번쯤 머리에 써보다 싫증이 나서 도로 벗어던지고 학교를 안 다니는 꼬마들이 깔고 앉아 흙장난질을 치고 그러다 새벽이 오면 종량제 봉투를 사용하지 않았어도 수거해 주는 맘씨 좋은 청소부의 손길로 간단히 처리되도록. 이제 그것의 이목구비는 버려진 담뱃갑의 경고문처럼 누구한테도 읽히지 않고 첫인상의 신봉자들마저 무심히 지나치고 말 것이다. 그 관상쟁이가 생각난다. 너는 무슨 역(力)은 센데 무슨 역(力)은 도통 아니라던가. 이런 직업을 가져야 하는데 너는 길을 잘못 들었다든가. 그게 다 네 이마가 어떻구 양 눈썹이 어떻구 코가, 입이 또 턱이 어떻기 때문이라던가. 너는 그런 존재야. 없는 힘은 생기지 않으니 있는 힘이나 잘 쓰라던가. 그 친구도 이제 너를 고래(古來)의

지혜 밑에 때려 눕히지는 못할 것이다. 왜냐하면 이제 막 취득한 너의 얼굴은 그 누구의 얼굴도 아니니. 당신도 달걀의 관상을 보는 것은 쉬운 일이 아닐 걸.

너는 새 얼굴이 지워질까 타월로 조심스레 두드려 물기를 닦아 내고 옷을 주워 입는다. 나의 벗들이 날 못 알아 본다고 서운해할 이유는 없지. 너는 그들을 찾아갈 것이다. 그리고 "야, 내가 너를 친구로 두고 있는 건 오로지 나의 선량함을 확인하기 위해서인 것 같다. 네가 짧은 하체를 훌륭히 커버할 줄 아는 것은 대단하지마는." 그리고 또 다른 놈한테는, "어이, 중학교 때의 정치적 선택을 이제껏 고수하는 자여. 사람들의 목을 따고 세상을 정복했다고 소리지르는 것은 역시 너의 족속이겠지마는 나더러 뒤를 따르라고 하지는 말아 주길 바란다." 그리고, "헤이, 아가씨. 당신이 세상에서 제일 이쁘다는 이유로 너그러운 사람이 된 건 축하할 일이오만 친구들 집들이에 당신의 그림을 선사하는 일은 좀 신중을 기했으면 싶소." 그들은 뻥한 눈초리로 나를 바라보겠지. 그럼 나는 그들의 한달 평균 몽정 횟수까지 대는 거다. 하하. (계집애한테는 뭐라 할지 좀더 생각해 봐야겠다.) 넌 우선 아픈 두 친구의 집을 찾아가기로 한다. 미루어 두었던 병문안 겸 해서다. 가서 이렇게 말해 주는 거다. "이 녀석, 네 무릎 관절이 고장난 건 지루한 영화만 보기 때문이야. 그것도 무릎을 꿇고서 말야. 그건 병원에 가도 고칠 수 없어." 다른 녀석에게는, "요즘도 거기가 아프냐? 햇볕을 자주 쬐어 줘. 거기엔 자외선만한 약은 없다더군." 이 계획은 맘에 든다. 이 녀석에게는 사랑하는 마누라가 있으니 내가 마누라 앞에서 그렇게 말하면 녀석은 더욱 흥분할 것이다. 녀석은 그러겠지. 다, 당신 누구요?

나? 아무도 모르는 사람이오. 낄낄.

너는 옷솔로 어깨 위의 머리칼을 털고 나가다가 현관에서 한 번 더 네 얼굴을 거울에 비춰 본다. 이 얼굴은 천 번을 보아도 기억할 수 없게 생겼다. 그러니 이제 그을리나 주름이 지나 털이 빠지나 하나의 사물이라고 그것도 세상의 중심에 놓인 사물이라고 억지 부리지는 않겠지. 너의 새로운 얼굴은 착하게도 거울의 중심으로 만족할 것이다.

너는 이제 아무도 모르는 얼굴이 되어 거리를 걷는다. 행인들은 길가 어느 집 담장의 낡은 벽돌을 보듯 너를 보아 넘기고 너는 그들의 되쏘는 눈초리를 두려워할 것 없이 마음껏 그들을 뜯어 본다. 그러나 너의 아픈 친구는 둘 다 집에 없다. 바쁜 것이다. 휴일도 없는 것이다. 너는 소변 보는 데 문제가 있는 친구의 집마저 나오려 하는데 그 집의 아래층에 살고 있는 듯한 주민과 계단에서 마주친다. 여자는 안녕하세요 하고 반듯하게 인사를 한다. 너는 당황하여 눈길을 어디에 둘지 모르고 안면이 있는 분이신가요? 묻는다. 여자는 말한다. "당신 어젯밤에 우리집에 오셨었잖아요. 경비행기를 타고 멋지게 말예요. 마치 옛애인을 맞이하는 심정이 되어 저는 저의 집 안방 문을 활짝 열어 놓았었지요. 그게 우리 집에서 제일 넓은 방이니까요. 당신은 비행기를 정말 이지 신기에 가깝게 몰더군요. 좁은 방문을 멋지게 통과하여 방에 착륙시키던 것을 생각하면 지금도 전율이 느껴져요. 당신이 손가락 하나로 제게 뒷자석에 타라고 손짓하실 때 너무 멋있어서 사실 저는 조금 흥분했었답니다. 비행기는 장난스러웠지만 예쁘게 생겼더군요. 분홍색, 노랑색 무늬말예요. 그걸 보고 있으려니 고아원의 소녀랑 토끼, 가사 실습 같은 게 떠올랐어요. 저는 당신 뒷자리에 올라타고 우리는 이집트로 날아갔잖아요, 왜. 근데 그게 날 구출하는 작전이었다는 걸 알고는 잠시 놀랐었어요. 내가 우리 집에 감금돼 있었다는 걸 실은 나도 모르고 있었거든요. 종교에 대한 탄압이었잖아요, 왜. 근데 그게 무슨 종교였는지 아세요? 모르세요? 우리 집에서 나는요 신자도 아니면서 그 종교에 대한 박해에 저항하고 있었던 거예요. 무슨 종교인지도 모르면서요. 나는 가는 실로 발목에서 허리에서 목과 팔, 어깨까지 두 번씩 돌려 묶여 있었는데요. 그 실은 보이지 않을 만큼 가늘었어요. 하지만 결코 끊어지지는 않는 거죠. 그 실은 우리 할아버지 댁 처마 끝에 매듭이 지어 있었는데 나뿐 아니라 많은 신도들이 모두 발가벗겨진 채 그런 식으로 처마에 묶여 쭈욱 열을 지어 서있어야 했어요. 잠도 서서 잤죠." 너는 그녀의 이야기가 끝이 나기를 기다리다 이쯤에서 잘라 버리기로 한다. "그래서, 결국 제가 당신을 구해 드렸나요?" "네, 당신만이 아니고 당신과 제가요. 하지만 당신의 활약은 정말 대단했어요. 멋있었죠." "근데 당신의 안방에 착륙했다는 그 경비행기 조종사가 저라는 걸 어떻게 아시죠?" "그 사람인 걸요. 똑같이 생겼는데요." "좀더 자세히 보시기를 바랍니다. 이런 말씀이 이상스레 들릴지도 모르겠습니다만 제 얼굴은 누구도 이 사람이다 할 수 없는 얼굴이거든요." "이목구비가 똑같은데요, 뭐." 너는 피식 웃으며 한 손을 들어 작별을 고한다. 그녀는 돌아서는 네게 반듯한 인사를 한다. "안녕히 가세요. 그리고요, 이 말씀을 드리고 싶어요." 잠시 머뭇거리다가 여자는 갑자기 정색을 하고 말한다. "조리(條理)로부터 너의 얼굴을 쉬게 하라." 여자는 너를 쏘아 보고 있다. 무슨 신흥종교의 교리라도 되나? 멀쩡치도 못한 여자가 남을 가르치려 들다니. 너는 유쾌한 기분이 아니다. 그 집을 나와 너는 거리를 걷는다. 장난마저 마음대로 되지 않는다는 그 이유로 풀이 죽어 터벅터벅 길을 걷는다. 벗을 놀리는 일은 좀 나중으로 미루고 싶다. 지금은 별로 내키지가 않는다. 네가 발밑으로 빠져나가는 보도블럭을 내려다 보며 걸음을 옮기고 있을 때 그런데 저쪽에서 누군가 사람을 부르는 소리가 난다.

여이! 거기 젊은이!

너는 알아볼 수 없게 생긴 너를 누가 젊은이라고 불러댈 수는 없다고 믿지만 혹시나 싶어 고개를 돌려 본다. 다가선 자가 말을 건다. "여봐 당신, 본드했지?" 순경이다. "내가? 왜요?" "눈깔이 풀렸잖아." (머저리 같으니. 그건 아무도 알아볼 수 없는 용모를 위해 그럴 수밖에 없는 거라구.) "이리와 봐. 대마초는 아직 못하게 생겼어. 본드 수준이야." 순경은 곁에 선 다른 순경 쪽을 보고 미소를 짓더니 다시 너를 돌아본다. "신분증 꺼내봐. 뭐야? 이거 남의 신분증 아냐." "무슨 소리요? 내 거라구요." "네 놈 얼굴이 이 사진하고 똑같단 말이야?" 곁에 섰던 순경이 참견한다. "술 먹고 빼드러져 잤겠지. 얼굴을 벌한테 쏘였는지도 모르고." 자기 말이 재미있는지 순경은 키득거리며 덧붙인다. "내버려두라구." 그러나 성깔있는 순경은 다시 시비를 건다. "옷 입은 거 하며 손가락에 이거 뭐야? 반지 아냐? 이거 어서 났어? 옷은 이렇게 후줄그레해갖고." 곁에 섰던 순경이 참견한다. "이거 14케이 큐빅도 못 돼. 이런 건 초등학교 문방구에서도 팔아. 그냥 놔주라구." 성깔있는 순경은 너의 얼굴을 말없이 뜯어본다. 그러다 가봐, 하며 네게 신분증을 내준다. 그들의 수다는 네 등 뒤에서 계속된다. "거 참 되게 기분 나쁘게 생겼네. 완전히 범죄형 얼굴이야." "저게 어떻게 범죄형 얼굴이야? 그냥 흔한 얼굴이구만." "아냐, 시시껍절한 죄도 아니고 엽기적인 살인마의 얼굴이라구." "그냥 가난한 놈일 뿐이야. 나는 저런 반지를 끼고 있는 놈들은 찜적이지 않아. 나올 것도 없구. 기껏 캐봐야 좀도둑질 같은 거라구. 슈퍼에서 라면을 훔치는 녀석들이야." "확실한 건 여자는 안 따를 상이구만. 그건 동의하지?"

저도 모르게 익숙한 거리로 발걸음은 옮겨지고 너는 눈에 익은 가로수와 횡단보도, 가게 간판 따위를 보며 기분이 나아지는 것을 느낀다. 이제 오르막길을 오르면 너의 보금자리가 나타날 것이다. 이발소, 쌀가게, 쓰레기통, 호진 러브 영숙이라 쓰인 담벼락. 오르는 도중 그런데 너는 너의 개를 만난다. 멀찍이서 너를 발견한 개는 미친 듯이 달려와 너를 향해 껑충 뛰어오르는 것이다. 두어 번 그러다 녀석은 갑자기 몸을 긴장시키고 꼬리를 빳빳이 내린 채 네 얼굴을 빤히 올려다본다. 녀석은 네 신발과 바지에 코를 박으며 정신없이 너를 확인하려 든다. 녀석은 목으로는 그르릉거리며 너를 뚫어지게 바라보지만 꼬리는 다시금 명랑하게 흔들리고 있다. 너는 어리둥절해하는 녀석이 좇아 오도록 내버려두고 길을 마저 올라 너의 집 대문을 딴다. 개는 주인에 대한 신뢰를 회복하고 다시금 껑충껑충 뛰어오르며 네 뒤를 바짝 붙어 따른다. 너는 문을 닫고서 자세를 낮춰 녀석의 누런 털을 쓰다듬어 준다. 녀석은 자꾸 앞발을 들고 걸음마 배우는 어린애마냥 재롱을 떤다. 너는 녀석의 앞발을 네 무릎 위에 얹고 주머니를 뒤진다. 아까 방문했던 친구집에서 슬쩍 집어 온 미제 나이프가 있다. 알아볼 수 없는 얼굴을 얻었다면 친구를 놀리고 행인들을 뜯어보는 외에 무엇인가 해야 하는 것이다. 하지만 나는 슈퍼에서 라면을 훔치지는 않는다. 너는 나이프를 꺼내고 한 손으로 녀석의 주둥이를 틀어잡는다. 너는 순식간에 녀석의 목을 딴다. 샘솟는 피는 마당의 흙 위에, 붉지만 않다면 별 다를 것도 없는 얼룩을 지게 하고 너는 그의 고기로 허기를 면한다. 그의 털가죽은 혹시 무언가 쓰임새를 찾을 수 있을 것 같아 비닐 쇼핑백에 챙겨 둔다. 그리고 너는 녀석과 산책을 다니던 골목길을 따라 야산 위 작은 공원으로 오른다. 원활한 대장 운동을 위해서다. 으슬으슬 찬바람이 불고 가을이 지고 있다. 너는 붉게 물든 채 떨어져 있는 이파리 하나를 주워 바라본다. 그걸 두 손가락 새에 끼우고 너는 공원에 들어선다. 도시를 내려다보자 바람이 일고

갑자기 너의 개가 떠오른다. 너는 개의 이름을 불러 본다.

메리야! 메리!

나의 메리.

개를 부르는 사람의 목소리는 진솔하다. 너는 네 목소리에 감명을 받아 울적해지고 공원에 세워진 철봉에 매달려 본다. 차가와 손바닥이 아프다. 너는 다리를 철봉에 걸치고 거꾸로 매달려 본다. 머리카락은 지면으로 쏟아져 내리고 너는 목구멍으로 가르르 소리를 내며 몸을 앞뒤로 흔든다. 짓눈깨비라도 내릴 듯 찌뿌둥한 하늘이 아늑하게 너의 머리를 감싼다. 나는 나를 사랑하는 사람을 만나면 머리를 감겨 달라고 해야지. 따스하게 데운 물로 천천히 감겨 달래야지. 손가락을 갈퀴 모양으로 펴서 두피를 살살 훑어 내리고. 다시 따순 물을 끼얹는 거야. 그건 꼭 해줘야 돼. 철봉에서 내려오자 갑자기 머리가 빙 돌면서 속이 울렁거린다. 제대로 씹지를 않은 것이다. 나는 너무 마음이 여려. 맛있게 씹지를

못하고 뱃속에 밀어 넣기만 했어. 그러니 사랑하는 개의 맛이 어떤 건지 지금도 알지를 못하잖아.

내려오는 길에 산동네의 야트막한 창문들에는 하나둘씩 불이 켜지고 너는 호젓한 기분이 든다. 불 켜진 창문에 들어 있는 사람들은 무얼 하고 있을까. 무슨 생각을 할까. 궁금치도 않은 의문들이 떠오르고 너는 어떤 아낙네와 마주친다. 여자는 포대기로 싼 아이를 등에 업은 채 어느 집 창문 앞에서 서성이고 있다. 여자는 칭얼대는 아이를 어르느라 등을 자꾸 추어올린다. 반가운 마음에 너는 짐짓 꾸며낸 목소리로 그녀에게 말을 건다.

당신의 개가 잠을 안 자는 모양이군요. 나쁜 자식. 그렇게 엄마를 고생시키고서 나중에 커서는 시치미를 뚝 떼겠지?

그러나 아낙은 대답을 않고 너를 물끄러미 바라보던 시선을 공원 쪽으로 돌릴 뿐이다. 너는 그때까지도 들고 있던 낙엽을 아이에게 쥐어주려고 다가가지만 여자는 너를 피해 걸음을 두어 발짝 옮긴다. 너는 화가 난다. 저 여자는 무례하다. 저 애도 아무나 보고 짖어댈 것이다. 무례한 사람들은 애를 가져서는 안 되는데. 법이 있어야겠다.

나는 개다. 걸어 내려오며 너는 생각해 본다. 개를 먹었으니 나는 개다. 나는 꼬리를 다 잘린 개요. 웡웡 하고 짖어 본다. 주인 없는 집에 굵다란 사슬로 묶인 채 버려진 것처럼 슬프게도 울어 본다. 개가 짖는 소리는 진솔하다. 하지만 춥구나.

너는 외투깃을 세운다.

너의 진실1

그러나 너는 그것들을 진실이라 불렀다. 진실이라니. 너는 세련되지 못한 어휘를 구사하는구나. 게다가 술냄새를 풍기는 진실이라니. 주정뱅이들의 토악질만큼 진실하고 싶었던 것인가, 너는? 너는 그들의 멱살을 잡고 그들의 귀에 네 냄새나는 입을 틀어넣었다. 너의 흥분된 혀는 네가 우연히 목격한 진실을 모든 사람들, 모든 사물들이 알고 있어야 한다고 떠들어대었지. 네게 힘이 남아 있다면 너는 네게서 고개를 돌리는 그들의 뺨을 움켜쥐고 소리쳤을 것이다. 들어라, 여기 유일한 것이 있다. 이것이 진실이 아니라면 어떤 것도 진실이 아닌 것이 여기 있다. 그래도 그들이 듣지 않는다면 너는 그들의 뺨을 함몰시키고 그들의 손가락을 하나하나 꺾어 버리고자 했을 것이다. 그들의 두개골을 열고 진실을 슬쩍 집어 넣은 후 봉합하고도 싶었겠지. 그리고 그들이 그로 인해 목숨을 잃는다면 너의 진실을 이해하지 못하느니 그 편이 차라리 낫다고 생각했을 것이다. 그러나, 그러나 다행히 너의 진실은 영원한 것이 아니었다. 네 심장에서 새로운 피가 솟구칠 때 너의 흥분은 후회로 바뀌고 너는 네 입냄새를 맡은 사람들에게 용서를 빌러 다닌다. 진실이라니, 안

락함과 약간의 예의를 제외하면 도대체 무슨 가치로운 것이 남아 있단 말이냐? 너는 가냘픈 목소리로 말했지. 저로 인하여 귀하의 쾌적한 생활이 방해받은 것을 심히 죄송스럽게 생각합니다. 저도 모르게 그런 어리석은 짓을 저지르고 말았습니다. 너는 눈물을 떨군다. 아니네, 아니야, 젊은 나이에 한때 그래 볼 수도 있는 거지, 하고 말하는 귀하의 얼굴을 너는 감히 올려다 보지 못하고 그의 무릎에 매달려 흐느끼고 싶어하는 자신을 가까스로 추스를 뿐이다. 너는 몸이 쇠약해질 정도로 자책을 하고 있다. 그들이 너를 용서했는지 어쩐지는 분명치 않다. 중요한 것은 네가 스스로를 용서할 수 없었다는 것. 그리하여 너는 그 고장을 떠나기로 한다. 또다시 떠나는 길은 적막하고 붉은 흙먼지만이 날리고 있지만 너는 너를 뜨거운 눈물로 배웅할 한 사람을 떠올릴 수 있다. 그러나 너는 누구보다도 바로 그 사람 앞에서 영원히 자취를 감추고 너에 관한 어떤 자그마한 흔적도 소매가 닳아 없어질 때까지 문질러 버리고 싶은 것이 아니냐. 너의 온갖 우행(愚行)에서 진실됨을 보고 네가 꾸며내는 험한 세상에 슬퍼했던 자, 그리하여 너를 이해할 수 없었던 자.

새로운 고장에서도 너는 등 따숩고 배부르고 반쯤 조는 저녁을 위해 몇 가지를 팔고 몇 가지를 샀다. 쉬운 일은 아니었지만 너는 할 수 있었다. 또한 너는 너의 재담으로 새로운 친구들을 사귈 수 있었지. 모든 게 새롭게 시작되는 듯했다. 이제 네 인생에 후회란 추억이 될 것이다. 이제 너는 어떠한 씁쓸한 감정도 느끼는 일 없이 너의 이빨들이 나긋나긋해질 정도로 달콤한 감정들 속에 들어앉아 살 것이다. 그리고 간혹 네가 뱉어 내는 달디단 침은 부지런한 개미들에게 훌륭한 양분을 제공해 주겠지. 어느 날 밤 너는 친구들과의 유쾌한 저녁식사와 가벼운 산책 후에 양털로 짜인 푹신한 잠자리에 몸을 누이며 그 사람, 너의 온갖 우행에서 진실됨을 보고 네가 꾸며내는 험한 세상에 슬퍼했던 자에게 편지를 보내는 것은 어떨까 생각해 본다.

> 이 고장은 굉장합니다. 이 사람들은 저를 따뜻하게 맞이해 주었으며 무엇보다 제가 사귄 새로운 친구들은 정말이지 자부심을 갖게 합니다. 이곳은 작은 동네가 아니고 사람들은 작은 동네 사람들이 아닙니다. 이들의 사상은 자유롭고 자신의 믿음을 의심할 줄 알며 새로운 것에 대해 문을 걸어 닫지 않지요. 저에 대한 그들의 환대가 보여주듯이 말입니다.

갑자기 지난 고장에서의 일이 떠오르자 너는 너무 치욕스러워 실제했던 것이 아니라고 부인하고 싶어진다. 이번에 네가 용서할 수 없는 것은 너의 진실 운운이 아니라 네가 용서를 빌러 다녔다는 그 사실이다. 지나쳤을 뿐이었다. 어리석은 처세였을 수도 있다. 그러나 부도덕한 것은 없었다. 저질렀다고 말할 아무 것도 없지 않았는가. 방해받은 것은 그들의 권태였을 뿐. 그런데 용서를 빌러 다녔다니. 수치심을 진정시키며 너는 편지를 계속한다.

> 선생님께서 제게 보여주셨던 신뢰에 대해서는 언제나 고맙게 생각하고 있습니다. 그러나 선생님께서 제 생각들을 죄다 이해하고 계신 듯 믿고 계시는 점에 대해서는 유감을 떨쳐버릴 수가 없군요. 사실 저는 선생님께서 저를 조금이라도 이해하시는 일은 일어날 수 없다는 것을 알고 있었습니다. 처음부터 말이죠. 하지만 선생님의 지지가 제게는 필요했고—그것이 없었다면 저는 풀이 죽어 어떤 어리석은 일조차 저지르지 못했을 것입니다—그래서 저는 선생님께서 제 말에 고개를 끄덕일 때 그것을 용인할 수 있었던 것입니다. 네, 사실 용인(容忍)이었습니다.

네 편지를 받으면 그 사람은 친절한 답장을 보내 줄 것이다. 좋은 만남이었다는 둥 너와의 교분에 감사한다는 둥 그런 내용이겠지. 그러면 너는 그를 정말 성나게 할 만한 편지를 쓸 수는 없을까 한동안 생각해 보기도 하겠지만 곧 모두 귀찮아지고 결국은 오늘 당장의 일을 생각하게 될 것이다. 그러나 너도, 최소한 너의 일부는 이미 느끼고 있지 않았는가, 불안감을.

이 고장에서도 네 친구들은 어리석은 영화를 보고 열광했지. 친구들은 엉터리 교주 앞에서 눈물을 떨구었지. 친구들은 이제 모두가 지식인이 되었다고 말하기도 하고 지식인은 남지 않았다고 말하기도 했지. 그리고 그들을 견디는 일은 갈수록 힘들어지고 드디어 네 심장의 조수는 방향을 튼다. 네가 축적했던 처세의 기술은 구겨져 거리에 나뒹굴고 사람들은 흥분한 너의 입김을 쬔다. 이제서야 이곳 사람들도 네가 누구인지를 안다. 만나는 모든 것에 대고 진실만을 말할 것을 맹세했던 너의 정체는 폭로되고 어떤 이는 이빨을 긴장시키고 어떤 이는 하나님께 너의 용서를 구한다. 의기양양하여 너는 그들의 저녁 식사에 금지된 양념을 슬쩍 뿌려놓고는 음란한 여인과 짐승들로 교회당을 가득 채운다. 그리고 밀려 나오는 사제에게 엄숙하게 선언하는 것이다.

내 입에서 진실만이 오로지 진실만이 콸콸 쏟아져 나올 것이오. 그리하여 아무도 어쩌지 못하고 모두가 내 진실에 빠져 죽을 것이오.

교회당 지붕 위를 바라보던 너의 눈에는 일말의 동정심마저 어려 있다. 저 십자가도 이제 곧 네 진실에 잠기게 되리라. 그러나.

그러나. 달의 인력 때문인가. 네 심장에서 또다시 새로운 피가 솟구칠 때 당황한 너는 네가 사귀어 두었던 각하들을 찾아 다니며 애걸해 보려 하지만 그들은 거짓말쟁이와 마주앉기를 거부한다. 너와 마지막 밤을 함께 할 수 있는 사람, 너와 가장 유쾌한 저녁을 보내곤 했던 친구를 이제 찾아갈 차례다. 그의 집으로 달려가는 길에 너는 그 집 뜰의 풀장을 지나다 걸음을 멈춘다. 수줍게 피어오르는 저 라벤더 향에서 진동하는 사람 냄새에 코를 막고, 푸르디 푸른 산호초에서 네온 십자가로 붉게 물든 풀장을 보았단 말이냐, 너는? 무심한 수면(水面)은 수치심과 참회로 얼룩진 너의 해쓱한 몰골을 비추고……그러나 그는, 적어도 그는 위로의 술잔을 들어 줄 것이다. 그는 너의 친구인 것이다. 너는 어린아이처럼 허둥대며 그의 집으로 달려가고. 그의 얼굴을 보자 한없는 기쁨에 너는 몸을 떤다. 네 혀는 하고 싶은 많은 말들로 달싹이고. 무슨 말부터 할까. 나쁜 일이 있었다고 할까. 사람들이 날 오해한다 그럴까. 나도 뉘우치고 있다고 할까. 너는 그 집의 휘황한 내부에 눈길을 주지만 네 친구의 기다란 그림자는 현관을 막아서고. 그는 너를 집안으로 들이지 않는다. 그는 네게 말한다.

그 동안 들은 너의 이야기, 재미있었다. 그럼 된 거라고 생각하겠다. 너도 그 이상을 바래서는 안 된다.

침이라도 뱉을 것 같은 그의 얼굴을 올려다보고 네 심장은 멎는다. 너는 헐떡이며 그의 이름을 부른다. 그는 마지막 선물인 양 동정의 눈길을 보내 주고는 이내 돌아선다. 너는 계속해서 그의 이름을 부르지만 문은 굳게 닫히고.

너는 냉랭한 금속 손잡이에 매달린다. 문을 흔든다. 그리고 네 목에서 갈라진 채 흘러 나오는 목소리는 말한다.

여보게, 친구, 따뜻한 말 한마디만 해 주게. 부탁이네.

더는 바라지 않겠네. 한 마디만. 부탁하네.

여보게, 듣고 있나?

영화 〈그의 진실이 전진한다〉 중에서

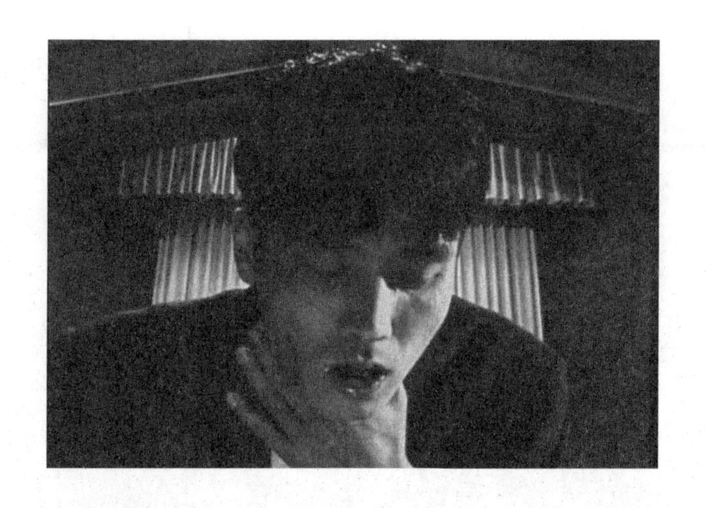

영웅—medical school cadaver1

그런 건 있었어. 예전부터 나는 부자보다는 가난뱅이에 관심이 더 가더라구. 그리고 누가 내 앞에서 눈물을 보이면 나도 모르게 코끝이 시큰해지고. 내 곁에 아픈 사람이라도 있으면 나도 괴로워서 얼굴을 찡그리지 않을 수 없었지.

한때 나는 의사가 되고자 했었어. 어느 날 나의 형제가 몇 가지 책을 가져다 주었지. 페이지를 넘기다 무심코 맞닥뜨린 것은 그런데 화상 환자였어. 그의 다리는 살갗이 전부 소실되고 하얀 뼈까지 드러나 있었는데 그걸 보자 내 피부가 한 꺼풀씩 벗겨지는 것처럼 느껴지는 거였어. 나의 온몸이 근질근질하면서 못 견디게 쓰라려왔지. 책을 뒤적이면서 그것 말고도 이런저런 고통들을 목격하게 되었지. 썩은 넓적다리, 뚫린 가슴, 부풀어 오른 림프, 영양결핍으로 인한 추녀(醜女)에 이르기까지.

상한 것은 비위가 아니었어. 아픈 것은 가슴이 아니었고. 나는 정말이지 온몸이 아파와서 미칠 지경이었다구.

어느 날 거리에서 나는 아는 여자와 마주쳤어. 그녀는 나보다 몇 년은 아래로 아직은 젊은 여자였지만 우리는 둘 다 어린애들은 아니었지. 그런데 알고 보니 우리는 우습게도 커서 무엇이 될까 하는 의문 때문에 그때까지도 개운치 않은 상태였더라구. 그녀는 하지만 최근에 어느 정도 해답을 찾은 듯했어. 아나운서가 되겠다고. 그러고 보니 그녀의 목소리가 많이 달라져 있었는데 어느 쪽이냐면 예뻐졌다고 할 만한 쪽이었지. 그녀의 발음도 좀 달랐는데 그녀와 이러쿵 저러쿵 얘기하다 보면 티브이 브라운관을 마주 하고 대화를 나누는 것 같았어. 어쨌든 나는 그녀에게 격려의 말을 해주었지. 너는 반드시 될 거라고, 그런 말에 적합한 어조로 말이야. 그런데도 그녀는 확신을 갖지 못하는 것 같았어. 키가 작기 때문이라더군.

"내가 얼굴은 뭐 괜찮은 편이라는 걸 알아요. 카메라발도 잘 받구."

하지만 키가 5센티미터는 최소한 더 커야 된다나, 아나운서가 되려면.

그 친구의 얼굴은 무척이나 어두웠어. 나도 마음이 좋지 않더군. 아나운서가 되겠다는 소박한 꿈마저 이룰 수 없다면 세상을 산다는 게 뭘까 말이지. 그 친구는 특히나 밤 9시 뉴스의 앵커우먼을 하고 싶어했는데 하고 싶다면 하도록 해줘야 하지 않을까. 만약 2천만 여자들이 모두 앵커우먼을 하고 싶어한다면 매일 밤 번갈아 가며 티브이에 나와서 원고를 읽도록 하면 되지 않느냐 말이야. 그러려면 2천만 개의 밤이 필요하겠구 운이 없어서 방송 차례를 맞지 못하는 여자들도 생기긴 할 거야. 하지만 그런 극심한 무작위에는 승복하는 수밖에. 물론 하룻밤의 앵커우먼은 아무래도 좀 떠듬적거릴 수도 있을거야. 몇날 며칠을 그런 일만 하고 사는 사람들은 아니니까. 너무 긴장해서 입가의 근육이 씰룩거리고 그래서 화난 바보처럼 보일지도 모르지. 그리하여 시청자들에게 앵커우먼이 더 이상 매력적으로 보이지 않는 날이 오고 결국은 그것이 된다는 게 보통 사람의 꿈조차 아니게 될 지도 모르지. 근데 다른 꿈들에서도 모두 그런 사태가 벌어진다면 언젠가는 사람들이 다 나의 꿈을 좇게 되지 않을까.

아무튼 그깟 꿈을 위해 키까지 자라야 하는 거냐구.

그 친구는 내게 묻더군. 빙 둘러 말했지만 좋은 직업을 갖도록 노력하지 그랬느냐는 그런 질문이었어. 나를 생각하면 자기 처지가 그래도 나은 듯 은근히 생각되는 모양이더군. 나는 말해 주었지. 내가 하는 일들은 모두 아르바이트라고 말이야. 그러니 내 직업에 대해 말할 때 그렇게 조심스럽게 굴지 않아도 된다고. 내가 정말 되고 싶은 것은 따로 있다고.

나는 어려서 참으로 많은 영화와 만화와 그리고 책을 보았어. 픽션 속의 삶이었지. 그런 것에서 기어나와 기말고사 준비를 해야 하는 것이 끔찍스럽던 기억이 나. 나처럼 그런 것들에 심취해서 사는 친구들은 내게 다가와 이렇게 묻곤 했지. 너 스티브 맥퀸 좋아해? 그럼 나는 되물었지. 스티브 누구? 내가 스티브뿐 아니라 오드리나 리즈 같은 예쁜 여자들도 모른다는 사실에서 나와 친구하기를 포기하는 아이들도 있었어. 스티브 누구? 하지만 나는 스티브 비코는 잘 알고 있다구. 그는 투사였으니까. 고문으로 일찍 죽었지. 에스로 시작했으니 말인데 나는 스티븐도 안다구. 그는 친구를 배반하기 싫어서 모든 걸 버렸지. 또 다른 스티븐도 나는 알고 있는데, 그는 어려서는 먹기 내기에 몰두하는 등 비록 좀 모자라게 굴었지만 결국에는 사랑하지도 않는 여자를 위해 누명을 쓰지.

나는 에이에서 제트까지 많은 영웅들의 이름을 알고 있었어. 영화를 좋아하는 친구들이 배우와 사랑에 빠지거나 감독이 되고자 하는 꿈을 가질 때 나는 오로지 작중 인물인 영웅에만 몰두했던 거야. 영화의 시작과 끝에 떠오르는 배우나 감독 따위의 이름에는 눈꼽만큼의 관심도 없었다구. 분장사가 누구인지에 관심이 가지 않았던 것처럼. 영화가 끝날 때쯤이면 나는 생각했지.

죄수가 되면 나는 탈옥하리라. 절벽이 있으면 뛰어내리리라.

지면 결국 이기리라.

나는 스티브나 스티븐과는 다른 식의 이름을 지닌 영웅들에 대해서도 알고 있었어. 책을 읽었고 이란과 필리핀, 니카라과에 대해 많은 꿈을 꾸게 되었으니까. 이러한 꿈들은 전투와 결단과 희생, 전략과 불안으로 구성된 것으로 보통은 비극으로 끝나곤 했지. 배신으로 말미암은 비극이 많았는데 상황이 어려울수록 우리는 누구도, 자기 자신도 믿을 수 없게 되니까 말야.

물론 나는 예나 지금이나 머저리들을 위해서라면 코피 한 방울 흘리는 것도 마다하지. 그리고 세상 사람들은 대부분 머저리라는 것도 모르지 않아. 그럼에도 나는 고통받는 남미의 머저리들을 위해서라면 내 목숨 정도는 쉽게 바칠 수 있을 것만 같았어. 그것은 말하자면 엉터리에 대한 감수성 때문이었다고 할 수 있을 거야. 영웅이 되는 데 있어서 머저리들에 대한 사랑이 꼭 필요한 건 아니야. 그건 세상 사람들의 오해라구. 예컨대 사랑이라곤 어떤 동정녀에 대한 것밖에 모르던 사제처럼 어떤 사람은 엄격함 때문에 영웅이 되고. 또 어떤 종류의 유약함은 엄격함만큼이나 영웅이 될 천분이라 할 만하지. 나는 그렇게 생각한다구.

근데 영웅이 될 천분을 지닌 자도 어쨌든 세상을 살아야 한다.

그래서 갈등이 생기지.

"모든 것은 기브 앤 테이크다." 아버지는 내게 세상사는 법을 가르치려 드셨어. 그는 나를 몹시 염려하셨던 거야. 가진 돈을 거지들에게 털어 주고 오는 날이 많았기 때문이었던 것 같아. 허름하게 차려입고 음울한 표정을 한 거지들의 그 더러운 몰골을 보면 나는 너무나 화가 났어. 하지만 그들의 손등을 밟는 대신 나는 주머니를 털었지. 그런데 거지들에게 적선하는 것이 영웅이 될 천분과는 어떤 관계에 있는

걸까? 그렇게 센치해서는 고문을 견뎌내기가 힘이 들지 않을까 하는 점이 마음에 걸린다구. 어쨌든

모든 것은 기브 앤 테이크다, 라고 아버지는 말씀하셨어. 그가 내게 다짐시키고자 했던 건 받으려면 주라는 것이 아니고 받지 않으면 주지 말라는 것이었지. 아버지는 내가 관료가 되길 바라셨는데 장관의 길에는 그것이 유용한 충고가 될지도 모르지. 하지만, 아버지, 제게는 다른 꿈이…….

영웅이라구?

아버지는 눈을 치켜뜨고 나를 노려 보셨겠지. 그리고는 몹시 큰 소리로 웃어제끼셨을거야. 그러고 나서는 나에 대해 그렇게 심각한 고민은 하지 않으셨을 테고. 하지만 나는 한 번도 그렇게 솔직한 대답을 해보지 못했다구. 대신 나는 이렇게 말할 뿐이었어.

아버지, 세상에는 불행한 사람들이 너무 많더라구요. 가난하고 비참하고 말예요. 누구도 그렇게 살아서는 안 된다고 생각합니다.

그러자 아버지는 말씀하셨어. 너만 빼고 모두 다 잘 산다.

아버지는 나로 인해 말년까지도 몹시 고민을 하셨지. 그는 내가 불온한 사상에 감염되어 취직도 못하고 감방을 들락거리거나 자진하여 유행병 백신의 실험대상자가 되거나 적어도 철길을 건너는 어린애를 구하기 위해 뛰어들 거라고 믿으셨던 거야. 생각하면 죄송할 뿐이지. 그의 고민을 덜어드리기 위해 나는 한 마디만 하면 되었던 것인데 말야. 내가

되고자 하는 것은 영웅이라고. 그러면 생각이 빠르셨던 나의 아버지는 자신이 염려하는 그런 일들은 잘 일어나지 않으리라는 것을 눈치채셨을 텐데. 그리고 그의 고민은 싱겁떠는 아들에 대한 것으로 그것은 스타가 되겠다고 들떠 있는 자식에 대한 염려와 비슷한 것이 되었을 거야. 하지만 나는 솔직하지 않았고 그는 지나치게 역정을 내었고 그리하여 나의 꿈은 굳건할 수 있었지.

순교 학교에 들어 갈 때까지는 말야.

내가 입학한 곳이 순교(殉教) 학교라는 것을 아버지는 잘 모르셨어. 하지만 그때는 누구나 그런 학교에 입학해야 했다구. 그런 것을 아시기에 아버지는 학력이 좀 짧으셨지.

들어가 보니 그곳 친구들은 순교를 하고 싶어 안달이었고 개중에는 이미 졸업도 전에 순교를 하는 녀석들도 있었지. 그런데 우리 아버지 말씀대로 난 아무래도 경쟁에 약한가봐. 다들 그렇게 되고 싶어 하니 나는 오히려 영웅이 될 꿈을 잠시 접었다고 봐야 할테니. 순교는 말할 것도 없고 말야. 이 둘의 관계에 대해 내가 성찰을 해본 것은 아니지만 당시 나는 순교자를 영웅의 한 유형으로 보았지. 그래서 그 학교에 다니면서는 순교와 비슷한 그 어떤 것도 하기 싫어지고 영웅? 개뻐다구 같은 꿈이라 생각했지. 친구들이 순교의 역사와 전략에 대해 논할 때 나는 최신 유행 염색약에 대해 이야기했어. 당연히 흐뭇한 대화는 아니었지. 교정에서는 또 누군가 분신하여 불꽃이 타오르고.

어느 날 나는 병실에 누워 있는 친척 형을 방문하게 되었어. 아버지에 의해 그간 그와 나의 접촉은 금지돼 있었는데—그는 영웅이었거든—이번에는 아버지의 손에 이끌려 가게 된 거야.—그 형은 죽음을 코 앞에 두고 있었거든—.

그는 정말 영웅이었어. 고문, 배신, 누명……. 그런 것들을 겪어야 했고. 그런데, 아니 그래서일까? 너무 기괴했어. 피부에 생긴 병 때문에 말라빠진 온몸을 붕대로 똘똘 감고 있었으니까. 그대로 미라였지. 말도 잘 하지 못했는데 그나마 내가 들을 수 있었던 것은 이런 말이었어. 매일 아침 운동을 빼놓지 마라. 공부할 때는 꼭 이불을 갠 후에 해라. 하다 졸리면 세수를 해라.

한겨울의 찬물 세수가 떠올라 나는 몸을 부르르 떨었지. 그 영웅은 너무 초라했어. 훌륭했지만. 그뿐이었지. 그래서 나는 다시 한 번 몸을 떨었어.

졸업을 하자 사람들이 말하더군. 조건이 바뀌었다구. 나는 생각했지. 이제는 영웅이 되기 위해 하루에 이 마일 이상 달리고 많은 스테이크를 먹을 것이 요구된다면 나는 아무래도 적격이 아닌 것 같다. 나는 걷기는 좋아하지만 달리는 건 숨이 차서 싫거든. 스테이크도 내 식성과 다르고.

그렇지만 영웅이 되지 않는다면 내가 무엇이 될 수 있는가 말야. 밤길을 걷다 보면 그런 생각이 들 때도 있었어. 나는 정말 뭐가 돼야 좋을까? 정말 나는 뭐가 될까? 영웅이 아니라면.

그런 생각에 빠져 있으면 너무 괴로워서 고개를 쳐들고 하늘이라도 한 번 바라보게 되지. 그럼 이런 생각이 떠오르는 거야. 이 따위 생각으로 시간을 낭비해야 하겠는가. 결국 죽기 전에는 무엇이 되어 있지 않겠는가. 세상에는 생각할 게, 알아야 할 게, 맞서야 할 것이 너무 많은데. 무엇이 된다느니 그런 따위에 몰두하기에는 달만 해도 너무 오묘하게 생겨 먹지 않았는가 말야.

나는 니카라과에 가지는 않았지만 내 꿈이 포기되었다고 짐작하진 말라구. 나의 일상은 영웅이 되기 위한 연습문제 풀이와도 같아. 결단과 약간의 전략이 필요하지. 영웅이 될 정도의 전략이니 그것은 과도하기보다는 투지로 대체될 수도 있는 그런 정도여야 할거야. 아무튼 얼마 전에도 나는 전의(戰意)를 가다듬어야 했다구. 내가 일하는 비디오 가게의 주인은 자신이 영화에 대해 알 만한 건 다 안다고 철통같이 믿고 있는 사람인데. 영화평이라면 거의 빼놓지 않고 읽고, 읽은 건 또 빼놓지 않고 믿고 말야. 나는 그에게 다음과 같이 말해야 했어.

아저씨, 메릴은 기찻간에서 데뷔한 게 아니구요. 그전에 파티 장면에서 잠깐 나온다구요. 어떤 영화평론가가 그랬다구요? 그 사람들이 뭘 알아요?

멍청이는 영화평론가가 돼도 여전히 멍청이다. 이러한 당연한 사실도 이해의 건너편에 있는 사람들이 있다는 건 씁쓸하지만 사실인 것 같아. 그리고 그런 사람들이 만약 행정부 고위 관료를 친구로 두고 있는 사태까지 겹쳐진다면? 뻔한 거지. 이제는 금리가 더는 떨어질 수 없대, 같은 누구나 알고 있는 얘기도 그, 우리 비디오 가게 주인은 꼭 이렇게 시작하는 거야.

내 친구 중에 말야, 아주 높은 놈은 아니구 말야, 행정부에 4급쯤으로 있는 친구가 있는데 말야, 아, 그 녀석에 따르면 말야……

이제는 금리가 더 떨어지지 않을 거라고 신문이니 티브이니 온통 떠들어대는 데도 말이지. 그렇다면 비디오 가게 주인은 굶주리는 어린애가 밥 한끼만 사달라고 매달릴 때 행정부 서기관에게 저녁 만찬 접대하는 편을 택할 테지. 이 글을 읽는 독자가 배고픈 어린애이기보다야 서기관일 확률이 월등히 높을 테니까 이게 무슨 문제가 되는지 이해하기 어려울지도 모르겠어. 하지만 내게는 그것이 옳지 않다고 보여지거든. 그렇다면 내버려두어선 안 되지. 그러므로 내가 여배우 메릴이나 그녀가 엑스트라로 데뷔한 영화에 대해 사장님과 격론을 벌인 건 배우에 불과한 어떤 여자나 시시한 영화 한 편에 내가 관심을 가져서가 조그만치도 아니라구. 그것은 진정으로 굶주린 어린애와 서기관의 문제였던 거야.

그래서 나는 영화평론가의 지성에 대한 아저씨의 믿음은 고스란히 두고서도 그의 생각을 좀 바꿔 볼 수 있는 방법,

그러니까 전략을 구사해 보는 거지.

아저씨, 아저씨가 이런 사람이라구 해봐요. 아저씨는 어마어마하게 똑똑하기는 하지만 아는 사람의 얼굴을 금방 알아보지는 못하는 그런 사람이라구 한 번 해보자구요. 그런데 아저씨는 똑똑하니까 영화평론가가 될 수 있는 거 아니겠어요? 그렇다면 아저씨가 영화평론가가 돼서는 영화를 보다가 잠깐 나오는 어느 배우의 얼굴을 잘못 보고서도 그걸 모르고 그 장면에 대해 신문에 글을 쓸 수도 있는 일 아니겠어요?

승산(勝算)은 어차피 별로 없는 연습문제였어.

세상에 대한 확고한 믿음 속에 가게 주인은 오늘도 스페인 영화를 스웨덴 코너에 꽂아 두지. 고객들을 향한 장황한 영화 소개와 함께.

아저씨, 그건 스페인 영화라구요.

하지만 그는 내 말에 귀를 기울이지 않아. 영화에 대해 권위자와 다르게 알고 있는 녀석이 지껄이고 있는 거니까. 하지만 말야, 나와 같은 꿈을 꾸는 자들에게 승산이란 단어는 투지로 대체될 수 있을 만큼만 기억해야 하는 거라구.

나는 오늘도 섹시한 여배우들이 상을 받은 영화와 졸리운 영화가 뒤섞인 세계의 명화 코너를 지키고 있지. 그것이 내가 할 수 있는 최대한의 영웅적인 행위라고 지적하고 싶은 사람도 아마 있을 거야. 하지만 내 방에는 말야, 내 방에 나는 어떤 그림 한 장을 붙여 두고 있다구.

원래 십육 세기 해부학 책에 나왔던 남자의 그림이지, 그것은.

저 멀리 교회당이 보이는 언덕배기에서 그는 홀로 서 있는 거야. 전신의 피부가 다 벗겨진 채로. 그래서 그는 온갖 근육을 드러내고 있어. 그는 근육도해용 인간이니까. 그의 근육마다에는 가는 선이 하나씩 그어져 있고 그 끝에는 에이 비이 씨이 에이 프라임 등등의 부호가 적혀 있어. 그리고 그의 성기는 매우 작아서 자신의 새끼손가락 절반만큼도 안 되지. 그래서 좀 우스워. 하지만 말야, 그의 얼굴은……. 하늘로 쳐든 그의 얼굴을 보면 처음에는 살갗을 잃은 지 얼마 되지 않는 자의 고통이 느껴지는 듯하지. 하지만 좀 더 잘 들여다보면 그는 아파한다기 보다는 슬퍼하고 있다는 걸 알 수 있어. 말하자면 그 얼굴은 주여, 어디로 가시나이까?의 얼굴이지. 나는 그의 그림을 현대 해부학 교과서, 그러니까 나로 하여금 의사가 되는 걸 포기하게 했던 그 책에서 오려내어 책상머리에 붙여 두었어. 그림은 코팅의 보호를 받지 못하고 또 몇 번의 이사를 당해내느라 아주 낡고 더러워졌지. 하지만 아직도 그 얼굴은 고뇌를 계속하고 있다구. 그게 뭐 어쨌다는 거냐구? 거지에게 적선하는 타입의 영웅상으로 간직하고 있는 거냐구? 나도 그렇게 되고 싶은 거냐구? 전신의 피부가 벗겨지고 근육마다 알파벳이 달려 가지고 말이지, 하하.

모르겠어. 하지만 나는 방에 그것을 붙여 두고 있어. 그리고 늘은 아니지만 가끔은 들여다본다구. 그리고는 어떤 생각을 품어 볼 때가 있어.

어떤 생각을.

그렇다고 뭐 어쨌다거나 그런 건 아니지만 말야.

상상동물 이야기

이 동물은 눈빛으로 먹고 산다고 전해진다. 그리고 그 눈빛은 짙고 숱 많은 눈썹과 적당한 간격을 둔 아래쪽에 위치하며 또한 그것은 지상에서 약 179에서 182센티미터 정도의 높이에서 쏘아진다고 한다. 그리고 전승에 의하면 그 동물은 보통 하루에 2마일 이상을 달리고 아주 많은 양의 스테이크를 섭취했다고 한다. 당연히 이 동물은 소들의 천적이었고 평범하다고 불리었던 다른 상상동물들과는 어떤 식으로든 공생관계였을 것으로 보인다.

또한 걸어다니거나 말을 하거나 먹거나 누워 자는 등 이들의 모든 행태는 희귀한 것으로 여겨져 많은 경우 기록사진으로 남겨지기까지 했다는 것이다.

이 동물들은 모델이라고 불리었는데 아마도 수사학적인 명칭이었던 것 같으며 남아 있는 다른 이름들 또한 마찬가지다.

별

너의 직업이 무엇인지는 나도 제대로 알지 못한다. 철공소의 젊은이일지도 모르고 음식점 종업원이거나 서점이나 주유소에서 근무하고 있는지도 모르겠다. 너와 같은 부류의 자들에게 사실 낮에 무엇을 하느냐는 그리 중요치 않다. 너희들에게 중요한 것은 밤. 너희는 아마추어 학자들이기 때문이다. 나처럼 조교로서 수년째 수학과 사무실을 지키고 앉아 있는 사람은 심심치 않게 너희들을 만나게 된다. 특히 잦은 방송출연으로 널리 알려진 수학자가 재직하고 있는 곳이니 더욱 그렇다. 너희는 자신들의 신성한 밤을 챙겨 들고 그를 만나러 오는 것이다. 때로 너희는 아주 먼 길을 오기도 한다.

방학이라서요.

네? 방학이라뇨?

너는 학교에 방학이 있다는 사실도 모르는 듯 반문을 하더니 돌아서서 나갔다. 그리고는 며칠 후 전화를 걸어 그 교수가 출근했다는 것을 확인한 후 다시 과 사무실을 찾은 것이다. 교수를 만나러 가는 네 부류의 긴장된 얼굴을 보는 것은 내게도 별로 유쾌한 일이 아니다. 너희는 학위를 받을 재력도 없지만 그 지루한 학업이라는 것을 차근차근 해내기에는 너무도 성미가 급한 사람들. 너희의 정열은 관심없는 분야의 개론서를 읽도록 너희를 내버려두지 않는다. 너희는 언제나 자신의 문제를 가지고 있다. 너희들에게 그것은 세상 무엇보다 절실하고 심각한 문제다. 첫사랑이나 추녀의 고민보다 더한 것인지도 모른다. 너희들은 그 문제와 관련된 책들을 싸들고 어느 골방으로 기어 들어가 노트에 끄적거리며 며칠 밤을 새우고 나서도 만나는 사람마다 붙잡고 그 문제에 관해서만 얘기하려 든다. 그리고 자신처럼 그 문제를 심각하게 생각하는 사람, 그 문제로 다투고 그 문제로 기뻐할 사람을 그리워하게 된다. 어쩌면 몹시 그리워하게 된다.

네가 교수와의 만남을 마치고 나오는 모습이 보였다. 역시 조금은 실망스러운 눈치였지만 너는 아직 흥분 상태였고 나와도 그 흥분을 나누고 싶은 듯 사무실을 기웃거리고 있었다. 나는 너에게 교수가 뭐라고 했는지 물어 보았다. 자신의 논문을 읽어 보겠다고 약속했다는 것, 하지만 자신이 설명하는 것을 귀기울여 듣는 것 같지는 않더라는 것, 하지만 잘 해보라고 격려를 해주셨으며 참고도서도 몇 권 적어 주시고 문밖까지 나와서 배웅을 해주셨다는 것 등을 너는 표나게 들뜬 어조로 떠들었다. 너는 내 전공을 물어 보더니 자기 논문을 한 번 읽어 볼 테냐고 했다. 그리고 너는 내가 망설일 사이도 없이 작은 서류봉투를 건넸다.

원래는 기하학에 관심이 많았는데 요즘은 대수 쪽이 더 재미있습니다.

글쎄 시간이 있을까 모르겠네요.

서류 봉투를 열어 보니 너의 논문은 다행히 짧았다. 다섯

페이지가 넘지 않는 것 같았다. 나는 시간이 나는 대로 읽어 보겠다고 말했으나 너는 만족할 줄 모르고 읽고 나서 꼭 평을 해달라며 정확한 시간 약속까지 원했다. 나는 처음으로 너의 정면을 가까이서 들여다보았다. 너는 사실 젊어 보이지는 않았다. 이마에는 굵은 주름이 곧 잡히려 하고 있었고 입가에는 이미 두 줄의 골이 패여 있었다. 그리고 너의 작은 두 눈에는 열망이 가득했다.

나는 너를 만나기로 했다. 다음주에. 사실 달리 바쁜 일도 없었다.

네가 주장하는 이론은 이미 박제가 되어 수학의 박물관에 진열되어 있는 것. 허나 너는 아마도 그 이론을 스스로 만들어낸 것 같았다. 접근 방식은, 하지만 신선했다. 단순하고 또 대담하다고도 볼 수 있었다. 다만 네가 수학의 역사를 알았다면 이 논문을 쓸 수 있었을까. 이 옛날 이야기를.

수학적 직관력이 있으신 분이라는 생각이 들었습니다. 재능이 있으신 것 같아요.

다음에 만났을 때 내가 이렇게 평가를 해주자 너는 정말 그렇게 기쁠 수 있을까 싶은 표정으로 나를 바라보았다. 너의 얼굴은 붉은 기운을 띤 동안(童顔)이 되고 그 안에서 두 눈이 반짝거렸다. 너는 나의 칭찬에 아마 겸손해지고 싶었는가 보다. 솔직한 대화를 이끌어도 보고 싶고. 너는 서둘러 자신의 좌절에 대한 얘기를 꺼냈다. 자신이 풀지 못하는 문제를 만나면 누군가에 의해 이미 풀린 문제도 못 풀어서야 어떻게 새로운 문제를 해결할 수 있을까 그렇다면 나를 학자라고 여길 수 있을까 그런 생각에 좀 울적해진다고 너는 말했다. 그리고 너는 담배를 한 가치 꺼내 문다.

제가 학자 운운하면 우습게 들리겠죠. 하지만 제가 그걸 무슨 감투나 엄청난 재능이나 뭐 그런 걸로 말하는 게 아닙니다. 그저 제가 학자마저 아니라면 저는 뭐냔 말이죠. 다행히 보통은 이런 생각까지 가지는 않습니다만 가끔은 이상한 기분이 들어요.

담배 연기를 뿜어낼 때 너의 낯빛은 매우 어두워진다. 너는 진실한 대화를 위해 자신이 하는 말에 지나친 몰입을 하는지도 모른다. 이것 또한 나의 칭찬에 대한 아니 그보다도 너를 만나러 나와 준 것 혹은 네 논문을 읽어 준 것에 대해 차리는 너의 예의겠지. 너는 너의 아버지 이야기를 하기 시작한다. 아마도 그분 역시 수학에 흥미나 재능이 있었다는 얘기를 하려 했던 것인가 보다. 하지만 원래의 의도를 잊었는지 너는 엉뚱한 얘기만 한다. 너의 아버지는 마도로스였다고 한다. 그는 별에 무척 관심이 많았으며 특히 별빛이 우리에게 도달하기까지 매우 먼 거리를 온다는 사실에 깊은 감명을 받았다고 한다. 너에게 논문을 돌려주자 무슨 까닭인지 너는 그것을 들춰 본다. 그리고는 다시 한번 몹시 기뻐한다. 내가 논문 말미에 엑설런트! 라고 영문으로 휘갈겨 써 놓았기 때문일 것이다. 학생들의 과제물 채점하는 일을 늘상 하다보니 그것이 무슨 교과서의 연습문제 풀이라도 되는 양 나도 모르게 그런 채점평을 적어 놓은 것이다. 나는 네게 영어로 된 논문을 읽을 수 있는지 물어 본다. 영어는 잘 못 하지만 영문 수학책은 이미 몇 권 읽어 본 적이 있다고 너는 대답한다. 우리나라 수학책이 오히려 더 어려운 걸요.

나는 가방에서 책자를 하나 꺼내었다.

내가 갖고 있던 건데요. 여러 책에서 논문들을 복사해서 모아 놓은 겁니다. 그 안에 있는 스웨덴 교수의 논문이 특히 당신에게 도움이 될 것 같군요. 제가 표시해 놓았습니다.

너는 글자 그대로 뛸 듯이 기뻐하더구나. 고맙다는 말도 몇 번을 되풀이하고. 너는 원래 나와 수학적 토론을 벌이고 싶었던 것 같았지만 너무 기쁜 나머지 내가 건성으로 대답해도 고개를 끄덕이며 동의를 표하기에 바빴으니. 너는 다시 감사의 말을 반복하고 우리는 헤어진다.

몇 주일 후 네가 다시 내가 근무하는 대학으로 찾아왔을 때 네가 교수에게서 들은 말은 너의 논문이 (아마추어치고는) 그래도 읽을 만한 편이라는 것이었다. 그리고 교수는 네가 자신과 토론을 벌이려 드는 것을 모욕으로 받아들였다. 나는 어두운 얼굴로 돌아가는 너의 모습을 멀찍이서 바라보았다. 그후 너는 서투른 영어 실력으로 자기 논문을 영역하고 영문 편지도 쓴 다음 전문번역가를 사서 문장을 말끔하게 고치는 일까지 한다. 그리고 너는 그것을 스웨덴의 웁살라 대학으로 보냈다. 내가 추천했던 논문을 쓴 그 수학자에게.

당신의 논문을 읽고 감명을 받았습니다. 우리는 같은 관심을 갖고 있는 것 같아 몹시 기쁘기도 했구요. 아래에 당신의 논문을 읽으며 가지게 된 몇 가지 의문점들을 적어 보았습니다. 당신의 입장에서 설명해 보려 했지만 그래도 이해가 되질 않더군요. 한 수 가르쳐 주신다는 생각으로 답변을 주신다면 영광이겠습니다. 그리고 제 논문을 첨부합니다. 교수님과 조금 다른 시각에서 문제에 접근해 보았습니다. 바쁘신 줄 알지만 한 번 읽어 보시고 견해를 말씀해 주신다면 제가 얼마나 기쁠까요?

이것은 네가 쓴 편지의 초안에서 '귀하' 와 '고견' 이 '당신' 과 '견해' 로 교체된 것이다. 너는 '영광이겠다' 는 표현도 바꿔야 할까 한동안 고민을 했지만 결국은 그냥 두기로 했다. 너는 그 스웨덴인이 자신을 학자로서 동등하게 대우해 줄 것이라고 믿고 있었지만 영광이겠다는 것이 또한 솔직한 너의 심정일 것이기 때문이었다. 너는 그 교수가 미지의 청년, 아마추어 수학자에게 반드시 답장을 보내 줄 사람이라고 믿었다. 뿐만 아니라 그의 풍모까지 상상이 간다고 생각했다. 논문 한 편을 읽고서 말이다. 그러나 답장은 오지 않았다. 어떤 사람인지 안다고 믿었던 사람에게서 답장이 오지 않는 것은 너를 몹시 괴롭혀서 너는 다시 한 번 스웨덴으로 우편물을 보냈다. 그러나 아무런 소식도 오지 않자 너는 인터넷을 이용해 보기로 했다. 조회해 보니 웁살라 대학에는 분명 그 이름을 가진 수학교수가 있었다.

저는 지금 당신께 네 번째 인터넷 메일을 보내는 것입니다. 그 동안 항공우편과 이메일을 여러 차례 시도해 보았지만 소용이 없군요. (but in vain)

'but in vain' 이라는 글자는 꿈에도 나타났다. 너는 꿈 속에서 그 글자들을 한참 동안, 마치 평생과 같은 시간 동안 들여다보는 고초를 당했다고 한다. 비 유 티 아이 엔 브이 에이 아이 엔, 글자는 텅 비어 있었고 끝이 없었다고 한다. 너는 책을 돌려 주려고 다시 나를 찾아와 그 꿈을 이야기한다. 재미있는 꿈이라고 말하며 우리는 함께 웃는다.

그런데 지금은 저녁이잖아요.

너는 일과를 마치고 노래방에 가자고 나를 조른다. 자신은 트로트를 꽤나 잘 부를 수 있다고 자랑한다. 너는 고집을 피웠지만 나는 이런저런 핑계를 둘러댄다. 그리고 아래층으로 내려가 커피를 함께 마시는 것으로 낙착을 본다.

그분이 너무 바쁘신 걸까요? 혹 병이라도 생겨서 휴직 중인 건지 안식년이라는 게 있다던데 그 때문인지 여러 생각이 듭니다.

계단을 내려가며 너는 떨쳐 버릴 수 없는 듯 그 얘기를 다시 꺼낸다. 1998년에 대한민국이라는 나라에서 자신의 안부에 대해 그토록 궁금해하는 청년이 있으리라고 그 스웨덴인은 결코 상상하지 못했으리라. 네가 인터넷으로 찾아 보았다는 웁살라 대학의 그 교수는 아마 우연히 같은 성을 지닌 사람이었을 것이다. 혹은 네가 말이 통하리라 믿어 의심치 않던 그 스웨덴인의 자손이었거나. 그 교수는 아마 어떤 코리안이 보낸 메일을 받고 거기서 자신이 썼다고 전제하고 있는 논문 제목에 잠시 어리둥절해하였을 것이다. 타임머신을 타고 과거에서 날아온 듯한 편지. 장난쯤으로 여겼을지도 모른다. 어쨌거나 대꾸할 가치는 없는 것으로 결론지었을 것이다. 그 한국 청년이 듣고자 말하고자 하는 것은 모두 옛날 이야기일 뿐이었으니. 그 청년은 수학의 기본서도 아직 읽지 않을 만큼 게으르거나 아니면 아마도 진지한 수학도가 아닐 것이다. 이국 청년의 신성한 밤은 결국 그런 것 이상이 아니었을 것이다.

몇 년생이십니까?

자판기에 동전을 넣으며 나는 네게 물었다.

70년생입니다.

그 스웨덴인은 1798년에 태어났으니 그리고 이 청년과 비슷한 나이에 그 논문을 썼으니 이 두 사람은 서로 약 백칠십이 광년의 거리를 두고 떨어져 있는 것이다. 별의 빛은 우리에게 도달하기까지 매우 먼 거리를 온다. 그래서 우리가 그것을 보았을 때 그 별은 더 이상 세상에 존재하는 것이 아닐 수도 있다. 마도로스였던 너의 아버지는 이 사실에 특히 감명을 받았었다고 한다.

현기증

가난. 굶주림. 빈 속의 커피. 나는 지식인이 아닐까 하는 느낌. 나는 화장실이 없는 지하의 단칸방에서 살았지요. 나는 참 젊었고 참 배가 고팠어요. 그래서 유쾌하지는 못했죠. 하지만 현기증을 느끼며 진리는 어지러운 거라고 생각했습니다.

졸음

당신이 가장 불행했을 때는 군대 시절이었습니다.

너무 졸렸습니다.

당신이 가장 행복했던 순간도 또한 졸린 때였습니다. 그러나 그 때는 그대로 잠들 수 있다는 큰 차이가 있었습니다. 당신은 어린 남자였고 동네 뒷산을 오르고 있었습니다. 그러다 그녀를 만났습니다. 당신보다 나이가 꽤 많은 동네 처녀. 그 동네에서는 보기 드문, 그러니까 노처녀였습니다. 그 작은 눈은 참으로 음흉했지요. 그리고 참말 아름다왔습니다. 당신은 그녀를 만날 적마다 얼굴이 붉어지는 것 같아 불안했었습니다. 사실 당신의 얼굴은 언제나 변함없는 흙빛이었지만 말입니다. 뒷산을 오르는 길에 마주친 그녀는 두 눈을 반짝이며 당신을 들여다보았습니다. 게다가 머금고 있던

웃음까지 보내는 것입니다. 아무 말 없이 이 위기를 넘기려던 당신은

안녕하세요?

뒤늦은 인사를 보냈습니다. 저 처녀는 왜 산에 가는 것일까. 당신들은 말없이 함께 산을 오르게 되고 말았습니다. 산길은 지나치게 좁습니다. 그녀의 몸이 부딪혀 오거나 당신의 등 바로 뒤에서 그녀의 숨결을 느낄 수가 있습니다. 당신은 정신이 없습니다. 숨이 가빠 옵니다. 운동 부족인 모양이라고 당신은 생각합니다. 당신이 앞서기도 하고 그녀가 앞서기도 합니다. 그러다 당신들은 산등성이 한 자락에 도달합니다. 그녀는 풀밭 위에 앉습니다. 그리고는 살아 본 적이 없는 저편의 동네를 바라보는 것입니다. 하지만 당신은 앉고 싶지가 않습니다. 당신이 쓴 연모의 마음에 그녀는 한 번도 답장을 해준 적이 없었습니다. 그런데 지금 그녀는……. 아무래도 그녀는 당신을 희롱할 작정인 모양입니다.

사람의 심장이 이토록 빨리 뛸 수 있는지 예전엔 미처 알지 못했습니다. 당신은 그녀가 당신의 박동수를 세고 있다고 생각합니다. 그리하여 당신은 짐짓 아무렇지도 않은 채 그녀 곁에 가서 앉기로 합니다. 당신은 일부러 그녀가 정말 당신의 심장소리를 들을 수 있을 만큼 가까이 다가앉습니다. 그러자 그녀는 고개를 돌려 당신의 옆얼굴을 바라봅니다. 당신의 목은 산 아래 저편의 동네를 향해 뻔뻔하게 굳어버리고. 당신은 아무 것도 볼 수가 없습니다. 심장을 그만

토해 버릴 것만 같습니다. 그러나 결국은 빛이 당신의 조리개를 비틀어 열고 쏟아져 들어오기 시작합니다. 하늘을 봅니다. 푸르고 하얀 것도 있고.

저 마을을 보십시오. 저 마을 사람들은 자신들이 저렇게 아름다운 동네에 산다는 것을 알고 있을까요?

바람이 선선하게 불어 옵니다.

졸립습니다.

눕습니다.

그녀도 따라 누워 당신을 보고 미소짓습니다. 찬란하지 않은가요? 모든 것이 빛을 뿌립니다. 그 외엔 아무 일도 벌어지지 않습니다. 사슴도 사자도 누워 쉬는 시간입니다. 아무도 이 순간을 위해 살지는 않습니다. 기억에 잘 남지도 않습니다. 당신도 이 시간을 모두 잊었습니다.

이 시간이 되살아난 것은 당신이 훈련소 연병장에서 잠시의 휴식을 허락받았을 때였습니다. 다른 병사들과 함께 줄을 지어 쭈그리고 앉은 채 담배 한 개피를 꺼내 물었을 때 하늘을 보았습니다. 구름이 흐르고 당신은 갑자기 못 견디게 서러워졌습니다. 그녀와 함께 누워 있을 수 있다면 모든 것을 바치겠다는 생각도 들었습니다. 그리고 다시 호각 소리가 들렸습니다.

리얼 드림2

이 자를 보라. 이 자는 열대 우림 속에서 고개를 수그리고 잠에 빠져 있다. 이 자의 잠은 깊지만 결코 달지 않고 늘 젖은 속옷을 두른 채 드는 잠처럼 축축하다. 누워 버린 나무에 등을 기댄 채 못마땅한 꿈을 꾸는 듯 양미간이 움찔거린다. 무더운 공기를 너는 숨을 죽이고서 들이마시는구나. 그것이 번성을 위한 너의 전략인 듯.

이 자 위에 그늘을 드리운 거대한 나무 이파리. 이것들도 제자리에 틀어박혀 꼼짝하지 않고 짓누르는 공기의 중량을 애써 떠받치고 있다. 이파리 위를 보라. 잎새 위를 구르는 이슬마저 땀과 같고 모든 땀은 흐르기도 전에 쉰내를 풍긴다.

그러니 네가 자는 잠은 동면과 같은 하면(夏眠). 척박하게 축축한 이 힘든 땅에서 너는 이민(移民) 대신 잠을 택한 것이다.

너의 꿈 속 학교 선생들은 그런데 왜 늘 재미없는 숙제를 내어 주는가? 그것도 벅차게, 그리고 해내지 못하면 네 인생은……, 그런 위협과 함께. 너는 글씨를 예쁘게 쓸 줄은 알지만 그것이 무슨 뜻인지 알지 못하고 공작을 좋아하지만 제출할 때까지 완성할 줄을 모른다. 오늘 너는 방생(放生)해 줄 종이 붕어를 만들어야 하고, 있지도 않은 책의 독후감을 써내야 하며 게다 세 자릿수 나눗셈 숙제까지 해내야 한다. 그런데 네 두뇌는 아직 세 자리까지 분화되지 못한 것이다. 도대체 695가 뭐란 말인가? 왜 숫자가 세 개나 겹쳐져 있는 것인가? 그래 놓고서 그것을 또 다른 숫자로 나누는 이유는 무엇인가? 연필을 잘근잘근 씹던 너는 차라리 양쪽 팔이 모두 잘려 나가 이런 짓을 하지 않게 되었으면 좋겠다고 생각한다. 그러다 너는 네가 팔이 잘린 채 피를 뚝뚝 흘리며 누워 있는 모습을 상상한다. 어머니는 네 곁으로 달려와 눈물을 쏟고 이상한 소리를 지르다 기절하고 만다. 너는 슬픈 생각이 든다. 그때 어머니는 맛난 간식을 갖다주신다. 그것은 사과 파이로서 과일을 싫어하는 너는 이렇게라도 해서 비타민을 보충해야 한다고 어머니는 말씀하신다. 너는 아작아작 파이를 씹으며 나눗셈 숙제를 하기는 해야겠다고 마음먹는다.

이끼들은 너와 나무등걸을 구별하지 못하고 네 살갗에 편안한 거처를 마련한다. 너의 얼굴과 가슴과 온몸을 덮어 버린 이끼는 달팽이처럼 미끈한 냄새를 풍기고, 바람이 없으므로 그것은 짙푸른 공중에 가득 들어차 있다. 자세히 들여다 보면 이끼의 구부러진 가는 손 사이로 너의 짙은 속눈썹 두 올이 보인다. 너의 눈꺼풀이 파르르 떨고 있구나. 다시 숙제가 하기 싫어졌는지. 다시 어머니가 기절을 하는지. 그때 보랏빛 날개를 지닌 적색 부리 새가 커다랗게 울고 원숭이들의 슬픈 목소리도 아득히 들리나. 지독하게 푸르고 또 푸르고 푸르러 새들과 버러지의 요란함도 묻혀 버린다.

모든 것이 멈추어 있다. 그 사이 언제나처럼 간간이 총성이 울린다.

오늘도 게릴라들이 너의 곁을 스친다. 무리에서 뒤처진 두 청년, 아예 네 곁에 주저앉는다. 힘든 생활인가 보다. 아직 해는 기울 낌새를 보이지 않는데 이 청년들은 몹시 지쳐 보인다. 헐떡임에도 지쳐 이들은 자신들의 바로 뒤, 이끼에 덮인 너의 숨소리를 듣지 못하고. 물통을 들어 얼굴에 퍼부으며 눈썹이 까만 청년, 입술이 예쁜 청년에게 말한다.

얼굴을 알아볼 수가 없었어. 부풀어 오르고 납작하고…… 하여간 얼굴이 이상했어.

대장은?

대장도 못 알아 보았어.

입술이 예쁜 청년은 손바닥으로 쓱 얼굴을 닦아 내고, 그의 등 뒤에서 꿈 속 숙제를 하던 너는 잠시 탄식을 한다. 이 나이에도 아직 숙제를 하고 있어야 하다니. 그러고 보니 네 앞에 놓인 것은 산수 공책이 아니라 회계 장부. 파이를 가져다 준 것은 어머니가 아니고 아내였는지도 모른다. 그때 너는 한 남자를 본다. 너는 그가 게릴라 대장이라는 것을 곧 알아차린다. 너는 까닭없이 그가 불쌍해져서 굳은 결의로 다시 시작한 세 자릿수 나눗셈을 계속할 수가 없다. 대장을 보고 있자니 그의 부인도 네 책상머리에 나타난다. 그의 부인은 고문을 받아 얼굴이 망가졌다. 그래서 대장은 자신의 아내를 알아보지 못하지만 네게는 그녀의 얼굴이 어딘지 눈에 익다. 어디서 보았을까? 생각해 보니 부인의 얼굴이 담긴 조간신문이 네 산수 공책 혹은 회계 장부 옆에 놓여 있었던 것이다. 그녀의 조그만 사진 곁에 짤막한 기사가 실려 있구나. 너는 그것의 제목을 소리내어 읽어 본다. 라.틴.아.메.리.카.판.보.니.와.클.라.이.드. 그때 너의 아내가 나타난다. 아내는 달디단 멜론 조각이 가득 담긴 접시를 내민다. 너는 한 조각을 집어 들면서 어서 숙제나 해야겠다고 다시 마음을 잡아 본다. 그런데 왜 하필 열대 과일인가? 열대가 온통 네게 덮쳐 온 듯 너는 갑자기 숨이 막힌다. 잠이라도 깰 것만 같다.

보니와 클라이드가 뭐야?

입술이 예쁜 청년이 묻자 짙은 눈썹이 대답한다.

미국인가, 아무튼 어디의 무법자들일 거야, 아마.

우리가 그럼 무법자야, 우리 대장이?

그들은 어이없다는 듯 웃음을 짓고 입술이 예쁜 청년, 총을 들고 일어서려다 다리에 힘이 풀려 도로 주저앉는다. 그는 앉은 채로 총을 난사하는 흉내를 낸다.

"다다다다. 새끼들, 골통을 부숴 버릴테다."

멜론을 먹다 잠이 깰 뻔한 너는 꿈 속에서 두 청년을 본다. 나눗셈이나 하기엔 네가 너무 똑똑한 것이 아닌지. 너는 그들에게 가르쳐 주려 드는 것이다.

"모르고 있구나. 너희는 무법자가 아니고 무법자의 영화에 비유되는 거야." 너는 그들의 대장 부인이 등장한 해외 가십 기사를 가리키며 너희는 무법자조차 아니라는 것을 그들에게 일깨워 주고자 한다.

하지만 그들은 네 말을 듣지 못한 듯. 너도 다시 산수 공책 또는 회계 장부로 눈길을 돌리며 접시 위의 과일을 집어 든다. 이번에 그것은 다행히 딸기다. 그때 따다다다다다

여러 발의 총성이 정적을 가른다.

원숭이, 나자빠지고 앵무는 죽을 힘을 다해 퍼덕인다. 버러지들 모두 얼어 붙었다.

너는 잠을 자고
저널리스트는 영화를 보는데
어디선가 총성이 울리는구나.
꿈 속에서인 듯
영화의 효과음인 듯.

정글 속의 꿈

너의 꿈은, 안 됐지만 킥킥
언제나 리얼하구나.

나는 가슴이 몹시 두근거렸습니다. 사람들이 너무 많았고 온통 환호성이었던 거예요. 그들이 그렇게 큰소리를 질러

대는 것은 바로 이 나 때문이었어요. 파이팅! 그런 소리도 들렸지만 이 거대한 공간을 산산이 부서뜨릴 듯 울려대는 것은 역시 나의 이름 석 자였지요. 상상이나 할 수 있으신지요. 수많은 사람들이 당신의 이름을 합창할 때 당신의 전신을 싸고 도는 그 어떤 느낌 말예요. 게다가 그들은 내 이름에 맞춰 태극기를 흔들고 있었던 거예요. 손바닥만한 것에서 어마어마하게 큰 것까지, 그것을 열렬하게 말이죠. 내 이름 석 자로 얼얼해진 귀를 만지작거리며 나는 체육관을 한 번 휙 둘러보았습니다. 정말 꽉 들어찼더군요. 맨 앞좌석의 어떤 사내는 시종 일어선 채로 나를 보고 뭐라고 계속 외쳐대고 있었는데 잘 하라는 그런 뜻인 것 같았습니다. 손을 흔들어 그에게 답례를 하자 그는 얼마나 기쁜지 거의 울상을 짓더군요. 나는 이제 시야를 돌려 심호흡으로 흥분을 가라앉히려고 노력했습니다. 그때 코치가 내 어깨를 툭툭 건드리더군요. 아무 생각 말라는 둥, 최선을 다하라는 둥, 하느님이 어쩔 거라는 둥 그런 말을 중얼거리면서요. 발이 아파 그때까지도 슬리퍼를 신고 있었던 나는 경기화로 갈아 신고 코치의 부축을 받아 일어섰습니다. 그는 내 신발끈이 단단히 조여져 있는지 확인을 하고 다시 내 어깨를 두드리며 아무 생각과 최선과 신에 대해 재차 이야기한 다음 사라졌지요. 나는 비틀거리면서 다른 선수들과 함께 출발선에 가서 섰습니다.

그때 어찌된 까닭인지 나는 관중석을 다시 한번 돌아보고 싶은 강렬한 유혹에 시달려야만 했어요. 바보처럼 그 인파 속에서 어떤 한 사람을, 그것도 내가 알지 못하는 어떤 사람을 찾아 본다는 것이었지요. 그가 누구인지는 알 수 없었지만 그는 아주 좋은 사람으로 응원에는 열성적이지 않을지라도 아주 따뜻하고 화도 잘 내지 않는 그런 사람임에는 틀림이 없었습니다. 좀 바보스런 눈 아래에 겉늙어 보이는 입이 달려 있지는 않을까 싶기도 하구요. 그리고 그 입은 괜찮다고 별일 아니라고 끝장난 것도 아니라고 뭐 그런 말들을 부드럽고도 단호하게 일러 주구요. 어깨는 좁더라도 그의 가슴은 언제나 널따랗고 그 곳에는 내가 가끔은 장난도 칠 수 있는 심장이 하나 달려 있고 말입니다.

그때 출발의 신호탄이 터졌습니다.

그런데 대체 어떻게 해야 될까요?

나는 스케이트를 탈 줄 모르는데.

불

작은 방이 있었단 말이지요. 그 방에는 이불장 하나와 옷걸이, 의자 하나, 책상 하나가 있었단 말이지요. 그리고 책상 위에는 책꽂이가 있었단 말이지요. 나무 무늬의 시트지를 붙인 합판 책꽂이였는데 총 삼단으로 이단째가 무너진 채 수리되지 않고 있었단 말이지요. 그리고 거기에는 교과서, 국어사전, 영어사전, 표준과학도감 따위의 책들이 꽂혀 있었단 말이지요. 그런데 그 방에는 책꽂이가 하나 더 있었단 말이지요. 그것은 책상 아래 내 발치에 있던 사과 상자로 그 안을 들여다보면 연습장과 노트, 연필 따위의 문구류가 어지럽게 보이지만 그것들을 치우고 나면 그 아래서 책이 나온단 말이지요. 해 지난 달력으로 표지를 싼 책들로 무슨 책인지는 그것을 넘겨 안을 들여다봐야 안단 말이지요. 들여다보면 누렇게 바랜 묵은 종이들에 활자가 꾹꾹 박혀 있었단 말이지요. 그리고 또 그 책장들에는 내가 태어나지 않았던 때나 내가 아직 글을 모르던 때에 그 책을 읽었던 사람들의 밑줄이 그어져 있었단 말이지요. 그리고 오후의 햇살이 창유리를 통과하여 방을 어렴풋이 비추고 방바닥은 뜨뜻미지근했단 말이지요. 동네 아이들이 공놀이 하는 소리가 떠들썩하게 울리고 때로는 공에 맞아 우리집 철대문이 철컹거리기도 했단 말이지요. 그런데 나는 방 한구석에 쪼그리고 앉아 침대 다리에 등을 기대고 책장을 넘기고 있었단 말이지요. 체호프와 투르게네프, 메리메, 모파상, 카프카, 헉슬리, 메일러……사람들은 잔인하단 말이지요. 또한 너무 천진하단 말이지요. 세상은 뭐가 뭔지 알 수 없단 말이지요. 뜻대로 되지도 않는단 말이지요. 행복은 행복 같지 않고 사랑은 사랑이 아니란 말이지요. 나는 성난 짐승이 되어 방 안을 서성거렸단 말이지요. 그럴 수밖에 없었단 말이지요. 그렇다면 나는 어떻게 해야 하는가 말이지요. 인류의 역사가 내 방을 관통하지 않는다고는 그 순간 생각할 수 없었단 말이지요. 그때 아버지가 불쑥 방으로 들어오셨단 말이지요. 나는 생각에 사로잡혀 아이들 공소리도 그가 문 여는 소리도 듣지를 못했단 말이지요. 그리고 그는 원래 노크 따위는 하지 않는 사람이란 말이지요. 그는 내가 손에 들고 있다 떨어뜨린 책을 집어 들었단 말이지요. 그리고 맥주 광고 모델이 일광욕을 하고 있는 달력 표지를 넘기고 제목을 천천히 소리내어 읽었단 말이지요. 벗.은.자.와.죽.은.자. 그는 책을 내 얼굴 위로 집어 던졌단 말이지요. 그런데 그 책은 하드커버였단 말이지요. 나는 너무 아파 양손으로 얼굴을 문지르며 뒷걸음질쳤단 말이지요. 손바닥을 보니 피가 묻어 있었단 말이지요. 그때 나는 이마에 피도 마르지 않은 녀석이라 코피를 너무 쉽게 흘렸단 말이지요. "정말……." 그는 자식이 너무 야속하여 말도 잇지 못했단 말이지요. 그가 나를 위해 국정교과서와 신문과 텔레비전 뉴스와 웃으면 복이 와요로 공들여 꾸며놓은 세계에서 벗어나 지어낸 얘기 속으로 들어가려는 허튼 수작을 내가 왜 부리는 건지 그는 노염이 탔단 말이지요. 바로 며칠 전에도 우리집 마당에서는 많은 책들이 불타올랐었단 말이지요. 장 크리스토프, 뻐꾸기 둥지 위로 날아간 새, 춘희, 동백꽃에 셜록 홈즈 시리즈까지 아버지는 엄숙한 얼굴로 한 권 한 권 불을 붙였단 말이지요. 책들이 불과 연기와 재로 비로소 정화되는 것을 보고서야 아버지는 그것들을 용서할 수 있었단 말이지요. 너도 한 번

붙여 볼래? 그는 곁에 서 있던 내게 따땃하게 불을 쬔 목소리로 물었단 말이지요. 그러나 나는 고개를 젓고 한 발짝 물러섰단 말이지요. 그리고 나는 그저 바라보고 있었단 말이지요. 나는 기르던 개가 죽었을 때처럼 울지는 않았단 말이지요. 하지만 그때 내게 만물은 불이었단 말이지요.

아버지는 겨우 말을 이었단 말이지요. 내가 알아듣게 좀 말해 봐라. 왜 그런 거짓뿌렁들을 다시 끌어들이는 건지. 아버지는 생각했단 말이지요. 거짓뿌렁이 아니면 그건 귀신 곡하는 소리라고 말이지요. 귀신의 세계가 있는지도 모르지만 없는 줄로 알고 사는 게 더 좋지 않으냐 말이지요. 그리고 책을 읽지 말라는 것도 아니다 말이지요. 그렇게 책이 좋으면 소설 말고 사전 같은 게 있지 않느냐 말이지요. 그런 책은 사람의 사리를 밝게 해준다 말이지요. 일생에 하등 도움이 안 되는 책들과는 다르다 말이지요. 안 그래도 나는 그를 기쁘게 하기 위해 국어사전을 외고 있었단 말이지요. 아버지, 차홉다가 무슨 뜻인 줄 알어요? 차홉다? 어이, 짜아식, 벌써 치읓까지 갔어? 그의 눈꼬리는 평소보다 더욱 처지고 그는 내 귓볼을 살뜰히 잡아당겼단 말이지요. 다 외면 이제 영어 사전을 외면 되겠다. 그치? 예, 아버지. 사전을 외니 세상은 정말 가나다 순이었단 말이지요. 그리고 행복은 불행이 아니고 사랑은 사랑이었단 말이지요.

근데 만물은
불이었단 말이지요.

걷기1

나는 끝없이 걷곤 했다. 무턱대고 걸었는데 변두리에서 가장자리로 길은 항상 이어졌다. 무엇이 나를 그렇게 걷게 했는지 모르겠다. 눈부신 날도 있었고 구름 낀 날도 있었다. 팍팍한 길도 있었고 부드러운 흙 위를 가기도 했다. 새들과 먼지, 전깃줄 이런 것들이 나를 따라다녔다. 재미삼아 터널이 끝나는 곳까지 숨을 멈추고 걸어 보기도 했다. 머리는 텅 비어 버리고 나는 그저 걸었다. 해가 기울 낌새를 보이면 나는 비로소 불안해지고 집을 찾아 길과 길을 식별하려 들었다. 나는 어렸고 또한 젊었다. 시커먼 코를 한 채 얼굴 없는 여자와 여러 날 밤을 함께 하던 때였다.

나는 머리가 없는 인간이었다.

걷기2

너는 걷고 있다. 너는 생각한다.

말씀을 구하러

언제 끝나는지 알 수 없는 길을 가는 사람들……

은 내게 감흥을 준다.

세상에 이런 사람들이 있다는 게 좋고 그저 끝없이 걷기만 하면 말씀을 얻을 수 있다고 믿어 볼 수 있는 게 좋다. 의심

없는 그 우둔함은 분명 보상을 받으리라. 그러나 만약, 만약 도중에 의심이 시작된다면?

길은 어디서 끝나는가?

그 말씀은 꼭 얻어야 되는 걸까?

그건 그냥 말이 아닌 걸까?

의심은 가장 치명적인 독인 후회가 되고 그는 가장 비참하게 죽어가겠지.

길 위에서.

네가 걷는 길은 모두가 황량하다. 너와 길에서 부딪히는 사람들이 좋아하는 것들을 너는 좋아하지 않는다. 그러나 사람들은 네게 이렇게 말한다. "너도 이걸 좋아함에 틀림없어. 너는 돈이 많지 않지만 우리는 너를 위해 싸게 줄 수도 있다. 외상으로도 줄 수 있어." 사람들은 너를 위해 네가 좋아함에 틀림없는 수많은 사물들로 길을 채우고. 그리하여 길은 더욱 좁아지고 너는 사람들과 더욱 자주 부딪힌다. 너와 부딪힌 사람들은 재수없어하며 너는 냉소주의자야 하고 내뱉고. 그러면 너는, 나는 공산주의자일 뿐이오.

어머니는 홀어머니, 형님은 배추장사, 여동생은 그냥 여동생. 그리고 너는 공산주의자.

너는 걷고 또 걷는다. 그러므로 네가 행복하지 않다고는 꼭 말할 수 없다. 사실 너는 매우 단순한 사물이다. 그러므로 네게 부족한 것은 그리 많지 않다.

그러나 예컨대 인어 한 마리. 너는 그것이 부족하다고 생각한다. "그런데 그건 상반신이 물고기인 인어여야 해." 너는 거리를 배회한다.

그러다 동네 서점으로 들어가 버리기도 한다. 너는 책을 한 권 꺼내 들고 펼쳐 본다. 그리고 한순간 주위를 살핌도 없이 너의 넉넉한 가방 안에 집어 넣는다. 서점 점원은 네게 안녕히 가시라고 인사를 하고. 예스! 너는 성공한다.

너는 여자에게 말했었다. 제 소개를 하자면요,

저는 공산주의잡니다. 그러자 여자는 물었었다.

자본론 읽어 봤어요?

아뇨, 그의 책을 읽는다기보다 그가 옳다는 걸 알고 있습니다. 여자는 웃었다. "종교적인 거군요. 교리가 뭔지는 알아요?" 그 여자는 따라서 상반신이 물고기인 인어일 수는 없었다. 그러므로 네게 필요한 여자가 아니었지만 너는 그녀 앞에서 심히 얼굴을 붉히고 말았다. 하지만 이제 다시는 그런 일로 얼굴 붉히지는 않으리라. 너는 자본론 제1권을 훔친 것이다. 이것을 독파하고 나면 제2권, 3권……. 흐뭇한 비전이다. 너는 붉은 색 하드커버를 조심스레 열었다.

그것은 공산주의가 망했다고 세상 사람들이 떠든 지 몇 해가 지나고 나서였다. 그리고 어려웠다. 몇 가지 종류의 사전까지 구비해야 할 것 같았다. 하지만 너는 주석서를 마저 훔치고 싶지는 않았다. 너는 '직접' '순수하게' '그 자체'를 이해하고 싶었다. 너는 단어장을 만들며 꼼꼼하게 읽어 내려갔다. 하지만 회의도 있었다. '지금까지 우리는 다음과 같은 것을 논하였다.'는 문장을 마주칠 때마다 실소하는 네 입엔 쓴 침이 고였다. 지금까지 그와 같은 것을 논했다고는 읽는 줄곧 생각도 못했던 것을. 물론 그것은 마르크스의 잘못일 수도 있었다. 그러나 너는 네 이해의 한계로 괴로움을 느꼈다. 이걸 이해하기 위해서는 대학을 나와야 하는 걸까 그리고 대학을 나오기 위해서는 지금부터라도 돈을 저축해야 할까 그리고 학원에 등록하는 게 좋을까, 그러려면 일터를 옮겨야 하지 않을까. 그런 고민이 서너 번쯤 들기도 했다. 그렇지만 수년 간 잡일을 하며 익힌 너의 인내심은 독서에도 통했다. 너의 밤은 난해한 문장들에 바쳐졌다. 송두리째 바쳐진 적도 많았다. 그러자 밤들은 모두 신성한 것이 되었다. 지나치게 흥분된 밤도 있었다. 옥탑방을 뛰쳐 나가 하늘을 올려다보거나 거리를 내려다보기도 하였다. 천체와 희미한 구름의 윤곽, 거리의 가로등, 그리고 자고 있는 사람들. 자고 있는 부자들,

수면 중에도 지위를 가진 자들. 익숙치 않은 감정들이 네 안에서 회오리쳤다. '당신들이 그토록 안전하게 달콤하고 지루한 꿈 속에 들어 앉아 있을 때, 아시는지? 세상은 아직도 몹시 위험한 곳이라는 것을. 외줄타기와 살얼음판, 잠복중인 맹수……실수하지 않도록 늘 자신을 주의시켜야 하는 이들이 있지. 한시도 마음을 놓아서는 안 된다. 혹은 그래. 당신들이 다양한 꿈을 꾸어 보는 그 현실 곁에는 당신들이

한두 번은 꾸어 보았을 악몽 속에 거주하는 자들이 있다. 누구도 자기 꿈이라고 주장하지 않을, 떠도는 악몽 속에 거주하는 이들. 당신들의 꿈과 우리의 현실, 당신들의 현실과 우리의 꿈은 이렇듯 사이 좋게 나란히 놓여 있는 거야.' 증오로 상기된 너는 쾌감이 반쯤 섞인 침을 5층 건물 아래로 뱉어 내었다. 달려들어간 너는 우리 속의 성난 표범처럼 방 안을 맴돌다 펜을 들어 벽에 휘갈긴다. 수용하던 자들이 수용되게 하라!

너의 꿈마저 그것에 바쳐지기를 원하여 너는 자본론을 베고 잠에 든다.

다른 서점에서 두 권째 자본론을 손에 들었다. 약간의 위기가 있었다. 점원 아가씨가 자꾸 네 가방에 눈길을 준다. 그러나 너와 눈이 마주치자 아가씨는 얼른 시선을 돌려 버린다.

역시 성공은 해보아야 하는 것. 무사히 빠져나오며 너는 뛸 듯이 기쁘다.

집으로 돌아가기 위해 버스에 오르고 운전기사가 묻는다. 차비를 제대로 냈는지. 그는 네가 동전을 적게 넣었다고 시비를 걸어 온다. 너는 내야 할 만큼 다 넣었다고 가볍게 거짓말을 한다. 하지만 너의 주장을 그는 믿지 않고. 승객들은 빤히 너를 쳐다본다. "이런 거까지 속이려 들어?" 운전사는 너의 파렴치함에 혀를 차고.

그러나 너는 성공하였다. 고로 너는 말쑥하다. 너는 이득을 보았다. 고로 운전사가 네 체면에 끼치려 드는 손해쯤은 감당할 수 있다. 너의 마음은 평온하기만 하다.

제2권은 수월한 편이었다. 끼니를 잇지 못하는 노동자, 여자 노무자와 어린 직공들. 그런 얘기들. 그러나 언제부턴가 회의가 고개를 들기 시작한다. 이 굵은 책들을 끝까지 다 읽는 자가 있다면 그는 혁명가가 아닐거라는 생각. 너는 문헌학자가 될까 두려웠는지. 싹트기 시작한 의심을 뽑아내고자 너는 친구에게 말했다.

우리는 가난하지. 그래 우리는 그저 가난할 뿐이지만 그들은 우리를 너무 가난하게 만들어. 목욕비도 아껴야 하는 우리를 그들은 사람 취급도 하지 않을 거야.

너무나 펄펄 끓어 믿기지 않는 목소리로 너는 말했다.

"혁명을 일으키고 싶다. 동참 안 할래?"

너의 친구는 그러나 거절을 한다. "아니, 나는 가진 게 너무 많아."

웃기는 친구였지. 네가 혁명가가 되지 못한다면 그건 순전히 그 친구 탓일 것이다.

너는 책에서 마르크스의 초상을 잘라 내었다. 눈빛이 날카로운 그 털보 노인의 사진을 액자에 넣었다. 책상 위에 세워 두고 너는 말했다. 나는 당신 책을 이해할 수 없지요. 하지만 나는 당신을 이해한다고 생각합니다.

혁명은 일어나지 않고 여름이 된다. 찜통 같은 옥탑방에서 너는 다시 인어에 대한 꿈을 꾸어 본다. 그러다 너는 동네 레코드점에 들어간다. 햇볕에 그을린 아가씨들이 치마를 나부끼는 재킷이 있다. 집어 들었고 아무도 보고 있지 않았다. 너는 다시 성공한다.

이제 너의 방에서는 맘보 음악이 끊임없이 흘러 나온다. 너무나 경쾌하여 어깨를 들썩이던 너는 해변의 아가씨, 선상의 아가씨들과 춤을 추지 않을 수 없다. 책상 위에서 너를 바라보던 노인에게도 손을 내밀었다. "마르크스 선생, 함께 추실까요?"

휴일이 저물고 밤이 되자 너는 바람을 쐬러 나간다. 종일 들은 맘보 음악이 네 귓전을 울리고 너는 춤추듯 거리를 걷는다. 어깨를 흔들며 사뿐한 걸음으로 너는 인적 없는 골목을 지나고 있다. 고개를 돌려 전후를 살펴본다. 아무도 없다. 너는 한 손을 머리 위로 번쩍 들어 올린다. 비록 너는 맘보를 출줄 모르지만 귓가에는 관따나메라가 쉬지 않고 흐르니. 너는 마음가는 대로 스텝을 밟다가 허리를 한 번 폼나게 돌려 본다. 그때 키득거리는 웃음소리가 들려 온다. 깜짝 놀란 네 눈은 그제야 저쪽 골목 어귀, 어느 집 대문 앞 계단에 앉은 형상을 본다. 여자인 것 같다. 너는 얼굴을 붉히며 재빨리 돌아서 걸음을 옮긴다. 그러나 기분이 그리 나쁘지는 않다. 펄쩍 뛰어 올라 어느 집 담장 위로 뻗친 나뭇가지를 잡아 보기도 한다. 이 나무 이름이 뭐였더라, 생각할 때 그런데 갑자기 이가 아프다. 위쪽 어금니가 사정없이 아파 온다. 너는 손가락을 하나 입에 넣어 잇몸을 문지른다. "에이,

기분 잡치네." 하지만 치과에 가서 땜빵하면 그만이다. 별거 아닐거야. 그런데 치료비가 좀 걱정스럽구나. 그와 함께 막연한 불안이 찾아든다. 그 불안은 자꾸 불거지고 너는 네 방으로 돌아가는 길을 찾아 두리번거리기 시작한다.

어느 날 동네 서점과 레코드가게도 돈을 들여 문가에 도난경보기를 설치할지도 모른다. 그런데 너는 그것에 주의를 기울이지 못할지도 모른다. 문을 나설 때 너는 삐삐삐삐 요란한 경보음을 내고. 너는 더 이상 성공으로 말쑥해지지 못하고. 그럼 사람들은 네 가방에서 마르크스의 연애편지나 라틴 댄스뮤직을 꺼내게 될 것이다.

혹은 어느 날 네가 치과치료비로 마련한 돈을 꺼낼 때 사람들은 그것에서 공인받은 화폐의 냄새를 맡지 못할지도 모른다. 이것에는 당당한 누린내가 없다, 고 그들이 너를 쏘아볼 때 너는 천만에, 말도 안 되는군, 그것을 다시 주워 담으려 하겠지만.

사람들은 해쓱해진 너의 얼굴을 보게 될 것이다.

한시도 마음을 놓아서는 안 된다, 고 너는 말했었는데.

걷기3

나는 인도로 불경을 구하러 가는 과거의 승려가 될 것입니다. 걷다 보면 길이 나타난다. 나는 이렇게 믿을 수가 있습니다. 나는 끝없이 걸을 수도 있습니다. 내 다리는 놀랄 만큼 튼튼하고 나는 많은 것을 참을 수 있습니다. 한때는 내가 이 세상에서 참을 수 없는 것은 아무 것도 없다고 믿었던 적도 있었습니다. 그리고 내가 장사치와 숫처녀와 포목과 몰약보다 꿋꿋치 못할 까닭을 나는 알지 못합니다.

하늘과 땅, 사물은 사막마저 모습을 잃고 너는 잠시 아득해진다. 사람의 목을 따고서 세상을 정복했다고 포효했던 자들. 그들의 어지러운 발자국조차 찾아볼 길이 없다. 그러나 돌아서 보면 너의 발자국이 있다. 그것은 네게 든든한 위안이 될 것이다.

가다 보면 독사와 전갈들이 또한 너의 외로움을 덜어 줄 것이다. 하늘이 핏빛으로 물들 때면 너는 허벅지를 찔러 흐르는 피로 허공 중에 환희를 적어 넣을 것이다. 새벽에 씹는 사막의 모래는 그러면 너의 피를 새로이 제조하고 그 피는 심장에서 솟구치는 결의가 되리라.

너는 불경이 든 보퉁이를 끼고 언젠가는 고향 마을에 도착할 것이다. 그리고는 법어만큼이나 여행담에 굶주린 이들에게 이야기 보따리를 풍성하게 풀어놓을 테지. 옛 여행가들, 사제와 장군과 장사치들처럼 네가 아는 모든 신들의 이름을 걸고 맹세컨대 두 눈으로 똑똑히 목격했던 것들을 너는 증언할 것이다. 인도에 사는 유니콘과 양털이 자라나는 나무와 불 속에 넣어 빨아야 되는 옷감에 대한 너의 증언은 지리학과 동식물학, 광물, 약물학을 풍요롭게 하고. 어쩌면 너를 믿지 못하는 자들이 있어 그들은 네가 실존 인물인지마저 의심스러워할지도 모르지만. 그러나 네가 인도로 불경을 구하러 가는 과거의 승려일 때 지나는 고장마다 네 전신을 싸고 돌 그 낯선 느낌을 달리 무엇으로 전할 수 있을까. 점으로 뒤덮인 사내들, 알을 낳는 여인들, 꼬리가 달린 아이들이 아니라면.

과열된 모래에 단련이 된 너의 맨발은 새로운 시련을 필요로 할 것이다. 이제 너는 얼어 붙은 대지를 지나게 된다. 그리고 너는 그것들을 알아보고야 마는구나. 동토의 잡풀이 되어 여기저기서 수줍게 싹을 틔우고 있는 것들. 그러나 너는 그것들의 뿌리가 수백만 년 깊이로 뻗어 있음을 모를 만큼 속지는 않는다. 그것들은 의심할 바 없이 너의 의심들이다. 그러나 너는 걷는다. 뛰는 것인지도 모른다. 보조에 맞추어 발가락이 빠르게 변색되고 너는 추위에 다 먹혀 버리지는 않도록 얼굴을 부지런히 마찰해야 한다. 하지만 죽은 피부 조각이 한 꺼풀씩 벗어져 묵은 의심들 위로 날아 앉을 때 너의 호흡은 점차 느려지고 이제 너는 편안하기마저 하다. 그런데 너의 시야 한켠에는 눈에 익은 사물이 어른거리지 않는가. 그것은 어릴 적 고향에서 익히 보던 사물, 아무래도 장독대의 항아리들인 것만 같다. 사방으로 열을 지어 놓여 있는 커다란 장독들. 기쁜 마음에 달려가 너는 장독 하나를 붙잡고 들여다본다. 물이 차 있으나 모두 얼지는 않고 맑은 살얼음만이 살짝 끼여 있다. 자세히 보면 그리고 너의 어머니가 보인다. 그녀는 물 속에 웅크리고 앉아 있다. 어머니는 너를 올려다본다. 웃고 있는 것도 같다. "어머니, 여기서 뭐하세요? 이렇게 추운데." 어머니가 입을 열자 공기 방울만이 꼬르륵 올라오고 너는 그녀의 말을 알아들을 수가 없다. 그녀의 콧구멍 곁에 맺힌 기포 때문에 너는 웃음이 나온다. 아, 나의 조그만 어머니. 너는 너의 조그만 어머니를 일으키려고 손을 뻗는다. 너의 손끝이 닿자 살얼음은 쉽사리 쪼개져 버리고 어머니는 쑤욱 수월하게 일어나고 있다. 파문이 사라지자 그런데 어머니가 없다. 너는 모든 방향에서 항아리를 살펴보고 힘들여 들어도 본다. 그것은 금 하나 가지 않고 매끄럽게 언 땅 위에 얌전히 놓여 있을 뿐이다. 다시 너는 걷는다. 여기저기 늘어선 똑같이 생긴 장독들 사이를 너는 걷는다. 달리기도 한다. 사라진 어머니가 너는 너무 무섭다. 된장과 간장 찌꺼기, 먼지와 습기가 너를 겁준다. 항아리 안에서 수백만 년을 빛과 어둠 속에서 소용돌이치던 물기 어린 찌꺼기와 티끌들. 누구는 네가 그것에서 어머니를 보았다고 말할 것이고 누구는 그것이 너의 어머니가 되었다고 말할 것이다. 누군가는 그것이 너의 어머니였다고 말할테고 항아리 안에서 너를 보았다는 자도 나타나겠지. 미끄러져 무릎이 깨지고 흙이 들어 간다. 아픔 때문에 깡총거리며 걷던 너는 다시 미끄러진다. 그러나 일어서 너는 걷는다. 너의 숨이 다시 열풍을 느낄 때까지 너는 걷는다.

다시 사막이다. 네가 지나온 사막과 조그만치도 다르지 않은 이 곳에서 너는 네가 되돌아가고 있는지 인도로 다가가는지를 알지 못한다. 너는 그저 걷는다. 이젠 의심들이 네 피를 타고 흐른다. 인도는 있는가. 불경은 있는가. 길은 있는가. 네 머리 위를 맴돌던 독한 눈을 가진 새는 너의 의심을 즉시 알아채고 새는 너 대신 허공 중에 묻는다. 있다 한들 그게 도대체 다 뭐야. 그게 다 뭐야…….

그러나 의심은 네 심장을 쉽사리 채우지는 못할 것이다. 너는 말할 것이다. 이런 것은 질문도 아니다. 나는 이런 것을 묻지는 않는다. 나는 신기루에 홀렸을 따름이다. 나는 끝없이 걸을 수 있다. 내 다리는 놀랄 만큼 튼튼하고 나는 많은 것을 참을 수 있다. 한때는 내가 이 세상에서 참을 수 없는 것은 아무 것도 없다고 믿었던 적도 있었다. 너는 걸을 것이다. 장딴지가 삭고 근육들이 캬라멜처럼 녹아 내리고 너는 걸을 것이다. 다리를 끌며 너는 걸을 것이다. 독한 눈을 가진 새와 눈을 마주치고 너는 말할 것이다. 사악한 너도 더는 어쩌지 못하리라.

가다 보면 독사와 전갈들이 너의 외로움을 덜어 줄 것이다. 하늘이 핏빛으로 물들 때면 너는 허벅지를 찔러 흐르는 피로 허공 중에 환희를 적어 넣을 것이다. 새벽에 씹는 사막의 모래는 그러면 너의 피를 새로이 제조하고 그 피는 심장에서 솟구치는 결의가 되겠지.

그리고.

공포영화

창밖으로 빛이 흐른다. 땅이 진동하고, 그것은 폭탄이다. 들것을 가져와. 들것! 붕대가 모자라. 빨리! 사거리에 병력이 모자라. 연락병을 불러! 이봐, 동지들이 죽고 있다구. 자네가 첫 키스를 나눈 처녀는 왼쪽 다리가 둘로 쪼개졌어. 어, 이 친구 턱이 어디 갔지? 잡아 잡아. 어딨어? 찾아 봐. 샅샅이 뒤져 봐. 턱이 날아갔어. 근데 자네는……

공포영화를 본다.

자네 동지가 목숨을 잃었네. 전쟁이야, 전쟁. 모든 전쟁이 그렇듯 우린 우선 자신을 싸워 이겨야 해. 그 다음 자신을 포로로 잡아서 수용소에 가둬 놓고 아주 가끔 물하고 새모이만 주어야 해. 그리고 우리는 진군한다. 발소리도 죽이고. 그렇지만 노랫소리 우렁차게. 근데 자네는…… 공포영화를 본다.

나는 너무 무서웠다. 그래서 공포영화를 보았다. 거기에도 다리 여럿 달린 여자와 떨어진 턱이 있었지만 친구들은 아니었다. 적도 아니었다. 내 등 뒤에서 자고 있던 나의 동거 숙녀는 간혹 눈을 뜨고 아직도 봐? 하다 다시 잠이 들고.

또 간혹 내 등을 쿡쿡 찌르면서 한숨을 쉬기도 하였다. 그러다 다시 잠이 들고. 새벽녘 내가 잠자리에 들면 다시 살포시 눈을 뜨고는 잠이 덜 깬 코맹맹이 소리로 묻기도 하였다. 그런 영화를 보면 뭐가 남는지. 남는 것은 말야, 흉물들의 주검, 그들의 후손, 그들을 다시 무찌를 히어로, 편두통……. 머리가 아파. 나를 안아주겠지? 숙녀는 나를 안아 준다. 그러나 말한다. 내가 등을 돌리고 저 형광빛 나는 상자를 정신없이 들여다보고 있는 걸 보면 소름이 끼친다고. 그녀는 내가 그런 것에 빠져드는 게 무섭다고 말한다.

여자는 나와 헤어지기로 한다. 나는 화가 난다. 산꼭대기 여자의 자취방으로 찾아 간다. 여자는 없다. 나는 서성이다 그 집 신발장에서 빨간색 스프레이를 주워든다. 그리고 방문에 붉은 글자를 낙서한다. "와라." 오지 않았다. 다음날 나는 여자를 또 찾는다. 여자는 없다. 방문에 스프레이한다. "오늘밤." 오늘밤에도 오지 않았다. 그 다음날도 여자는 없고 나는 방문에 써갈긴다. "내 방으로." 그 다음날 여자의 방문 앞에서 종일 나는 기다렸으나 마주치는 것은 생면부지의 얼굴들. 오늘은 무슨 말을 쓸까 생각하던 나는 '전두엽절제수술' 이라는 영어 단어를 문득 떠올린다. 옛날에 워드파워를 공부할 때 보아 두었다가 지난번 본 공포영화에서 다시 배운 단어다. 나는 그 단어를 방문짝에 적어 두고 내려온다. 다음날 여자가 날 찾아와 뺨을 때린다. 머리칼을 한 줌 쥐고 흔든다. 나는 아파서 소릴 지른다. 단어 하나 갖고 뭘 그래? 내가 대들자 그녀는 대꾸한다. 그런 단어를 방문에다 낙서하는 것은 다 미친 놈이라고. 노염이 풀어지자 여자는 몸이 근지러워져 나를 사랑하고 담배를 물고 쓰러진 내게 각서를 내민다. "나는 지금부터 공포영화를 일체 보지 않겠음."이라고 적혀 있다. 숙녀는 덧붙인다. 이걸 어기면 이젠 나를 영원히 잃는 거야. 알았어? 나는 지장을 꾸욱 눌러 찍는다.

영화 지옥의 밤 포스터가 거리에 나붙었다. 우리집 골목 어귀에도 붙어 있다. 죽은 여자의 얼굴이다. 무표정하고 푸르스름하고 다친 데 하나 없이 단정하다. 나는 매일 두세 번씩 그 여자와 눈이 마주친다. 저 여자는 너무 침착하다. 겁이 없어. 조금 지친 것도 같지만. 아직 아무 것도 모르는 어린애인지도 몰라. 푸른 입술이 아름답구나.

내 친구라는 이가 또 나를 찾아온다. 그는 나를 깨우치고자 애를 쓴다. 그에 따르면 다친 자는 다 내 친구라고 한다. 죽은 자는 다 내 애인이라고 한다. 그들이 그렇게 될 때 너는 무얼 하고 있었느냐고 한다. 공포영화나 보다 바깥이 너무 소란해지면 왜 아직도 경보가 해제되지 않았는지 의아스러워하는 너. 부르주아. 회의주의. 패배주의. 도망자. 배신자. 식물인간. 그리고 몇 가지 짐승과 벌레의 이름을 들어 그는 나의 침대와 비디오데크를 모독한다. 네가 무엇을 먹고 마시는지 아느냐고도 한다. 네 팝콘과 콜라가 무엇으로 만들어졌는지를 아느냐 따진다. 생각해 보라고 한다. 날아가는 턱을. 사거리를 건너 주점 골목 쓰레기통 곁에서 발견된 턱을. 하지만 나는 상상력이 부족해서 보여주지 않으면 상상할 수가 없다고 말한다.

그건 네 친구의 턱이야!

그는 버럭 소리를 지른다. 그의 눈은 이글이글 타오르고 마른침을 뱉어 나의 침실을 더럽히려고까지 든다. 나는 문을 열어주고 그는 사라진다.

인간들은 너무 말을 잘한다. 그래서 지겹다. 그 중 누구도 내 친구가 될 수는 없다. 내 친구는 돼지다. 나는 소를 사랑한다.

나는 늦은 밤 귀가를 한다. 골목을 들어서며 나는 전봇대에 붙어 있는 싸늘한 여자와 다시 마주친다. 죽은 여자로 무얼 할 수 있을까? 욕을 보이고. 다시 죽이고. 죽은 사람이라면 그 정도는 받아 주지 않을까. 나는 전신주에서 지옥의 밤 포스터를 떼어 낸다. 나의 손놀림에 한 귀퉁이가 찢어져 여자의 오른쪽 눈에 살짝 금이 갔다. 그러나 여자는 여전히 표정 없는 잿빛 눈으로 나를 바라본다. 여자의 통통한 양 볼과 불룩한 입술이 귀엽다. 그것들은 가로등 아래에서 더욱 신비로운 푸른 빛을 발한다. 나는 포스터를 구겨 버린다. 똘똘 말아 사람들이 쓰레기를 함부로 버리는 전봇대 뒤편 시멘트 담벼락에 던진다. 이 모든 것은 내 능력을 벗어나는 것. 나는 너무 낮은 존재. 곰팡이처럼 슬그머니 피어 있다 말 존재. 인간이란 흉내내기에도 벅찬 것. 그저 저녁이 되면 마치는 일과 사랑스런 여자와 들어가 누울 자리만 있으면 된다고 했는데. 그런데도 내가 탐욕스럽다니. 너무 욕심을 부린다니. 날아간 친구의 턱이라니. 나는 대문을 따고 들어간다. 거실에는 불이 켜져 있지만 숙녀는 기척이 없다. 안방문을 열려고 하니 잠겨 있다. 나는 방문을 두드린다. 숙녀, 문 열어봐. 내가 너무 늦어서 숙녀가 삐쳤는가 보다. 쾅쾅 주먹으로 두들기고 발로 차기도 한다. 숙녀, 들어봐. 나 오늘 공포영화 봤다, 알어? 지옥의 밤. 그러니 어서 문 열어. 나와서 나를 때려 줘야지. 네가 뽑아 논 머리칼이 다시 자랐어. 문열어 주라. 지옥의 밤 얘기해 줄게. 재미는 별로 없지만 징그러운 장면은 많아. 그 여자 있잖아, 포스터에 나오는 여자. 그 여자말야, 아주 가느다란 실로 목이 베서 죽는다, 알어?

끈질기게 두드리다 나는 그녀가 싫어하는 단어 전두엽절제수술을 큰소리로 몇 번 발음해 본다. 하지만 아무런 반응이 없자 포기하고 나는 서재로 들어간다. 책꽂이에서 책을 한 권 빼들고 의자에 등을 대고 나는 이제 책을 읽는다. 오래지 않아 재미있는 장면이 나오므로 책상 위에 놓인 나의 두 발이 바르르 떤다. 시간이 얼마가 지났는지 침실 문을 따고 여자가 내게로 건너 온다. 그녀는 말없이 내가 읽고 있던 책의 커버를 들춰 본다. 공중으로 떠오르는 소녀와 주술을 벌이는 노신부의 사진이 표지를 장식하고 있는 책, 엑소시스트다. 숙녀가 운다. 이제는 끝장이라고 말한다.

이제는 봄이라고 한다. 내 친구라는 이도 이제 봄이라고 말한다. 쟁취한 것이라고 한다. 친구들의 피를 잊어서는 안 된다고 한다. 그러나 화사하게 입어도 된다고 말한다. 이발소에도 좀 가라고 한다. 그러나 나는 공포영화를 보러 가겠다고 한다. 봄은 너무 무섭다고 말한다.

봄

해가 부서진다.
산산조각이 난다.
그 파편들이 사방을 날아 다닐 때 멋모르고
너는 하늘을 올려다본다. 그러면 그것들은 너를 난자하고 너는 선혈이 낭자해진다. 그러나 아, 무런 흔적도 없이.
그리하여 단지 몇 방울의 피가 창백한 얼굴로 한 방울의 응고를 기다릴 때
나는 활짝 웃으며 네게 말을 건다.
아, 이제 정말 봄이라고. 그렇지 않으냐고.

벚꽃은 너를 놓아주지 않는다.
꽃빛 음부가 사방에 날릴 때 네 성기는
붉다 못해 허옇게 부풀어 오르고
심장은 텅 비고 말아.

현기증을 느끼지.

허나 벚꽃 그늘에 쓰러지는 것은 위험하다. 요부의 혀는 애닯게 얇아. 그년은 아름다움을 혀에 담아 헤어진 네 입술 사이로 꾸역꾸역 밀어 넣을 거야.

네가 구토를 일으킬 때까지.

천지에 깔린 벚꽃 위에 너의 토사물이 쌓이면

그 위에 다시 벚꽃이 진다. 또 벚꽃이 날리고.

그리고 다시 벚꽃이 지고.

너는 말하지.

벚꽃이 졌을 뿐이라고.

도망자

좁다란 계단을 돌아 내려가자 창백한 남자의 얼굴이 보인다. 나를 보더니 비죽 웃고 이내 눈길을 돌린다. 코미디물을 보고 있는지 영어로 빠르게 지껄이는 소리와 이 창백한 사내의 커다란 웃음소리가 이 곳, 지하를 울린다. 나는 그에게 테이프를 건네고 그는 내게 숫자를 말한다. 두 줄 칸막이 방들 사이로 난 좁은 복도는 바로 내 머리 위에 달린 형광등 아래서 깜빡이고 나는 침침한 눈을 비비며 내 번호를 찾는다. 그리로 가는 길에 엿보이는 유리문 너머의 프라이버시들. 그들은 자신의 해변에 길게 누워 차갑게 푸르른 햇볕을 쬐고. 나의 번호 십구 번.

피를 보면 기절해 버리는 청년, 투우사가 되려 하지. 죽은 여자들이 묻혀 있는 곳에서는 독버섯이 난다네. 아내는 죽고 그는 낱말 맞추기. 의문의 세계에서 까불어 보기. 빗물과 눈물이 쉴새없이 여자의 얼굴을 타고 흐르고. 그는 애인이 건네는 면도날을 받아 쥔다. 그녀는 법을 집행해 그의 사과를 받아내려 하지만. 따뜻한 국수를 말아 먹으며 두 사람은 서로에게 눈짓한다. 나는 계속 중국집에서 식사를 할 것인가. 소녀와 천사, 그리고 에프비아이수사관. 천사는유혹에약한자들을찾아다니고있었다. 내일은 백반을 잘하는 집을 찾아봐야겠다. 바람이 몰아치고 아이는 밤새 울지만 그것이 아이인지는 아직 모른다. 그녀는 남편의 동생이 남긴 흔적들을 보고 그의 체취를 맡는데. 사랑하는 여자는 걸어 다니는 식물이 되고 어메이징 그레이스. 경찰은 그에게 총을 겨누고 이제 항복할 줄 아는 그의 양손은 승리를 외친다. 옆방에서는 총성이 들리고 나는 안전하지만.

여기요, 테이프 좀 잠깐 꺼주세요.

커피를 들고 다시 들어가자 탁한 공기에 이맛살이 찌푸려진다. 하지만 지난밤의 적들은 돌아와 오늘은 함께 노래 부르지 않느냐. 한여름밤의 정열과 카니발의 아침. 나는 돌아가리라, 나의 옛 브라질로. 에트나 화산의 장엄한 풍경을 바라보며 여자는 말하지. 죽은 어머니와 신을. 마리아, 정말 사랑스런 여자.

(이상의 문장은 각기 한 편의 영화를 가리킨다. 영화제목들을 맞춰보시오.)

친구여, 고통을 느끼기에는 너무 나쁜 머리로 비디오방을 비실비실 걸어나올 때 새벽은 아름다웠네. 사물들은 분간할 수 없게 비슷해져 새벽 그 자체가 되었더군. 그것은 천구백구십년대의 새벽도 대한민국의 새벽도 아니었네. 새벽 안개 속에서 말발굽소리와 함께 마차가 달려나온다 해도 나는 놀라지 않았을 것이네. 혹은 그래, 그것은 새벽 그 자체였네. 나는 나도 다른 사물들과 사이좋게 새벽이 되었다고 믿고 싶었네. 그러나 나는 그들 사이로 걷고 있을 뿐. 회한이 밀려 오더군. 비디오방에서 새벽을 맞이하기 시작한 것이 언제부터인가? 마치 그 좁다란 칸막이 안에서 태어나 아름다운 여자들, 근육질과 총잡이, 외계인들 그리고 성격이상자들, 또 세상의 온갖 우습고 슬픈 풍경과 벗하며 자란 것만 같으니.

(그는 도망자였다. 그는 오래도록 비디오방에서 숨어 지냈다.)

이제 나는 비디오방으로부터도 도망을 다니고 있네. 우스꽝스런 일이지만. 단골도 너무 지나친 단골이니 그들이 정상적인 호기심을 갖고 있다면 나의 정체가 의심스러워지지 않겠나. 그리고 그들의 또 왔군, 하는 눈길이 욕되게 느껴지는 것도 사실이고. 그래 나는 비디오방을 피해 다른 비디오방으로 가지. 그리고 그곳에서 또 다른 곳으로. 저 자와 같은 신세일 걸세. 급한 발자국 소리로 새벽을 가르고 있는 저 사내. 그와 나는 여러 비디오방에서 마주친 적이 있네. 아침 여덟 시부터 영업을 하는 한 비디오방에서도 몇 번을 보았지. 나는 그가 비디오테이프 훔치는 것을 목격한 적도 있네. 두 번이었는데 첫 번째 보았을 때 그는 나를 보며 희미하게 웃더군. 두 번째에는 내가 자신을 주시하고 있는 것을 알고도 아무런 거리낌 없이 테이프를 집어 들었지. 나를 자신의 공범으로 삼기도 귀찮았는지. 암살자들이라는 액션물이었는데. 저 자도 나처럼 한 비디오방을 이용하다 단골이 되면 다른 곳으로 옮기는 것 같더군. 오늘도 또 일을 저질렀는지 알 수 없네. 그의 발자국 소리가 유난히 급하니.

그를 따라가 볼까. 그는 어쩌면 나를 자신의 성소로 인도할지도 모를 일이네. 훔친 비디오테이프들이 진열된 지하 골방 같은 곳. 빌로드천이 깔리고 그 앞에는 은촛대 위에서 촛불이 흔들리고 있을지도 모르네. 벽에는 액션스타들이 수집되어 있고 감독들의 사진도 붙어 있을지 모르고. 물론 거기서 내가 정화되는 일은 일어나지 않겠지만 재미있는 일이 아니겠나. 하지만 그는 나를 눈치채고 걸음을 멈추었네. 내 쪽으로 고개를 반쯤만 돌리는군. 나를 위협하기 위해서는 나와 눈을 마주칠 필요도 없다고 생각했는지 혹은 예의를 갖춘 위협인지. 가로등 불빛은 그의 어깨까지만 가닿고 나는 어두운 그의 옆얼굴을 보았네. 새벽빛이 그것을 비추지 않았더라면 차라리 덜 어두웠을 것을. 나는 멈추어 서서 그를 보냈네. 그곳이 어떠한 곳이든 어차피 나의 성소는 아니었을 것이네. 나는 다시 걷기 시작했지.

성소. 여러 번 지녔던 바램. 내가 하는 것 중에는 죄 아닌 게 없는 것만 같았던 적도 있었지. 그래서 나는 제발 어딘가를 찾아가 무릎을 꿇고 싶어했지만. 내가 죄없는 인간이 될 수 있다는 무모한 생각을 한 것은 아니었네. 다만 나는 바랬던 것이네. 다음 번 죄를 지을 수 있는 용기를 낼 정도로만 나를 좀 깨끗이 씻을 수 있다면. 나는 여러 낮과 밤, 새벽을 걸어 다녔네. 성급히 혹은 천천히. 구두 뒤축을 끌며 걸을 때도 그러나 나는 느긋할 수 없었네. 어디에 있단 말인가? 어디에…… 성소는 어디에.

나의 이웃이었던 나이 많은 친구는 가리켜 주었었지. 북한산 기슭의 소공원에 있다고 말이야. 그는 직접 나를 끌고 그리로 가본 적도 있네. 나는 그를 신뢰했고 그래서 나는 믿었지. 이제 내 서성임은 끝이 나리라. 나는 더 이상 두리번거리지 않으리라. 알고 찾아가리라. 고개를 숙이고 때론 눈물도 떨구리라. 그리고 개운한 마음으로 일어서 문을 나서리라. 열고 나아가 뿌리리라. 따끈따끈하고 신선한 나의 죄를.

수유리로 가는 그의 승용차 안에서 나는 편안히 잠이 들었네. 눈을 뜨니 차창에 비가 뿌리고 신호등과 다른 차, 사람들이 뿌옇게 보이더군. 병든 가로수들, 낡은 혹은 새로 선 건물들. 우리가 소공원에 도착했을 때는 이미 해가 지고 있었고 철문에는 자물쇠가 채워져 있었네. 우리는 가는 비를 맞으며 쇠창살 너머로 멀찍이 보이는 탑과 나무들을 바라보았지. 나이 많은 친구는 말했네. 여기서는 성소가 보이지 않는데? 다음에 다시 오지. 나는 말했네. 그럴 필요가 이제 없을 것 같습니다. 돌아오는 길에 그는 말했지. 우리가 찾아가려던 성소는 자기 친구의 무덤이라고. 그곳에서는 어떤 죄도 씻겨나가지 않고는 배겨내지 못할거라고. 나는 그 친구가 남자인지 여자인지 혹은 개인지 아니면 비둘기인지도 묻지 않았네. 그리고 아무 것도 아쉬워하지 않았네. 왜냐하면 내게는 이제 그런 곳이 필요없었으니까. 내가 성소를 찾아가는 승용차 안에서 곤한 잠에서 깨어나 눈을 떴을 때 나는 말했던 것이네. 죄라니, 내가 살인이라도 저질렀단 말인가? 피묻은 지폐가 주머니에서 흘러 나의 발자국을 따라 떨구어지고 양손에 엉긴 피가 어떠한 세제에도 씻겨나가지 않을 때 그때에도 깊은 잠은 또 나를 구원해 줄지 모르네. 눈을 뜨고 나는 말하겠지. 살인을 했으면 또 어떤가?

그래, 지금 죄니 성소니 운운하는 것은 내게 잠이 부족하다는 신호일 뿐이야. 집으로 돌아가야지. 그리고 자리에 몸을 눕히고 꿈없는 잠에 빠져 드는 거야. 잠이 깨면 나는 눈을 뜨고 말할 것이네. 죄라니…….

대체 나는 무엇으로부터 도망치고 있었단 말인가.

지루해야만 하나

스타워즈는 지루한 데다 길기마저 하여 나는 허리를 배배 틀다 관절염이 도지는 것을 느꼈다. 내 히프는 욕창을 시작하고 팝콘의 기름은 굳어 버린다. 그러나 나는 그렇게까지 초조해할 필요는 없었다. 스물여덟 해를 보내고도 내가 늘 새로 배워야 하는 진실이 있으니 시간은 어떻게든 가기 마련이라는 것. 극장을 나오며 우리와 어깨를 나란히 한 관객들은 그래도 볼 거리는 좀 있었다고 하며 서로를 위로하는 모양이었다. 내게 극장구경을 시켜 준 사내도 9편이나 될 대장편 영화의 에피소드 하나니 우리는 그를 용서해 주어야 한다고 말한다.

우리는 맥주를 마시며 조지를 용서하기로 한다. 술집은 붐비고 친구들도 있었다. 나의 친구는 아니었지만 우리는 모여 앉아 떠들기로 한다. 그들은 말하자면 지식인들로서 텔레비전만큼이나 책을 많이 보는 사람들이다. 시민사회지만, 권력이 어떻고, 결국 수치란 무엇인데, 정신분석을 하면 저떻고 그래서 말이 무엇이라고 하더니 한 사내가 랭보를 읊는다. 그러다 그들은 갑자기 아버지를 욕한다. 알고 보니 아버지가 아닌 것을 아버지라 부르며 침착하게 화를 내는 것이다. 맥주를 좀 과하게 한 탓인가? 인간의 머리가 프렌치(French)하다는 건 좀 슬프고 많이 지루한 일인 것 같다.

내가 하품을 참느라 이를 악 물고 있는 것을 보더니 한 친구, 아직 나오지도 않은 내 하품을 분석한다. "그것은 네가 미국을 좋아하기 때문이야." 그는 미국이 싫다고 한다. 나는 미국을 경멸한다, 고 그는 더 이상 형언할 수 없는 혐오를 표현하고자 양미간을 찌푸리고 맥주잔을 쏘아본다.

그럼에도 나의 지루함은 가시지를 않는다. 그들의 입에서는 완성된 문장들이 쏟아져 내리지만 도대체……나는 갑자기 성이 난다. 왜 지루해야만 하나?

아, 미국이여 아, 프랑스여 아, 세계여 부디 나를 잘 대접해 다오. 나는 그럴 만한 존재. 이건 증명할 필요가 없는 사실인데. 설마 이걸 당신들이 모르지는?

당신들이 잘 알다시피 인권이란 게 있다. 아니면 박애. 이도저도 아니면 참여라고 부르렴. 그러니까 당신들은 아프리카 나병이 퇴치되었다고 아시아 토후국의 화약연기가 가셨다고 실망할 필요가 없는 거야. "지루한 걸 못 참는 자들을 위해!" 한 표를!, 한 푼을! 피켓 높이 올리고 선동가요에 발맞춰 확성기와 성대 큰 자들 앞세우고. 그리고 약간은 센티멘탈한 가락에 맞춰 발표할 성명서도 있으면 좋겠는데. 예를 들면 이런 것.

"우리는 지루한 것은 참을 수 있지만 지루한 것을 참지 못하는 사람을 지루하게 하는 것은 참을 수 없다!"

그러나 나는,

왜 지루해야만 하나.

마부—medical school cadaver2

그는 사회불만자 이상도 이하도 아니다, 라고 사람들은 말했다.

줄곧 내 곁에서 종종 걸음을 치던 여자는 아무래도 울고 있는 것 같았어. 생면부지의 여자가 나를 여기까지 끌고 와서 바퀴 달린 침대에 눕히고 응급실까지 좇아서 달리다니……아마도 눈물 방울까지 흩날리며. 내 피를 보고 충격을 받았나 보다. 여자들은 멘스를 그렇게 해대면서도 피를 보고 받을 충격이 남아 있는 모양이지? 그리고 들것에 실릴 때 나는 여자가 양말만 신고 있는 것을 보았다고 생각하는데, 어쩌면 환영이었는지도 몰라. 모르는 여자가 나 때문에 신발도 신지 않고 뛰고 있다니. 그 생각을 하면 아무튼 기분이 묘하게 좋아진다. 얼굴도 모르는 여자가 마치 나의 엄마인 양, 아니 내 친구의 엄마인 양 굴다니 말이야. 여기서 내 친구란 소설책을 읽는 내 친구를 말한다. 무협지 같은 게 아니고 글자가 좀더 빽빽한 진짜 소설. 드문 친구였지. 녀석은 자신이 읽은 책에 대해 가끔 얘기를 해주곤 했는데 그 중엔 이런 게 있었어. 주인공 남자의 엄마가 아버지와 다투었든가 헤어졌든가 아무튼 한 후에 신발을 짝짝이로 신고 있더라는 거야. 그것이 어린 주인공에게 깊은 인상을 남겼고 내 친구에게도 그랬던 모양이었어. 나는 웃었지. 겨우 그런 얘기에 감명받으려고 몇백 페이지짜리 책을 읽느냐고.

그 친구가 현실에서 가장 감명받았던 것도 신발 혹은 발에 관한 것이었지. 녀석은 한때 머리가 좀 복잡해져서 죽으려고 한 일이 있었다고 해. 그런데 녀석이 깨어 보니 병실이었고 곁에 자기 엄마가 서 있었는데, 그의 엄마는 남자들이 입는 커다란 재킷을 걸치고 잠옷바람에, 중요한 것은 맨발이더라는 거야. 엄마의 맨발을 보고서 그는 갑자기 현명해졌다고 하더군. 무엇을 위해 살아야 하는가. 무엇을 하며 살아야 하는가. 배워야 할 것들을 다 배우고. 그리하여 그는 건달 생활을 마감했지. 나중에는 출세 비슷한 것도 하고. 그걸 뭐 그리 큰 출세라고 보기도 그렇지마는. 어쨌든 짝짝이 신발과 맨발이 그 녀석에게 그랬듯 낯선 여자가 나를 위해 한 양말발은 내게 좀 감동스러웠다고 할 수 있겠다.

"응급환자예요!" 여자의 목소리가 들려 왔다. 그녀는 이어서 내가 피를 얼마나 많이 흘렸는지 따위를 다급한 목소리로 외쳤어. 그러자 "알아요, 알아." 흰 가운을 입은 젊은 놈이 신경질을 내더군. 저 놈이 내 목숨을 다루겠구나. 목소리만 들어도 어떤 놈인지 알 만하다. 남아 있던 얼마 안 되는 피가 별안간 머리로 솟구치는 것이었어. 씨벌, 벼라별 눈꼴 신 일을 다 당하더니만 막판에도 저런 놈한테 걸리는구나. 지난주에 가벼운 병 때문에 병원에 갔던 일이 생각나더군. 남자 의사와 그에게서 배우는 입장인 듯한 젊은 여자 의사가 번갈아 내 눈과 목구멍을 들여다보더니 남자 의사가 묻더라구. 주변에 감기 걸린 일 있습니까? 나는 당황했지. 주변에라고 하는 걸 보니 주변사람들이 걸린 적 있느냐고 묻는 것 같은데 걸린 일이라고 말하는 걸 보면 또 그게 아니다. 나는 주변 사람들 말씀이신가요 하고 되물었어. 그랬더니 아주 경멸하는 눈빛으로 나를 노려보더군. 그리고는 화를 채 삭이지 못한 목소리로 최근에 감기 걸린 적이 있냐구, 하더군. 그러더니 그가 여자 의사에게 말하기를, 김 선생, 익숙해져야 할 일이 많아. 그러자 그 김 선생이 웃었지. 방실방실.

선생이라고 스스로를 칭하는 자들뿐 아니라 나 역시 익숙해져야 할 일이 세상에는 참 많다. (너무 많은 것 같애.) 아무튼 선생이라는 말이 나오니 그놈도 생각나는군. 아주 젊은 법대 교수였는데 맨날 스스로를 선생님이라고 칭했지. 게다 그의 정서란 내가 이해하기에는 너무 독특한 것이어서, 이런 식이었지. "너희들은 시험문제 틀려서 운 적 혹시 없니? 하나만 더 맞았으면 만점인데 그걸 틀려서 그것도 실수로 말이야, 그래서 울었던 적 없어? 있지? 선생님은 많았다. 아휴 지금 생각해도 서러운 기억이 생생해." 계집애들도 그런 것 가지고 울지는 않겠지. 하물며 그게 서러운 기억으로 남았다니, 오죽 서러운 일이 없었으면 말이야. 간혹 내 앞에서 걸어가는 그의 뒤통수라도 보게 되면 녀석을 한 번 툭 쳐보았으면 그리고 가능하다면 세상에는 그런 것 말고도 서러운 일이 널려 있다는 것을 좀 가르쳐 주었으면 해서 몸이 근질거렸지. 즉 나는 그에게 시비를 걸고 싶었던 거야. 하지만 내게는 뭐 그럴 힘인지 자격인지가 없지 않았나 싶어. 나는 캠퍼스 위의 유령과 같은 존재였으니까. 나는 대학생도 교수도 그렇다고 수위나 청소부도 아니었고 벽돌이나 잔디도 아니었어. 나는 그냥 어슬렁거리는 존재. 그런데 문제는 내게도 눈과 귀가 있고 주름잡힌 두뇌가 있어 어슬렁거리는 데도 좀 복잡했다는 점이지. 그곳에서 내가 좋아하는 사람이 없었던 것은 아니야. 그도 교수였는데 똑똑한 사람이었지. 그래서 기뻤어. 심지어 나는 그가 쓴 책을 사서—만오천 원이 넘는 하드커버였는데—그것도 일, 이 권을 한꺼번에 사서 며칠 밤을 새워 읽기도 했다구. 오뎅과 튀김으로 자라왔고 아비는 일찌감치 감방으로 보내버린 내가 대뜸 하드커버의 판례 평석을 읽었다는 말이야. 그것도 두 권짜리를. 어쨌든 그의 책을 탐독하고 나니 내게도 그에게 물어볼 게 생기더군. 아니 솔직히 그의 견해를 반박할 꺼리라고 해야 되겠다. 나는 그의 강의가 끝난 뒤 그 앞에 형성된 긴 줄에 가서 붙어 섰어. 학생들은 그에게 자신을 알리고 싶어 했기 때문에 강의가 끝나면 거의 언제나 질문자들로 긴 줄이 형성되었던 거야. 드디어 내 차례가 되었을 때 솔직히 긴장되지 않았다고는 말하지 않겠어. 좀 불안하기도 했지만 유쾌한 만남이 되리라는 기대감에 흥분이 돼서 몸이 다소 떨릴 지경이었지. 나는 말하자면 그의 팬이었으니까. 그런데 내가 흠모하던 그 교수, 나를 흘끗 보더니 대뜸 그러더군. "대학 졸업하셨죠? 우리 대학 졸업하셨나요?" 그래서 나는 아니오 라고 했든가 머리를 흔들었든가. 그러자 그는, 그럼 들어가아, 라고 하더군.

강의실을 나서면서 온몸이 후들후들 떨리기 시작했다고 고백하겠어. 아침을 거르면 그렇게 되는 때가 종종 있으니까. 담배에 불을 붙였지. 그러니 좀 낫더군. 생각이 들었어. 이익이 많은 곳엔 똥파리만 모인다더니, 그 놈도 별 수 없군. 법률 지식이 많은 이익을 가져다 주는 건 사실인 모양이다, 이익을 밝히는 놈들이 하여간 친구할 만한 놈들은 못 된다는 것도 사실인 모양이다. 법대 건물 쪽으로 웩 침을 뱉어주고.

내가 뭐하는 놈인지 법대에서 뭘하고 있었는지 혹 궁금한가?

자취방으로 돌아와서 거울을 들여다보았지. 거울을 본 지 오래되서인지 처음에는 침침한 게, 잘 보이지 않더군. 그렇지만 곧 등장한 나의 몰골이라니. 시커멓고 울퉁불퉁하고 주름처럼 볼과 이마가 패여 있고. 한마디로 가난의 얼굴이라 할 만했지. 스물두 살짜리로는 전혀 보이지 않고. 게다 또 내 차림새라니. 늙은이들이나 입는 허연 옥색의 낡은 잠바차림이었으니. 내게도 대학이라는 게 의미가 있다면 자식들을 그리로 보내는 게 인생의 목표이기 때문이어야 할 듯 보이더군. 교수를 이해할 수 있었어. 그날 나는 모처럼 고기를 사먹었지. 제육볶음이었어. 맛이 있었고.

그래, 맛이 있었어. 하지만 옷이 찢어져 버렸어. 간호사인지 의사인지 하는 자들이 내 옷을 북북 찢어 버리는 거야. 그러지 말라고 소리를 지르려 해도 너무 당황한 탓인지 목소리가 제대로 나오지를 않았어. 그래서 팔을 내두르려고 했지만 나는 이미 벌거숭이가 되어 있었어. 내가 평소 세상사를 꽤 겪어 본 듯이 굴지마는 이런 일은 정말이지 처음이었다구. 그래서 나는 고함을 지르려고 했는데 갑자기 어디선가 음악소리가 들려 오는 것이었어. 듣던 대로 좋은 병원이구나, 음악도 틀어주고. 그런 생각에 화가 좀 누그러졌는데 가만히 들어 보니 그 소리는 주위 사람들이 내는 소리와 많이 다르더라구. 뇌의 일정 부위를 건드리면 예전에 들었던 음악이 들린다든데, 나는 불현듯 겁이 났지. 나의 그 일정 부위도 건드려진 게 아닐까, 그러니까 나는 머리를 다친 게 아닐까. 그러면서도 그 음악의 곡목이 궁금해오더군. 현악곡이고 슬픈 선율. 이 곡이 뭐더라? 나도 모르게 이 곡을 좋아했었나? 그러자, 그러고 보면 나는 너무 복잡한 놈이 아니었던가 하는 생각이 드는거야. 소설책을 읽는 친구를 두고 클래식 음악을 듣는, 무식하지만 별로 그렇지도 못한, 여기까지는 다 좋다구, 누구나 그러니까, 그런데 건달이라니. 생각하는 건달. 진정으로 늘 단순함을 열망했건만……. 나는 내가 가엾게 느껴졌어. 그래서 이런 멜랑콜리한 거 말고 내가 좋아하는 음악, 예컨대 수상(水上) 음악을 들을 수 있다면, 그러면 기운이 날 텐데, 하고 생각했지. 헨델, 그 아줌마같이 생긴 작곡가의 곡 말이야. 그런데 의사가 내 머리를 들었다 논 탓인지 바로 그때 수상음악이 정말로 귓전에 흐르는 거야.

당신도 지금 그 곡을 듣고 있기를.

나는 귀족이 되어 배 위에 누워 있어. 우거진 나무들로 테두리된 하늘을 보고 있지. 나는 하늘을 보고 푸르다는 말밖에 못 하는데 정말 푸른 하늘이야. 수면에 반사되는 햇빛은 누워 있는 내 눈도 부시게 하는군. 귓가에서는 강물이 가볍게 부서지고 악사들은 나를 위해 연주를 한다. 빰 빰 빰 빰 빰 빠암 빰빰. 어쩌면 내가 쓰고 있던 하얀 가발이 벗겨졌는지도 모르겠어. 그리고 이렇게 배를 불쑥 내밀고 뱃전에 누워 있는 게 귀족 체통에 말이 아닌지도 모르지. 그러나 지금은 일단 즐기자. 내가 비록 귀족이지마는 지금은 수상음악이 흐르니까. 다 나중에 생각하자구.

그런데 이 생각이라는 단어가 불길했던 것 같애. 나의 아버지가 불쑥 생각났거든. 그는 분명 내가 나중에 생각하고픈, 언제나 제일 나중에 생각하고픈 것인데 말야. 하지만 일단 떠오르면 당분간은 속수무책이지.

그에 대해 묘사하자면, 그는 배운 것은 없어도 머리가 좋은 분이셨던 것 같애. 독학으로 마약제조기술자가 됐다는 설이 있으니까. 아니면 끈기가 있으셨든지. 자그마한 몸집. 벗겨진 머리에 자그맣고 까만 얼굴. 머리가 벗어지기 전의 모습도 생각나는군. 내가 그의 젊었을 때 모습도 기억하는 건 어쩌면 놀라운 일이야. 내가 태어난 후로 그는 감옥에서 쭉 살아야 했으니까. 간혹 출감하는 일도 있었지만 금방 되돌아가곤 했지. 그러나 내가 그를 모른다고는 생각지 않아. 한때는 그에 대해 과장되고 그릇된 생각도 많이 했지마는 지금은 그에 대해 알만큼 알고 있다는 생각이 들어. 남은 가족들의 이야기도 있었고 또 그의 친구분들 이야기도 들었지만 무엇보다 나는 이제 나이를 먹었다는 것. 그래서 나는 그가 몇 년에 한번 집에 들러 몇 달이나 며칠을 묵을 때 보이던 손짓과 목소리, 눈빛과 주름을 통해 그를 알 수 있게 된 거지. 그가 어떤 인물인가를.

나는 그가 나쁜 놈이라고 나를 설득하려 들었었어. 그는 죗값을 치루어야 한다. 싸다 싸다 싸다. 애를 썼지만 번번이 실패였지. 나는 머리를 싸매고 괴로워했어. 나는 그를 잘 알고 있지 않은가. 왜 나는 검사만큼 판사만큼만 그를 알면 안 되는가. 왜 내 머릿속은 복잡해져야만 하는가. 결국 나는 다시는 단순해질 수 없는 걸까.

나는 국회의원이 되어 마약제조를 합법화하는 법안을 만들어야 하는 것일까. 아니면 손 털고 새출발하려는 아버지를 매번 꼬여내어 일을 시켜먹는, 그러면서 돈도 제때 주지 않는 그 마약상들에게 피비린내 나는 쌍칼 복수를 감행해야 하는 걸까. 어쩌면 판검사가 되어 풀려난 아버지가 다시 잡혀 들어갈 때마다 동료들에게 점심값—그들의 점심은 좀 특별하지마는—좀 찔러 주고 형을 가볍게 받도록 해야 할지도

모르겠다,

그런 생각들을 했지.

마지막에 그가 잡혀 들어간 것은 돈 받으러 갔을 때였어. 그는 언제나 그랬듯이 지독한 형살이에 넌덜머리를 내고 마약과는 손을 끊기로 마음먹고 있었지. 다만 감옥 가기 전에 했던 마약 제조의 대가를 받으려고 마약상을 찾았는데—감방에서 그 돈은 그에게 얼마나 큰 위안이었을까— 그는 그들과 함께 일망타진 돼버렸지. 형사들이 줄곧 아버지를 감시했던 거야. 돈 받으러 간 것뿐이라구요, 항변하다 몇 대 더 맞고. 그는 다시 마약 제조의 상습의 상습의 상습, 법률 용어가 퍽 적절해지는 상습범으로 철창 안에 가두어졌지.

그때였어. 우리 어머니의 머리카락이 몇 움큼씩 빠지기 시작한 건. 우리 엄마는 얼마 지나지 않아 대머리가 돼버렸어. 그래가지고야 오뎅과 튀김을 너무나 먹고 싶어 마차 안으로 들어섰던 사람들도 양껏 먹을 수가 없었지. 우리 어머니가 만드는 오뎅과 튀김은 매우 맛이 나는 편이었지마는. 나는 내 머리라도 길러서 가발을 만들어 드리고 싶었는데 속도 모르는 어머니는 내 머리카락이 길기가 무섭게 싹둑 잘라 버리는 거야. 엄마는 아빠를 만나기 전에 미용사였다더군. 지금은 기술을 다 잊어 버려서 내 머리밖에 못 깎지마는. 아무튼 그래서 나는 기타를 두드려대었지. 노래도 부르고.

그러던 내가 멀고 먼 타향으로 건너와 나라는 놈을 상상도 해보지 못했을 캠퍼스를 어슬렁거렸던 것은, 글쎄 나 자신도 이해하기 힘든 일이야. 다만 내가 길을 떠나기 전에 마지막으로 본 영화가 마부(馬夫)였다는 것쯤이 단서가 될까.

나는 영화를 무척 좋아는 하지만 극장구경 같은 건 잘 안 가는 사람이고—중학교 때 킬링필드인가 하는 반공영화를 단체 관람한 게 마지막이었을 거다.—테레비도 좋아하는 편이지만 불행히도 티브이로 영화를 본다는 건 내게 썩 즐거운 일은 못 되더라구. 우리 나라의 방송사들은 사람들을—그들은 국민들이라고 곧잘 부르지—지나치게 교육시키려 드니까. 영화를 보고 있으면 이 주연배우 이름이 무엇이니까 알아둬 이 영화는 이러저러한 상을 탔으니까 알아둬 이 영화의 시대배경은 이런 거니까 알아둬 등등 수시로 자막이 뜨는 거야. 그리고 의학용어, 음악용어, 인명에 대한 풀이 등……. 그들은 왜 이렇게 친절한 거야. 영화를 한 편 보면 무슨 시험준비를 한 것 같은 기분이 들 지경이니. 영화를 이렇게 봐야만 하는 나라가 또 있다면, 확실한 건 나는 그 나라로는 망명하지 않으리라는 거지. 내가 목숨이 달랑거리는 정치범이라 해도 말이야. 나를 받아주려는 나라가 거기밖에 없다면야 달리 수가 없겠지마는. 내가 말하려던 것은 마부에 관해서였다. 아무튼 그래서 나는 테레비로도 영화는 잘 안 보지마는 그날따라 잠이 오지를 않았어. 그래도 억지로 잠을 청하고 있는데 곁에서 텔레비전을 보던 어머니가 코를 훌쩍이는 거였어. 잠도 오지 않고 궁금하기도 하고, 별 수 없이 나는 볼륨을 키우고 엄마와 같이 보기 시작했지. 가족 갈등, 신분 갈등—불운했던 마부 집안은 결국은 아들의 사법고시 패스로 "이제 고생은 끝"나게 되는 거야. 영화가 끝나고 엄마와 나는 멋쩍은 얼굴로 이부자리에 드러누웠는데 묘한 느낌이 들더군. 갑자기 세상을 보는 혜안(慧眼)이 내게 밀려들었다고나 할까. 걷잡을 수 없이. 막무가내로. 드디어 내게도 단순함의 축복이 찾아든 것일까. 좀 멋을 부려 말하면, 어떤 눈 먼 단순함이 내게서 불안한 주거를 마련하고 저. 아무튼 나는 법전을 들고 다니기 시작했어. 그리고는 고향을 떠났지. 사법고시에 패스하기 위해.

여자가 어디로 가버린 것인지 나는 알지 못하지. 하지만 조만간 그녀가 문안차 나의 병실을 찾지 않을까 싶어. 누군지도 모르는 사내를 위해 눈물을 떨구었던 그녀니까. 그녀는 그리고 신발도 신지 않고 있었으니까. 내가 아는 한, 여자들은 제 동정심에 스스로 감격하길 잘 하지. 그러니 피 흘리는 사내인 내가 그녀를 꼬드길 가능성이 전혀 없다고는 할 수 없을 거야. 하지만 어쩌면 그녀는 다시 오지 않을 지도 모른다. 그녀가 눈물을 흘린 것은 피를 보고 받은 쇼크 때문인지도 모르고 그녀가 과연 양말발로 뛰고 있었는지에 대해 내 기억이 좀 어물쩡하는 편이니까.

좀전에 나는 그녀와 교제하는 꿈을 꾸었어. 그러나 나는 그녀의 얼굴을 알지 못하지. 환상인지도 모를 양말 두 짝만을 기억할 뿐. 그녀의 목소리는 어디론가 증발되어 버렸고.

그리고 만에 하나, 그녀가 꽃을 들고 찾아온다고 하자. 그러나 아무리 너그러운 년놈들이라도 나를 견뎌내지는 못할 게 아닌가, 그런 울적한 생각이 들기도 해. 오뎅과 튀김, 마약이 난무하는 악몽이나 꾸고 피나 흘리고 여자가 내 피를 봐주기나 바라는, 나는 그런 놈이니 말이야. 아, 역시 병원에서는 쓸모있는 생각을 하기가 힘들다.

내려다보니 나는 영원히 살 것처럼 퍼렇게 누워 있더군. 젊음으로 몸이 팅팅 불은 채.

내 조그만 감각의 세계1

감각……천국과 지옥이 여기 있는 것이다. 내가 글을 잃었을 때에도 말이 사라져 버렸을 때에도 그들은 어김없이 내 손닿는 곳에 있었다.

어렸을 때 나는 걷고 있었다. 내 손을 잡고 걷던 아버지의 구둣발 소리가 곁에서 들렸다. 흙 위를 걸을 때와 자갈 위를 걸을 때 다른 소리가 났고 고운 흙과 거친 흙, 검은 흙과 붉은 흙, 물먹은 자갈과 마른 자갈이 아버지의 구둣창 아래서 모두 다른 소리를 냈다. 배수가 좋은 흙과 그렇지 못한 흙, 석회질 토양과 사질, 점토……. 어떤 소리는 지나치게 잘게 부서져 나는 간지러움 타는 아이처럼 고개를 옆으로 젖히며 키득거렸다. ……그래서 나는 아버지를 존경할 수밖에 없었다. 이제 내 구둣발 아래서도 비슷한 소리가 난다. 나는 이 마찰음에 귀를 기울이고 걷는다. 그러면 아무것도 보이지 않거나 아니면 온갖 것들이 보이곤 한다. 예를 들어 이런 것들……한여름밤의 보이지 않는 먹구름, 물먹은 도화지, 그리고 나를 왜소하게 만들던 별들. 그러나 어릴 때 그 소리들은 아무 것도 떠오르게 하지 않았다. 다만 나를 빨아들였다. 그래서 나는 소리가 되었다. 아버지의 손에 이끌려 걷던 길은 무서운 속도로 질주하고 나는 그 위를 날았다. 아버지의 발자국 소리가 된 나……그것은 아름다움도 추함도 아니었고 그것은 옳지도 그르지도 않았고 그것은 과거도 현재도 아니었고 춥지도 덥지도 않고 포근하지도 않았으며 슬플 것도 없었지만 기쁘지도 않았다. 생각해 보라. 증오가 있었는데. 후회도 많았고. 새로운 목표와 계획. 넘쳐나는 수치심과 자부. 나를 따르는 자들에 대한 관대함과 애정. 또 무관심. 또 증오. 그러나 생각해 보라. 나는 한때 발자국 소리였던 것이다. 내가 이것을 잊은 것은 결코 아니다. 또박또박 말하고 분석하고 판단하고 사전을 찾고 악수하던 나는 문득 이상한 기분이 드는 때가 있다. 그러니 내가 한때 무엇이었던가를 잊어버린 것은 절대 아니다. 나는 더 이상 그 소리가 돼버리지 못하지만 그러나 나는 가끔 그 마찰음을 떠올린다. 그리고 천국이란 내게 이런 것임을 안다. 내 눈이 가려지고 나의 목을 성실한 동아줄이 죄어 올 때 나는 그 소리를 들을 것이다. 그리고 내가 증오하던 자들과 나 자신, 이들을 용서할 사이도 없이 불성실한 나는 발버둥을 치며 천국으로 빨려 들어갈 것이다. 그리고는 천국이 되겠지.

그러고 나면 거기서 무엇을 용서한다는 것은 오류가 되겠지.

내 조그만 감각의 세계2

오늘은 오늘의 천국을 말하자.

이 쟁쟁한 햇빛 속을 형체 없는 안개가 감싸 안아 모든 철대문집이 너의 옛집이 되었다. 비록 너는 그 집을 그리워한 적이 없고 과연 그 마당이 네가 실제로 뛰어 놀던 곳인지 알 수 없지만 돌계단, 만발한 넝쿨 장미, 그리고 열려진 철대문. 그렇다. 너는 이 집의 주인이 아니었다. 주인의 자식도 아니었다. 너는 이 집에 살던 아이의 친구. 별로 친하지는 않았다. 하지만 그 아이가 아파서 학교에 나오지 못했다. 그래서 너는 그 아이를 찾아 간 것이다. 네 짝꿍이었던가? 아무튼 그 아이는 예쁜 아이였지. 몇 대를 묵은 그런 해묵은 부유함이 낳을 수 있는 아이였다. 돌계단을 올라 열린 철대문 사이로 들어가자 나타난 것은 무엇이었던가. 무수한 꽃들. 나무들. 새도 울었을 것이다. 그것은 숲과 같았다. 너는 또 한 층의 계단을 올라 그 아이에게로 갔다. 낡은 나무 마루는 삐걱거렸을 테고 너는 그 아이에게 어서 낫기를 바란다고 말했을 것이다. 그리고 너는 그 집에서 차려준 이상한 맛의 간식을 먹고 그 아이와 같이 마당의 그네를 타러 나왔을 것이다. 삐그덕. 그네를 타자 그곳에 낮은 하늘이 있었지. 그네를 조금만 힘차게 굴리면 금방 가닿을 것만 같았다. 물론 푸르렀고 눈부신 노란 장미 같기도 했다. 햇볕과 바람이 풀과 나무들, 그리고 아이들에게 양분을 공급해주고 있었다. 저쪽 돌담 아래서는 고물장수가 고물 삽니다 하고 늙은 매미처럼 울었다. 그러고 보니 연못도 있었다. 매우 넓었는데 커다란 연꽃이 몇 송이 떠 있었고 무엇인지 묻자 수련이라는 대답을 들었다. 그래, 그 아이의 이름은 수련, 수연이었다. 너는 쪼그리고 앉아 연못을 들여다보았다. 반사되는 햇빛에 눈이 부셨다. 보나마나 그 집의 연못은 깊었을 것이다.

그런데 너는 연못에 빠졌다. 연못이 너를 유혹했다. 두렵기도 했다. 그래서 너는 망설였다. 그러므로 너는 연못에 빠지지 않을 수도 있었다. 그러나 너는 물 속에 발을 넣었다.

연못 속으로 너는 들어갔다. 너는 순식간에 공포에 휩싸여 버둥대기 시작했다. 그러나 네가 벌컥벌컥 마시는 물이 어느 순간 아주 달콤하다는 사실을 깨달았지. 그래서 너는 마음놓고 들이키기 시작했다. 고기들도 모여들었는데 그것들은 이루 말할 수 없이 아름다웠다. 너는 이것이 천국이라는 것을 알았다. 가슴은 벅차올랐고 너는 웃음을 멈출 수가 없었다. 마음이 이토록 기쁠 수 있다는 게 놀라웠다. 너는 너울너울 춤을 추며 큰고기, 작은 고기들과 부딪쳤다. 그들의 몸은 아주 탄력이 있어 그들과 부딪히는 것은 무척 재미가 있었다. 그래서 너는 까르르 웃음을 터뜨렸고 네 몸은 고기들이 묻힌 보석가루 같은 비늘로 뒤덮여 네 엄마의 브로치처럼 빛나고 있었다. 어떻게 이리 아름다울 수가 있는가. 어떻게 이리 재미있을 수가 있는가. 이토록 달콤할 수가 있단 말인가? 너무 놀라와 너는 비명을 지른다. 이제 나는 이렇게 행복하게 살겠구나. 이렇게 지독하게 행복하게. 그러나 너는 지상으로 끌어올려지고 네 눈에서는 눈물이 줄줄 흘렀다.

돌아갈래요, 연못으로 가겠어요. 그러나 사람들은 너를 잡고 놓아주지 않았다. 제발 절 보내주세요. 네가 그들의 손을 뜯어내도 그들은 다시금 너를 붙들어 잡고. 네 귓가에서 혀를 달싹이며 타이른다. 혹은 똥그란 눈으로 야단을 친다. 그것은 나쁜 것. 정말 나쁜 것. 그것은 알고 보면 악몽, 악귀, 환영, 신기루, 식물인간의 꿈, 죽은 심장의 메아리……. 아니에요, 아니야. 당신들은 모른다. 그러나 네가 그들에게 가르쳐 줄 길은 없었다. 그것은 그저 아름답고 재미있고 달았던 것이 아니었으니. 네 온 몸이 행복감으로 덜덜 떨게 만든 그것에 대해 너는 가끔 아주 가끔 꿈을 꾼다. 너는 가슴 저리는 행복을 느끼며 물 속에서 재주를 넘기도 한다. 그러나 너는 그것이 꿈이라는 것을 알고 있다. 그리하여 너의 행복은 방해를 받고 그럴수록 너는 꿈에 매달린다. 너는 수면(水面)으로 떠오르는 의식을 자꾸 잠수시키며 너에게 말한다. 조금만 더 있자. 조금만 더.

친구는 네게 묻는다. 그곳에 영원히 거주할 수 있다면 그러겠느냐고. 너는 대답한다. 그러겠다고. 친구는 다시 묻는다. 너를 잃어버리는 것이 두렵지 않은가. 너는 대답하지 않는다. 그러나 어쩌면 너는 시치미를 떼고 엉뚱한 대답을 할 수도 있었을 것이다. 길을 잃을 염려는 없는 것이다. 내 조그만 감각의 세계에서.

인형놀이

그는 푸른색 바지 위에 붉은색 셔츠를 입고 있었습니다. 밝은 하늘색 하의 그리고 핑크빛이 약간 도는 밝은 와인색 상의였습니다. 그 색상들을 보고 있자니 나는 금새 잠이 들어 버릴 것처럼 졸음이 쏟아져왔습니다. 깨어 나면 내 곁에는 어린 시절의 가짜들이 놓여 있고 나는 그것들 속에서 하루를 보낼 것이었습니다. 반짝이는 핑크색, 자주색, 선홍색, 하늘색, 파란색, 노란색, 녹색……. 가짜 보석, 가짜 시계, 가짜 집, 가짜 주방, 가짜 침대, 가짜 이불, 가짜 사람, 가짜 자동차……. 특히 선분홍색과 자주색, 와인색 근처의 색상을 띤 플라스틱은 볼 때마다 나를 즐겁게 하는데 그 가짜 같은 색상과 광택을 보면서 나는 생각하는 것입니다. 이 예쁜 플라스틱의 세계에서 나는 무엇이든 되겠구나. 거울 앞에서 화려한 드레스들을 이것저것 입어 보며 파티에 갈 준비를 할 수도 있겠고 침대 위에 앉아 낡은 기타를 치는 남자 곁에서 길다란 검은 머리를 빗질할 수도 있겠고 매일 밤 가로등 아래서 금지된 애인의 가슴에 머리를 기대고 그의 심장에 입을 맞출 수도 있겠구나. 혹은 무명옷에 풀을 먹이고 우는 아이를 어르면서 성실하고 착한 남편의 늦은 귀가를 기다리거나 응모하는 퀴즈 문제마다 당첨이 되어 가짜 보석함과 가짜 천사를 잔뜩 갖게 될지도 모른다.

나는 그의 색깔에 졸음을 느끼면서 여유로운 기분이 되어 그의 아름다운 용모를 찬찬히 바라보았습니다. 그는 정말 가짜 사람처럼 생겼습니다. 프린스……서양 왕자. 피부도 고급 플라스틱마냥 흠없이 매끄럽기만 합니다. 그가 말만 하지 않는다면 혹은 몇 마디 말밖에 할 줄 모른다면 그렇다면 나는 그를 사랑할 수도 있을 텐데요. 그를 갖기 위해 모든 퀴즈에 응모하고 그를 탐내는 자들에게 내가 지닌 칼과 창을 죄 꺼내 보일 수도 있을 텐데요. 그리고 그의 머리카락을 빗어 주며 예쁜 옷도 지어 입힐 수 있을 텐데. 그가 만약 나를 싫다고 하면 그의 입을 테이프로 봉하고 그 테이프 위에 입을 맞추어 줄 수도 있으련만. 그래도 나를 싫다 하면 그가 지쳐 떨어져 나를 좋아하게 될 때까지 하루 종일 그를 바라만 보고 있으련만.

나는 그의 푸른색 바지와 붉은색 셔츠, 그의 용모를 바라보면서 모든 우주가 여기에 들어 있으며 내가 할 일은 어쩔 수 없이 그 우주를 가지고 노는 것이라고 생각했습니다.

바람이 불었고 눈부신 황금빛 햇살이 그의 머리카락 사이로 쏟아져 내리고 있었습니다.

전화하는 존재

너는 누구냐, 악마냐?

아니라고 했다. 수정하여 아마 아닐 거라고 했다. 그것은 여자였다. 내가 좋아하던 선생님. 악마냐고 묻는 것이 전화를 건 사람에게 여기가 몇 국에 몇 번이라는 것을 가르쳐 주는 나의 방식인지 그녀는 묻는다. 나는 웃는다. 하하하. 이상한 사람들이 자꾸 전화를 해서요. 잘 살고 있겠지? 라고 그녀는 묻는다. 나는 또 웃는다. 하하하. 예에. 이번에는 내가 묻는다. 저희 집 전화번호를 어떻게 아셨어요? 그녀는 다 아는 방법이 있다고 말한다. 내 목소리가 명랑한 게 행복한 것 같다고 그녀는 덧붙인다. 나도 그녀에게 같은 말을 해준다. 우리는 잠시 수화기 속의 고요를 경험한다. 저 건너편에도 공기가 있는가 보다. 바람이 미세한 소리를 내며 불고 있다. 선생님은 잘 계시지요? 나는 일부러 목소리를 십수 년 전으로 돌린다. 하이 피치. 중학생이다. 선생님은 나의 어린 목소리가 듣기에 흐뭇한지 연신 웃는다. 응으흐흐. 그런데 나는 갑자기 이상한 기분이 든다. 그래서 물어본다. 선생님, 살아계시지요, 예? 그녀는 내 질문에 당황해한다. 너는 여전히 무례하다고 말한다. 하지만 나는 정말 궁금하다. 이 여자가 아직도 살아 있는지. 목소리가 전혀 늙지를 않았다. 더 수상한 것은 도대체 이 여자가 왜 내게 전화를 걸었느냐는 것이다. 죽은 사람들은 시간이 많은 것으로 알고 있다. 그들은 괜스레 산 사람들을 괴롭히고 자잘한 장난이나 치려든다. 그리고 이 여자가 만약 장난을 치려 든다면 나는 경계를 늦출 수 없다. 이상한 여자였기 때문이다. 수학 선생이었는데 수학보다는 별이나 화가 같은 것에 더 관심이 많았다. 한때 빛을 내고 마는 것과 미친 것들, 일찍 죽는 것들에게 애정과 충성을 바치고 있는 음산한 여자였다. 그녀는 로커가 되지 못해 수학 선생이 된 것일까? 그녀는 재미있는 것을 보여주겠다고 눈을 감으라고 하고는 우리들에게 불을 지르려고 들었다. "하지만 선생님, 우리는 오래 살고 싶다구요." 그녀는 우리에게 영원해야 한다고 말한다. 우리도 우리가 영원해야 한다고 생각한다. 그녀는 어리석게도 순간만이 영원하다고 말한다. 하지만 영원한 것은 오로지 숫자들일 뿐. 그들은 차갑지만 결코 식지는 않는 형상. 그리고 당신이 피해 다니는 지혜를 가르쳐 주는 형상. 나는 9가 되겠다. 오십칠도 좋다. 무리수도 괜찮다. 고대인들은 이미 나를 알아보았다. 사랑하고 경배하고 나를 가지고 놀았다. 끝없는 연

산으로 사암과 안산암과 화강암과 그 모든 것들이 나로 뒤덮여 버리고. 나로 인해 아이들은 언제까지나 고대인이 되어야 할 것이다. 그러지 못하면 나머지 공부를 해야 할 것이다. 그리고 그 공부가 끝나고 아이들이 끝나도 나는 결코 끝나지 않을 것이다. 당신은 내게 불을 지를 수 없다. 나오지 않을래? 차 한 잔 마시자고 그녀가 말한다. 괴이한 일이 될 것이다. 나는 불타는 커피로 입천장을 온통 댈 것이고 과거와 마주 앉아 그녀가 아직도 살아 있는지를 다시 묻게 될 것이다. 하지만 그녀는 매우 귀여운 여자였다. 그래서 사실 나는 그녀를 좋아했었다. 나는 잠시 망설인다. 생각해 보자고 말한다. 그녀는 실망한다. 조금은 분노도 한다. 그러나 곧 자신을 가다듬고 잘 사는지를 재차 묻는다. 나는 잘 산다고 다시 대답한다. 자신은 교직을 그만 두고 컴퓨터 회사에 취직했다고 그것이 십삼 년 전의 일이라고 그녀는 말한다. 십삼 년 전요? 그렇다면 십삼 년 동안 그녀는 컴퓨터 회사에 근무하고 있다는 말일까……하지만 묻지는 않는다. 무언가 물어보기에는 배가 너무 부르다. 다음에 다시 연락하자고 그녀는 말한다. 안녕히 계시라고 나도 말한다. 찰칵한 후 띠띠띠 소리가 난다. 나는 사실 조금 후회가 된다. 후회가 되면 나는 말이 많아진다.

내가 당신의 전화를 심드렁하게 받은 건 말예요 너무 배가 부르고 졸립기 때문이었어요. 그래요, 나는 먹고살 만하거든요. 배불리 먹을 수도 있어요. 동네 수퍼마켓에서 주는 스티커로 집안이 꽉 찼어요. 발에도 붙어 있고 자고 일어나면 입가에도 동작 하이퍼 마켓이라고 붙어 있어요. 그리고 나도요 사람들이 살아 있는지 궁금해요. 하지만 살아 있는 사람들은요 내게 전화를 걸지 않던데.

형이상학

싸다는 소문을 듣고 버스를 타고 일곱 정거장이나 지나 도매시장에 가봤지만 마늘 값은 마찬가지였어. 그래도 빈손으로 오기는 뭣하니까 저녁 반찬거리라도 사기로 했지. 근데 집으로 돌아오는 길에 집 근처 시장을 들러보니 내가 도매시장까지 가서 오이를 한 개에 오십 원씩 더 주고 샀다는 걸 알게 돼. 그리고 슈퍼에 들어가 수세미를 집으려고 허리를 굽히고 있는데 어떤 여학생이 나더러 길을 비키라고 하는거야. 내가 그곳에서 허리를 구부리고 있는 것은 상식 밖의 행동이라는 투였어. 근데 통로가 좁은 것은 내 탓이 아니었거든. 잠시 후 그 학생은 내 바로 곁에서 생리대를 고르다가 마음에 드는 게 없는지 그냥 가는데 손으로 잔뜩 흩어 논 생리대가 바닥으로 우루루 떨어져 버리는 거야. 그 애는 그것을 힐끗 볼 뿐 그냥 두고 가는 거였어. 제자리에 둬야 하지 않느냐고 그 아이의 등에 대고 내가 한 마디 했더니 돌아서서 무섭게 노려보더군. 쌍소리와 함께. 그래, 현실이란 그런 거겠지. 하지만, 하지만 말야. 남들도 다 그럴 줄 알고 나는 계약서에 서명을 했는데. 품행 계약 말야. 욕은 욕할 만한 때만 하기 조항 같은 것은 사실 정말 모호하지. 그러니 그 여학생이 바른생활 시험 같은 것을 통해 품행을 단정히 하기로 하는 서약을 학교에서 단체로 했다 치더라도 내게 쌍소리를 하므로써 그것을 위반했다고 단박에 말할 수도 없지. 하지만 내가 씨발년이라는 것은 어쨌거나 인정하기 힘든 일이야. 그 누구의 눈에도 그렇게 비칠 수는 없다는 생각이 들어. 그 자가 아무리 생리 중이라 해도 말야. 그래서일 테지. 슈퍼를 나와 횡단보도를 건너다 나는 차가 달려오는 것도 잘 피하지를 못했어. 택시 운전사한테 다시 쌍소리를 들었지. 터덜거리며 집으로 와보니 화장실 불이 안 들어 오는거야. 천장의 벽지는 물에 젖어 부풀어 있고. 씽크대에는 설거지거리가 가득하고 방바닥은 모래를 뿌려논 것 같아. 나는 우선 소파에 앉기로 했지. 내일은 전구를 살 것이고 벽지도 손보고 원화동 시장에 들러 마늘 값도 알아볼 테지. 내일은 내일의 일이 있고 나는 다시 쾌활하게 움직일 수 있을 거야. 오늘 잠을 푹 잘 자고 일어난다면 말야. 하지만 이게 뭐냔 말이지. 대단한 질문도 아냐. 그저 이게 뭐냔 말이지.

그래도 내가 형이상학을 모른다고 하겠니? 너는 이것을 경제학이라고 우기겠니? (뭐? 심리학이라고? 씨×)

벤허의 프롤로그

세상에는 극심한 문둥병이 유행하였습니다. 당신은 당신의 여동생도 문둥병에 걸렸다는 소식을 전해 듣습니다. 그런데 그녀는 어딘가로 모습을 감추어 버렸습니다. 당신은 그녀를 찾아 헤매어 다닙니다.

모든 거리에는 판판해진 얼굴들이 나란히 누워 있었습니다. 당신은 여동생의 이름을 쉬지 않고 부릅니다. 간혹 엎드려 있는 사람은 뒤집어 확인을 해 봅니다.

모든 얼굴은 똑같았습니다. 그리고 모두가 당신의 여동생이 아니었습니다.

어떤 문둥이가 서두르는 당신의 발길에 채입니다. 그가 항의합니다.

우리는 다 같은 문둥이요. 당신의 여동생만 찾는 이유가 뭐요?

당신은 대답했습니다.

나는 내 동생을 찾고 있을 뿐이라구요.

이제 문둥이들 사이에서 잔혹한 성대의 질병이 유행하여 그들은 모두 목소리를 잃었습니다. 병은 맹렬한 기세로 달려 그들의 고막을 상하게 하고 관절들을 끊어 놓았습니다. 그들이 입고 있던 묵은 옷가지마저 삭아 버리자 문둥이들은 이제 어설픈 뼈가 살로 포장된 사물, 가죽 궤짝이 되었습니다. 그러므로 인류는 이제 사람과 궤짝으로 나뉘었지만 둘

사이에 전쟁은 일어나지 않았습니다.

봄이 오고 궤짝은 썩기 시작하였습니다. 여름이 와 궤짝은 불타올랐고 가을이 되자 천지에 그 재가 날리며 떨어졌습니다. 궤짝에서 흘러나온 기름은 눈과 얼음을 아름답게 채색하였지만 겨울 동안 사람들은 스키를 타지 않았습니다. 그러나 봄은 기어코 돌아왔습니다. 이 모든 환란(患亂)으로부터도 새로운 싹이 트고 뽑혀 나간 초목마저 뿌리를 뻗어 내렸습니다. 언제나처럼 줄기마다 사람들이 식별할 수 없는 이파리가 멋대로 자라 오르고 말입니다.

당신은 어떻게 되었을까요? 당신은 아직도 동생을 찾고 있습니다. 당신의 동생 이름 때문에 세상의 다른 많은 사물들이 이름을 잃었습니다. 친구였던 나는 당신에게 말했지요.

모두 똑같은 궤짝이야. 어떤 거든 판판하고 자물쇠도 없어. 아무 거나 들고 와서 자네 동생으로 삼으면 되지 않나.

그러나 당신은 친구에 대한 경멸을 감추기 위해 나를 외면할 뿐입니다.

당신에게는 이제 성소(聖所)가 필요합니다.

어느 날 당신은 오르간 소리를 들었습니다. 그 소리를 좇아 당신은 저녁 나절을 걸었습니다. 당도한 곳에서 당신은 신발을 벗고 콘크리트 바닥에 무릎을 꿇었습니다. 그리고 당신은 믿을 수 없는 존재에게 말을 거는 것입니다.

신이시여, 이게 당신의 이름인지 어쩐지 모르겠습니다.

당신이 이름 부를 수 있는 사물인지 아닌지도 모르겠습니다. 당신에게 존대어를 쓰는 것이 옳은지 아닌지도 저는 모르겠습니다. 당신이 말을 할 줄은 아는지 인간의 말을 알아듣기는 하는지 어쩐지 그것도 모르겠습니다. 그러나 어쨌든 저는 당신 앞에 무릎을 꿇고 있습니다. 아니, 앞인지 당신의 뒤쪽인지 이것도 저는 모르겠습니다. 하지만 들어주십시오. 대답은 안 하셔도 좋습니다. 하지만 부디 들어라도 주십시오. 저는 사람을 찾고 있습니다.

……저를 부디 좀 도와주소서. 그렇지 않으면…….

수많은 인간들이 신의 은총을 받고 기뻐 날뛸 때 왜 당신은 아직도 실의에 잠겨 있어야 하나? 신은 그토록 편협하신 것인가? 신을 믿지 않는 자의 기도만큼 간절한 것도 없는 것을. 아니면 당신의 기도가 지나치게 좋은 조건을 포함하여 신이 당신을 신뢰할 수 없었던 것일까? 너무 파격적인 제의를 받으면 누구도 선뜻 거래하려 들지를 않듯.

당신은 말했습니다. 아니, 나는 어떤 조건도 내걸지 않았네. 동생을 찾게 해준다면 평생 당신을 섬기겠다는 말조차 하지 않았어.

그래, 당신은 그를 단지 위협했지.

어느덧 세상은 진정되고 있었습니다. 이제 세상에는 궤짝들이 몇 남지 않았습니다.

어느 날 당신은 구청(區廳) 창고에서 발견한 궤짝으로부터 눈을 뗄 수가 없습니다. 그것은 그저 어설픈 뼈가 살로 포장된 하나의 궤짝일 뿐. 그러나 무언가 눈에 익은 듯한 느낌을 당신은 지울 수가 없습니다. 그 색깔일까? 두께 때문일까? 모서리의 각도일까……알 수 없습니다. 하지만 그것은 아무리 봐도 당신의 여동생만 같습니다. 의심과 확신을 반복한 끝에 당신이 그 궤짝을 지고 나왔을 때는 이미 해가 지고 있었습니다. 당신의 가슴은 감사의 눈물로 벅차 올랐습니다. "신이시여, 이제 나는 당신이 계신 것을 압니다!"

당신은 그 궤짝을 정성껏 소독하였습니다. 말끔하게 닦아 주었습니다. 입히고 먹였습니다. 궤짝은 들을 수 없겠지요. 그러나 당신은 매일 아침 신문을 읽어 주었습니다. 오늘 신문은 남미에서 일어난 어떤 사건을 보도하고 있습니다. 남미에도 전대미문의 문둥병이 유행하였습니다. 그런데 어떤 모녀의 문둥병이 갑작스레 사라져 버렸다고 합니다. 천둥 번개가 치던 어느 날 기도를 드리며 하늘을 올려다보던 그들의 몸이 거짓말같이 변하여 원래의 모습으로 돌아왔다는 것입니다. 신문은 영화 벤허에서 어머니와 여동생이 겪은 기적을 떠올리고 이 사건을 라틴 아메리카판(版) 벤허라 부르고 있었습니다. 신문을 읽다만 당신은 그만 견딜 수가 없어집니다. 저들은 현실의 고통과 기적을 영화의 한 장면으로 보고 있구나. 당신은 판판해진 동생의 얼굴을 바라보았습니다. 천치 같은 놈들, 이건 스크린에서 일어나는 일이 아니란 말이야. 노여움에 당신은 신문을 구겨 버리고 베란다로 나갔습니다. 창문을 열어젖히고 내려다보자 아무 일도 없다는 듯 집 앞을 쓸고 있는 사내가 보입니다. 멀리까지 통학을 하는지 아이들은 벌써 길모퉁이에 모여 스쿨 버스를 기다리고, 정장 차림의 여자가 구둣발 소리를 내며 달려 나갑니다. 약수터에 다녀오는 듯 큰 물통을 들고 오는 운동복 차림의 노인. 차 열쇠를 흔들고 있는 서류 가방을 든 남자. 새벽 하늘에는 벌써 윤기가 흐르고 당신은 막연히 생각해 보는 것입니다.

나도 저들만큼만 알면 안 되는 걸까.

당신은 창문을 닫습니다.

여덟 시, 당신은 일터로 나가야 합니다. 현관에서 신발을 신던 당신은 돌아서 궤짝의 뒷모습을 다시 한번 바라보았습니다. 등판 높은 의자 위에 삐죽 솟은 모서리가 미동도 않고 그러나 살아 있습니다. 궤짝의 앞에는 언제나처럼 텔레비전이 켜져 있구요. 당신은 그것을 하루 종일 틀어 놓습니다. 궤짝은 이제 볼 수만 있으니까요.

그날 밤 텔레비전에서는 당신을 노엽게 했던 그 신문기사와 공감(共感)하여 영화 벤허를 방영합니다. 천둥 번개가 치자 벤허의 어머니와 여동생은 번갯빛 속에서 말끔해진 서로의 손과 얼굴을 보게 됩니다. 문둥병이 다 나은 것입니다. 모녀는 부둥켜안고 기쁨의 눈물을 흘립니다. 그때 당신이 돌아옵니다. 현관 거울 앞에서 쾌활한 표정을 한 번 지어 보고 당신은 동생에게 다가갔습니다. 사랑스런 동생. 그런데 당신은 궤짝이 울고 있는 것을 봅니다. 위쪽에 나 있는 두 개의 작은 구멍으로부터 두 개의 가는 물줄기가 나 있고 가죽은 조금 붉게 변색되어 있습니다. 물줄기는 멈추지 않고 가죽은 주름집니다. 당신은 손등으로 궤짝의 눈물을 닦아 주었습니다. 벤허를 보고 감동을 받다니. 당신은 절망합니다.

너는……아니 당신은 내 동생이 아니지요? 내 동생은 저 영화를 너무나 싫어했는데.

당신이 극장에 데려가 보여 준 영화였지요. 당신은 그때를 어제 일처럼 기억할 수가 있습니다. 당신의 동생은 계속 짜증을 내다 후반부에서는 아예 딴전을 피우며 시계를 보았는데.

궤짝은 말이 없습니다.

다음날 당신은 궤짝을 들어 구청 창고에 반환하였습니다. 당신은 몰랐던 것입니다. 세상의 어떤 문둥이도 그 장면에서는 눈물을 흘릴 것이라는 사실을.

벤허의 저널1

그것을 물었던 것은 생물 선생이었다. 어느 작은 나라에서 안경알을 닦던 사내는 한 그루의 사과나무를 심겠다고 했다지. 선생이 나의 번호를 부르고 나는 벌떡 일어났다. 그는 좀 신경질적인 사람이었기 때문이다. 내가 우물쭈물 하는 사이 그가 재차 물어왔다.

내일이 지구 최후의 날이라면 자네는 무얼 하겠는가 말이야.

뜬금없는 질문 같기도 하고 생물 수업용으로 최적인 것 같기도. 멋진 대답을 하고 싶었지. 하지만 생각해 볼 겨를이 없었다.

"아마 일기를 쓸 것 같은데요."

그게 얼떨결에 한 내 대답이었다.

일기를? 써서 뭐하나? 내일 다시 읽어 보려고?

생물 선생은 괜스레 빈정대고 싶어했지. 아이들은 낄낄거리고 나도 웃었다.

멋지게 대답하는 아이들도 있었어. 너의 오늘 일정은 어떤 것인가? 사과나무를 심을 것인가?

"미루어둔 복수를 하겠습니다."

아이들은 와아 하고 탄성을 지르고. 생물 선생은 말했지. 마지막 날을 앞두고도 그런 짓을 하려 드는 놈이라면 복수하고 싶은 사람이 너무 많을 것 같은데. 시간이 빠듯하겠어. 그리고 걔네들은 널 가만 둘 것 같으냐? 도끼를 들고 이미 너한테 달려오고 있을 걸.

우리는 웃었다.

어떤 아이는 외계의 생물체와 교신을 하겠다고 대답. 선생은 또 시비를 걸었다. 그러기에는 그 동안 외계인들을 너무 소홀히 대한 것 같지 않어? 구원 요청을 하기에는 말야.

아이는 이의를 제기하려고 하지만 생물 선생은 이미 다른 아이의 번호를 불렀지. 그때 일어선 아이는 누구나 두 손 들어 버리는 계집애. 수면제를 먹고 잠이나 퍼질러 자겠다고 그 아이는 코방귀를 섞어서 대답했다. 그리고 계집애는 선생에게 빈정거릴 틈도 주지 않고 자신의 마지막 날을 서둘러 묘사한다.

"수면제를 사러 갔어요. 근데 약방마다 알약이니 주사약이니 다 털려 버렸다고 해요. 그때 제 머릿속에는 한 친구가 떠올라요. 그년은 틀림없이 자기 방을 약으로 가득 채워 놓고 있을 거예요. 그런 애니까요. 저는 그 친구를 찾아가요. 그년이 내게 쥐약이나 쥐어 주지 않을지 알 수 없죠. 하지만 뭐 큰 차이가 있나요? 어차피 마지막 날인데요."

수면제를 먹고 잠든다는 것이 예정된 시간보다 일찍 죽는 것 같아 께름직하지 않은가 어떤 아이가 손을 들고 질문한다. 그러자 계집애는 대꾸했지. 너는 아무래도 최후의 날이라는 게 무슨 뜻인지 모르고 있는 것 같구나. 하지만 어쩌면 난 그냥 텔레비전이나 보고 있을지도 모르겠어.

마지막 날, 일기를 쓴다니. 결국 가장 멋없는 대답을 한 것은 나였다.

어제는 머리가 지끈거려서 꿈을 깼다. 몸이 붕 떠 있는 것 같았다. 말소리가 들려 왔다. 무슨 술을 먹였는지 머리가 깨지는 것 같다고 두런거리는 소리들. 여러 술 이름들이 오가고 무슨 술을 먹였을까 추측 해 보는 듯. 누군가는 술이 아니라 약이라고. 그렇다면 내가 구청 창고에 보관돼 있던 시간 동안 약학이 이 정도밖에 발전을 못했다는 것일까? 골치가 깨질 듯 아파 왔다.

생각해 보면 내게는 영겁과도 같은 시간이 세상에서는 한두 해였을지도 모른다.

몸을 일으키자 보이는 것은.

열두 개의 침상 위에 열두 개의 궤짝들. 인사를 나누고 두통을 화제로 대화가 오가고 멍한 눈길을 보내고.

창 밖으로 보이는 정경은.

어떤 빛과 모양. 별들이지 싶은 형상과 우주 공간일 것 같은 어둠.

우리는 보상을 받고 있는 것일까, 아니면 이건 벌인가?

맞은편 궤짝은 말한다. 보상은 무슨. 벌도 아니고 이건 그냥 격리. 유행병의 격리라고.

하지만 풍경은 겁을 집어 먹을 정도로 오묘하니 나는 이것이 보상이라는 생각을 지울 수 없다. 우리가 외관을 잃고도 내부는 개조되지 못하여 겪었던 것들에 대한 보상. 겪지 않은 사람들에게 내가 이해시킬 수 없는 것들에 대한 보상.

기도를 올리고 있는 궤짝들이 있었는데 그것은 아마 감사기도였을 것이다.

이제 우리는 이틀째 우주를 유랑하고 있는 문둥병 환자. 학자들의 소견에 의하면 병을 옮길 수 있는 활동성 양성 환자는 이제 거의 없었고 우리의 성대도 고막도 제 모습을 찾았지만, 그래서 우리는 이렇듯 두런거릴 수도 있지만, 모든 것이 돌아오지는 않았다. 기세를 잃고 사라지던 질병은 역사책을 쓰듯 우리의 몸에 뚜렷한 자취를 남기고.

사람들, 병만큼 병흔(病痕)을 두려워하다.

무엇인가 필요했다. 활동성 양성이 없다고 말했던 학자들도 자신들의 말에 책임을 질 수는 없었고 게다 새로운 세기가 목전에 있었으니. 당사자가 동의한다는 전제하에 프로젝트는 추진되었고 우리는 모두 동의한 것으로 알려져 있다.

후회없는 선택이었다. 호텔처럼 꾸며놓은 병원 특실, 매일의 성찬, 기분좋은 에어컨디셔닝과 엔터테인먼트, 그리고 우리를 돌봐주도록 배당된 사람들. 또한 우리, 각지에서 보내는 성원과 감사의 편지, 그리고 소포꾸러미를 뜯어보는 일생일대의 기쁨을 누리다.

그러고 나자 우리 문둥이들은 우주선으로 옮겨졌다.

우주로 무언가를 쏘아 올리는 자는 믿지 않을 수 없으리라.

역사는 발전한다고. 우리는 쉽게 멸하지 않는다고.

쏘아 올려진 자에게도 진수식은 화려했고 지금 나는 일기를 적는다. 이것은 종소리로 끊겨 버렸던 생물 시간의 연장인 것만 같다.

벤허의 저널2

우리, 우선 우리를 궤짝으로 부르는 것을 금지시키다. 토론이나 표결에 붙인 바는 없지만 나도 그것에 따르기로 하다.

우리, 열두 명의 문둥이 승객들은 각자 20킬로그램 미만의 소지품을 지니고 떠날 수 있게 허락받았다. 대부분은 성경이나 불경, 여러 가지 기도서, 묵주 따위를 들고 왔고 어떤 이는 향을 들고 와 피우기도 한다. 우주선이 발사되기 전 시민들로부터 받았던 편지와 선물을 들고 온 사람들도 있다. 한 사내는 비타민제와 여타 영양제를 한 보따리 지고 온 듯. 그는 매끼 식사를 마치고 나면 무릎을 꿇고 간단한 묵념을 올린다. 그러고 나서 두 손을 모아 비타민제 한 알을 집어 입에 넣은 후 물을 한 컵 가득 들이키는 것이다. 그 다음은 스쿠알렌. 나머지 영양제들도 질서있게 한 알씩 시종 경건한 얼굴로 복용한다. 이것을 못마땅하게 여기는 사람들도 있다.

우리는 물을 아껴야 한다구. 그 쓰잘 데 없는 걸 먹느라 없애 버릴 만큼 물이 썩어나는 게 아니라구.

하지만 우리 중 누구도 이 배의 식수가 얼마나 되는지 알지 못한다. 대체 이 배가 어떻게 돌아가는 것인지 아는 사람이 없다. 그러니 물이 부족하리라고 단언할 수도 없다. 그러나 가장 낙천적인 성품을 타고난 자도 그것이 영원히 공급될 수 있으리라 믿어 보지는 못할 듯.

어쨌든 그는 스스로의 몸을 돌보는 성스러운 의식을 묵묵히 거행할 따름이다.

그렇게 고생을 해놓고도 아직 모르고 있나, 너희는? 그는 그렇게 말하는 듯.

너의 몸을 위해 몸을 바쳐라. 다른 건 다 허튼 수작이다.

대부분의 승객은 모여서 종교 의식을 지내는 데에 많은 시간과 공을 들인다. 처음에는 종파별로 갈라져 있던 것이 사흘이 채 지나기 전에 하나가 되었다. 그들은 돌아가며 자기 종교의 경전을 읽거나 기도문을 암송한다. 많은 사람들이 새벽기도, 한밤중의 기도, 자다 깨서도 감사의 기도를 올린다. 외톨이인 나는 적적하고 쓸쓸한 마음에 러셀의 행복론을 꺼내 들었다. 예전에 나는 그 책을 내동댕이친 적이 있었다. 그때 나는 아직 행복을 필요로 하지 않는 나이였나 보다. 그러나 구청의 창고 구석에 처박혀 있을 때 그것은 얼마나 읽고 싶은 책이었나.

어떤 여자가 다가왔다. 그녀는 예배 모임에 참석할 것을 내게 권한다.

"우선 이 책부터 읽구요." 나는 나중에 그러겠노라고 대답.

여자는 내 침상에 걸터앉고 나는 자리를 모서리 쪽으로 옮긴다.

행복의 정복이라. 여자는 묻는다.

훌륭한 책이죠. 뭐라 쓰여 있습니까?

그래서 나는 대답했다. 아이들을 놀이공원에 데려가지 않는 게 좋다더라고. 삶은 기본적으로 권태로운 거니까 지루함 속에서 유쾌해지는 법을 터득하도록 해야 한다더라고.

이 말을 하면서 갑작스레 어떤 희열이 가슴 속에서 솟구치는 것을 느끼고 나는 몹시 놀랐다.

아이를 갖는다면 나는 이제 제대로 가르칠 수 있으리라. 그리고 나 자신도 이제는 옳게 인도할 수 있으리라. 놀이공원 같은 데는 가지 않고.

좋은 말이군요. 여자는 말했다.

하지만 당신에게는 아이도 없고 놀이공원에 갈 수도 없지 않습니까? 지금은 행복을 정복하기 위해 가이드북을 읽을 때가 아니지 않을까요?

나는 잘 모르겠다고 그저 오래전부터 이 책을 읽어야겠다고 마음먹었고 지금 읽고 있을 뿐이라고 대답했다.

참된 길로 인도하러 내게 다가온 자. 그녀는 갑자기 내 마음에 미움이나 억울함이 들어 있지는 않은지 묻는다. 나는 없다고 한다. 내게 가족은 있느냐고 그녀가 묻고 나는 오빠가 하나 있다고 대답한다.

오빠 얘기를 좀 해주실래요?

나는 그녀가 좀 무례할 정도로 끈질기다는 생각이 들었지만 공손히 대답했다.

뭐, 우스운 말이지만 그는 나를 알아보지 못했다고. 더 우스운 말이지만 그것은 영화 때문이었다고.

하지만 지금은 괜찮습니다.

오빠에게 서운한 마음이 지금은 전혀 없다는 건가요?

모르겠어요.

모르겠다니요?

나도 모르게 갑자기 화가 치밀어 올랐다.

모르겠다구요. 모른다구요. 그걸 모르겠어요? 오빠도 나와 같이 벤허를 보고 눈물을 흘리기 위해 문둥병에라도 걸렸어야 한단 말인가요? 오빠가 나를 알아보기 위해 스스로 병을 옮아와서 궤짝이 되지 않았다고 그를 원망하란 말입니까?

그녀는 조용히 물어왔다. 아직도 신을 필요로 하지 않으십니까?

벤허의 저녁3

예배에 참석치 않는 승객이 셋으로 줄다. 영양제를 성스럽게 복용하는 사내를 빼면 두 명의 남녀가 남아 있다.

여자는 자신이 이 배에서 가장 나이가 많다고 주장한다. 그래서 대부분 그녀에게 존댓말을 쓴다. 그녀는 죽은 대통령 부인의 사진을 액자에 넣어 침탁 위에 세워 두고 있다. 그녀는 그 앞에 향을 피워 올리면서 하루를 시작한다. 또한 자신의 침대 머리 위로 난 창에 영부인과 자신이 함께 찍은 사진을 붙여 두고 있기도 하다. 그녀가 영부인을 바라보며 눈물을 흘리는 광경도 꽤 자주 목격된다.

이 이가 그런 비운에 돌아가실 줄 누가 알았겠어? 이렇게 천사 같은 분이.

남자는 입이 험하다. 그는 누구에게나 반말을 한다. 그는 첫째날 그랬었다. 우리, 존댓말 그만 둡시다. 나이가 많다고 무슨 존대받을 짓을 한 것도 아니잖아요. 좀더 오래 드러누워 있었을 뿐 아니오.

그러나 사람들은 그에게 관대한 편이다. 그의 다리가 승선한 누구보다 짧기 때문일 것이다. 그는 문둥병으로 다리의 거의 전부를 잃고서도 다리가 아프다고 늘 투정이다. 그리고 그는 앞서의 나이 많은 여자를 즐겨 괴롭힌다.

비운 좋아하시네. 평생 제멋대로 살다가 막판엔 성모 마리아까지 된 행운아 아냐. 타고난 파티걸이 말이야. 정신 차려. 그 여자는 당신이 못 해본 건 다 해본 사람이야. 그런데 다 흘릴 눈물이 있으면 모아서 변기라도 한 번 더 내립시다.

그러나 이 배의 변기는 물로 내리는 것이 아니다. 아주머니는 애닯은 표정으로 눈물을 또 글썽인다.

문둥이가 돼서 내가 친정에 가서도 갇혀 지내야 했어. 문밖에 나오면 죽인다는 둥 온갖 협박을 받아가면서. 그때 내 마음을 어떻게 말로 다 할 수 있겠어.

아주머니는 여기 있는 누구도 듣고 싶어하지 않는 사연을 꺼낸다. 몇몇이 참지를 못하고 고함을 지른다. 누가 그걸 몰라? 여기 그거 모르는 사람이 누구야? 집어 치우라구. 개의치 않고 아주머니는 계속한다.

그런데 여사님께서는 나를 찾아오셨다구. 내가 결국 친정 아버지 손에 이끌려 천막촌에 버려졌을 때 말이야. 이 이는 내 이 문드러진 손도 꼭 쥐어 주셨어. 이 사진을 보라구.

그 사진이 사라졌다. 나흘 전 일이다. 그리고 어제 아침에는 침탁 위에 놓여 있던 영부인의 영정마저 자취를 감추고 말았다. 아주머니는 누워서 눈물만 흘린다. 우리 모임에서는 함께 예배를 드리자고 설득하려 했으나 그녀는 끝내 거부하였다.

벤허의 저널4

밖에 비가 온다고 누군가 그런다. 모두들 서둘러 창가로 달린다.

장난이다.

비만도 못한 우주.

"억수로 퍼붓는군 그래."

정말 비가 내렸으면.

그래서 이 밀봉된 창을 타고 빗줄기가 흐르고 덕분에 저 메마른 별들을 우리집 창가에서 바라보던 풍경처럼 볼 수 있다면.

그가 내게 테이프를 건넸다. 입이 험하고 다리가 짧은 사내. 테이프를 들어 보니 어느 여름날 쏟아져 내렸을 빗줄기였다. 그는 어깨를 으쓱하며 샤워기를 틀어 놓고 목욕탕에서 녹음한 것이라 말한다. 그리고 선물이라고 덧붙인다.

나는 그에게 예배에 참석할 의향은 없는지 물어 본다. 그는 아무래도 종교에 대해 심한 반감을 갖고 있는 것 같다. 지나친 자부심 때문인지도 모른다. 내가 예배를 드리는 것은 이해할 수 있는지 그에게 물어 보았다. 그에 의하면 나는 나의 구원을 위해서가 아니라 인류가 보다 저급한 미신에 빠져 들지 않도록 그 모임에 참석하는 것이라 한다. "이미 너와는 아무런 상관이 없어진 그들 인류를 위해 말이야." 그는 나를 비웃는다.

나는 그를 이해시킬 수가 없다. 그에게는 기적이 필요하다.

오늘 그에게 영부인 사진을 어떻게 했는지 물어 보았다. 그는 짜증을 낸다. 자신과는 상관 없는 일이라고 한다. 아주머니가 씹어 먹었을 거라고 그는 주장한다. 영부인이 모욕받는 것을 더 이상 두고 볼 수 없어서 혹은 영부인과 일체가 되기 위하여 혹은 여타의 이유로.

나는 플레이 버튼을 누르고 빗소리를 듣는다.

벤허의 저널5

다시 종파가 분리되고 우리의 예배 모임은 해체되었다. 내 곁에서는 문둥병과 죄에 관한 논쟁이 한창이다. 누구는 자신이 어머니를 너무 미워하여 병에 걸렸다고 한다. 한 사람은 발병이 자신의 오만 때문이었다고 고백한다. 또 한 사람은 점포에 들어가 사탕을 훔쳤던 어렸을 적 일을 털어 놓으며 그 때문에 문둥이가 됐다고 고개를 떨군다.

누구는 자신이 가장 불쌍한 자라고 주장한다.

"나는 어려서 뭐 하나 훔쳐 먹은 적도 없다구요."

하지만 거짓말은 했겠죠? 그는 고개를 수그린다.

"예. 하지만 그게 문둥병에 걸릴 정도는 아닐 겁니다."

그들은 격론을 벌인다. 신은 불공정하다. 아니다. 다만 신은 능력이 조금 모자랄 뿐이다. 우스꽝스럽다. 우리가 하늘과 땅을 만들었는가? 우리는 그 분을 이해하려 들어서는 안 된다. 이해 못할 게 뭐 있는가? 우리는 모두 문둥병에 걸려 싸다, 신을 심판하려 들다니.

어제 저녁 변기 하나가 뽑혀 나갔다. 그 자리에 사람 머리만한 구멍이 생겼으나 그것이 바로 밖으로 연결되는 것은 아닌 듯 아무런 이상도 보이지 않는다. 하지만 나는 그 구멍이 두렵다. 악몽을 꾸었다고 말하는 사람도 있다.

우리 중 누구도 물과 양식이 며칠 분이나 준비돼 있는지 알지 못한다. 우리를 위한 배려의 결과다. 그것은 사형수에게 베풀어진 무지처럼 보람된 하루에 기여할 수도 있다. 우리는 과연 농담을 할 수가 있다. 돌아올 월드컵에 대해 논하는 자들도 생기고 음담패설도 돌아왔다. 몇몇 사내들은 얼굴만 예쁜 여자와 몸매만 멋진 여자 간의 선택에 관해 얘기한다. 하지만 그것은 느닷없이 우리를 공포로 몰아 넣기도 한다. 특히 아침 식사 때가 그렇다.

우리는 대부분 밥이 끊긴다면 그것은 어느 날 아침일 거라고 믿고 있다. 프로그래머들은 하루를 단위로 잡았을 것이다. 그리고 최후의 만찬으로는 보통 저녁식사를 떠올린다. 그 외에 별다른 근거가 있는 것은 아니다. 그러나 날이 갈수록 아침식사 버튼을 누를 때 우리가 느끼는 긴장이 더해가는 것은 어쩔 수가 없다. 식사가 제공되면 대신 우리는 그 어느 때보다 깊은 감사의 기도를 올릴 수가 있다. 그리고 아침이 나왔으니 점심과 저녁도 나오리라고 막연히 기대해 볼 수도 있는 것이다.

오늘도 아침의 양식을 마주하고 우리는 서로가 소리 죽여 감격하는 것을 느낀다.

자, 기도합시다.

나도 고개를 숙였다.

벤허의 기도

하느님, 제게 행복을 보여 주세요. 그러면 당신을 믿겠습니다.

벤허의 행복1

소년은 시간을 때우느라고 기차역 주변을 얼쩡거리다 광장 구석에 놓인 파라솔을 본다. 그 아래에는 네가 앉아 있다. 한겨울에 비치 파라솔이라니. 호기심에 소년은 네게 다가간다. 너는 실로 남루한 사물이구나. 소년은 네 이마에서 흐르다 말라붙은 핏자국을 본다. 소년은 거리를 두고 서서 너를 관찰한다. 너는 차가운 우유와 빵을 먹고 있다. 너의 손은 알코올에 쩐 듯 보기 싫게 흔들리고 소년은 울적한 기분이 된다. 어디로 가세요? 소년이 가까이 다가와 묻자 너는 대답한다.

조치원으로 간다네.

차비는 있으세요?

젊은이, 좀 도와주려나? 사실은 차비 모을 때까지 여기서 이러구 있어. 이번에는 꼭 고향에 가야겠는데.

소년은 자신이 젊은이라 불리는 것이 이상스럽다. 그러나 아이는 주머니를 털어 본다. 여기서 조치원으로 갈 차비로는 충분하고도 남을 것이다. 소년은 자신의 세뱃돈을 죄다 긁어 테이블 위에 쏟아 놓는다. 너에게 고향에 잘 다녀오시라는 깍듯한 인사까지 올리고 아이는 대합실의 부모에게로 돌아간다. 소년의 가족은 기차에 오르고 안내방송과 함께 차는 출발한다. 소년은 흘러가는 창 밖의 풍경을 바라본다. 그러나 소년은 울적함을 떨칠 수 없다. 난생 처음 그의 머릿속을 침범한 하나의 생각이 있는 것이다.

왜 내 주머니로는 돈이 흘러 들어오고

그는 왜 저토록…….

아이는 서로에게 어깨를 기대고 창 밖을 바라보는 평화로운 부모의 모습을 건너다본다. 소년은 이해할 수가 없다. 세상이 원망스럽다.

세월은 흘러 버린다. 설은 다시 돌아오고 소년의 가족은 이번에도 고향을 찾는다. 소도시의 기차역을 빠져 나오며 소년은 혹시나 하는 마음으로 비치 파라솔을 찾아 두리번거린다. 여전히 너는 그 아래에 앉아 있구나. 소년은 잠시 다녀올 데가 있다고 부모에게 말한다. 너는 꽁초를 피우고 있다. 네 앞에 멈춰 선 소년을 보고 너는 말한다.

젊은이, 좀 도와 주려나? 고향으로 가려구 그러는데. 차비가 모자라서 여기서 이러구 있어.

소년은 의심이 든다. 그리하여 아이는 묻는다.

작년 설에는 갔다 오셨나요, 고향에?

차비가 돼야 말이지. 몇 년째 이러구 있어. 그러니 올해는 꼭 가야 겠는데.

소년은 눈물마저 글썽인다.

이, 거짓말쟁이.

소년이 화장실이라도 다녀오는 줄 알았던 아버지는 소년이 거지 앞에서 얼어 붙은 듯 꼼짝않고 서 있는 것을 본다. 그는 너희에게 다가온다. 추한 몰골의 거지 앞에서 자식이 눈물을 흘리고 있다. 아버지는 아들의 동정심이 지나치다고 생각한다. 자식을 단련시켜야 할 시기가 온 것이다.

아버지는 허리를 굽혀 소년의 옷매무새를 단정하게 고쳐주고 그를 데리고 돌아선다. 걸음을 재촉하며 아버지는 말한다. 저런 치들은 생각만큼 불쌍한 사람들이 아니라고. 저 자들은 지는 것도 게임에서 벗어나는 한 방법이라고 생각했을 뿐이라고. 네 동정을 사기에 그들은 너무 파렴치하다고.

"비겁한 자들까지 우리가 보살펴야 할 의무는 없는 거다."

동정심을 아무한테나 줘버리는 것은 위험하다. 그것은 동정하는 자의 인생을 비뚤어지게 할 수도 있다. 아버지는 아들에게 단단히 가르침을 주고 싶다. "너는 그것을 아껴야 해."

각오와도 같이 아들은 대꾸한다. 알아요, 아버지. 이제는 알아요.

너는 그들 부자(父子)로 인해 꺼져버린 불을 새로 붙여 꽁초의 연기를 길게 내뿜는다. 해가 지고 있다. 너는 의자 곁에 접혀 있던 휠체어를 펴고 그 위에 몸을 싣는다. 영업이 끝난 것이다.

집. 너는 그것을 방구석이라 부른다. 너는 마누라! 하고 여자를 부른다. 입이 험하고 다리가 짧은 사내, 너는 최근에 결혼을 하였다. 너의 아내 역시 궤짝이다. 너희는 한때 우주를 떠돈 적도 있다. 그런 너희가 다시 지상으로 내려와 결혼까지 하게 된 것에 관해 한때는 여러 설이 난무했었다. 추락에도 견뎌낸 기계의 뛰어난 성능, 문둥병의 창궐을 꾀하는 자들의 음모, 단순히 적국이라 불리는 어떤 존재, 우연히 궤짝이 된 기술적 천재……. 물론 기적이라는 설명으로 만족하는 사람들도 있었다. 너는 하루의 생업으로 지친 몸과 '다리'를 자리에 눕히고 아내가 돌아오기를 기다린다. 그녀가 돌아오면 함께 저녁을 들고 너는 아픈 다리를 주물러 달라고 조를 것이다. 그러나 아내는 돌아올 기미를 보이지 않는다. 너의 입에서는 욕지거리가 나온다.

후덥지근한 방.

맺힌 땀. 칙칙거리는 텔레비전.

너는 희미한 아기 울음소리를 듣는다. 고양이인가? 머리가 깨질 듯 아프다. 이렇게 더운 걸 보니 난방장치가 고장난 모양이다. 잠이 달아나고 너는 고개를 돌려 곁에 놓인 베개를 본다. 그것은 아직도 비어 있다. 벽시계를 보니 새벽 네 시. 몸을 뒤틀며 너는 이런저런 생각에 이끌린다. 그녀가 오빠를 찾아간 것일까? 하지만 그러고 싶지 않다고 했었는데. 아니면 어제 나와 다툰 것 때문에? 아니면……. 많은 생각이 오간 끝에 너는 공중에 대고 말한다.

아내가 없으면 나는 아무 것도 아닙니다. 아시잖아요. 그런데 왜 이런 일이…….

너는 아내가 돌아오지 않으리라는 확신과 함께 몸에서 모든 기운이 빠져 나가는 것을 느낀다.

나를 살린 게, 우리를 살린 게 당신이 아니었나요? 우리는 그렇게 믿었는데. 그래서 결혼도 했는데.

나마저 당신을 믿었는데.

벤허의 행복2

"그것은 기적이었어."

그러나 너는 곧 풀이 죽는다. 네 말을 듣자 이들이 하나같이 자기도 기적을 보았다며 떠들어 대기 시작하는 것이다. 그들은 자신의 기적에 흥분할 뿐. 너와 함께 네 기적에 감격할 이를 아무래도 찾기 힘들 것 같다.

여기는 요양소. 이곳은 도시 미관을 해치고 사람들에게 공포를 일깨우는 여러 병혼들이 수용되어 있는 시설이다. 여기서는 주체 못할 길이로 시간이 흐른다. 그래서 이들, 원생들은 이런저런 얘깃거리로 시간을 때우려 한다. 너는 이들에게 가장 감동적인 이야기를 들려 주고 싶다. 그것은 네가 우주선에서 살아 남은 이야기, 네가 목격한 기적에 관한 것이다. 그러나 매번 너는 실망할 뿐. 네 얘기에 귀를 기울이기에는 기적이 너무 흔하게 널려 있다. 이곳에서는 누구나 자신의 기적을 가지고 있는 것이다.

이곳에서 너는 벤허라 불린다. 기적에 관한 이야기가 통하지 않아 너는 영화 벤허로 인해 오빠와 헤어진 이야기를 이들에게 되풀이 들려 주었던 것이다. 그것이 네가 아는 가장 재미난 에피소드기 때문에. 그 얘기에 여기 사람들은 네 오빠가 벤허인 줄로 잘못 알아듣고 너를 벤허의 여동생이라고 생각한다. 그들은 그래서 너를 벤허의 여동생, 벤허의 동생, 간략히 벤허라고 부른다.

오늘 너희는 일제히 목욕을 한다. 귀엽게 생긴 어린 간호사 한 명이 너를 부축하고, 모두들 목욕탕으로 집결한다. 그곳에는 앉으면 허리까지 올라 오는 높이로 칸막이된 좁은 공간들이 일렬로 마련돼 있다. 칸칸이 벌거벗은 원생들이 들어갈 때 너도 네게 할당된 욕조로 들어가 앉는다. 수도꼭지에서는 녹물이 흘러 나와 근처의 타일을 누렇게 물들이고 있다. 꼭지 끝에서 떨어지는 물방울이 벗은 네 어깨에 똑똑 부딪혀 오고 너는 한기를 느낀다. 그때 십여 명은 족히 될 듯한 청년들이 우루루 욕탕 안으로 들어온다. 너는 비명을 올린다. 그러나 그들은 아랑곳없이 팔다리를 씩씩하게 걷어붙인다. 자원봉사자들이다.

너의 때를 닦아 줄 청년이 너의 이름을 묻는다.

벤허라고 불러요.

그럼 남자분이신가요? 청년은 다시 묻는다.

너의 성징(性徵)을 파악하지 못하는 청년의 눈길에 그제야 너는 네가 궤짝인 줄을 상기한다. 너는 얼굴을 붉히고 청년은 수건에 물비누를 푼다. 그는 심호흡과 함께 너의 어깨부터 닦아 내리기 시작한다.

목욕이 끝나고 원생들과 봉사단체 청년들은 함께 산책을 했다.

야트막한 지붕들 위로 밤나무, 모과나무 가지가 늘어지고 줄마다 하얀 빨래가 나부낀다. 여기저기 이름 모를 잡풀들이 작은 꽃을 피우고 돼지와 토끼, 닭들은 벗이 되고.

바다 위엔, 하늘만 있다.

탄성이 터져 나온다. 이곳은 섬. 과연 아름다운 섬이다.

너의 목욕을 담당했던 청년은 너와 많은 말을 나누고 싶어 한다.

너는 결혼을 했는지.

너는 네 남편에 대해서 이야기한다. 너는 그의 행방을 모른다. "모르겠어요. 내가 길에 나섰을 때 잡혀서 이리로 오게 됐으니까 헤어져 버린거죠." 보건부는 너의 남편도 시설에 수용하기 위해 너의 집을 추적했지만 나중에 네가 들은 바는 그 집에 아무도 살지 않는다는 것이었다.

청년은 네게 남편을 찾아보라고 권한다. 자신이 너의 외출 허락도 받아 주겠다고 나선다. 너는 웃는다. 고맙지만 나가지는 않을 것이다. 내가 너무 초라해진다. 청년은 그 감정을 모를까?

너희는 느린 걸음으로도 어느덧 바닷가에 이른다. 오후의 햇살 아래 바다는 눈이 부시다. 너희는 함께 자갈밭에 앉는다. 너는 그에게 무엇인가 답례를 해주고 싶어서 다시는 입에 담지 않기로 한 맹세를 깨고 너의 기적을 말한다. 그는 착한 청년답게 고개를 끄덕이고 적절히 감탄을 표하기도 하면서 귀를 기울인다. 그가 계속 손목 시계를 들여다 보는 것은 그러므로 관용할 만한 행동이다. 네 이야기는 결혼 장면으로 끝을 맺고 그는 손목을 들어 다시금 시간을 본다.

"참, 오늘 프로농구 게임이 있는데 어떻게 되는지 모르겠네. 여기서도 스포츠 티브이가 수신되나 모르겠네요." 시간이 조금 흐른 후 시계를 보더니 그는 더욱 초조해한다. "큰일이네. 가서 좀 보고 왔으면 좋겠는데." 청년은 너를 의식한 듯 변명조로 말한다.

어떤 선수가 있는데 거의 인간이 아니라고 볼 수 있죠. 날아다니니까요. 그러니 안 볼 수가 있나요. 금방 다녀올테니까 여기 계실래요? 저랑 같이 가서 보시든가.

여기 있을테니 다녀오라고 너는 말한다.

이러는 게 이해 안 되시죠? 라고 그는 미안한 듯 묻는다.

농구 보고 싶어하시는 거요? 왜 그렇게 생각하세요?

너는 사실 조금 우울해지는 것을 느낀다. 그러는 것을 왜 네가 이해할 수 없으리라 생각하는 것일까?

나도 여러 가지를 좋아했고 원했었는데. 날으는 사람들을 흠모하고. 다만 그런 것들이 너무 먼 옛날의 얘기 같기는 하다.

청년이 떠나고 너는 혼자 자갈밭에 남아 있다. 눈을 감아본다. 감아도 눈이 부시다.

눈을 감은 채 너는 말한다.

이것이 보통 세상 사람들도 느낄 수 있는 건가요? 내가 물으면

청년은 대답하겠지.

뭐 말씀이십니까?

햇볕말이에요.

아 예, 물론이죠.

그럼 사람들은 행복한 거였군요. 나는 사람은 모두 불행한 것인 줄만 알았습니다.

벤허의 에필로그

당신은 신문을 읽고 있었습니다. 그러다 곁에 있던 친구를 부릅니다. 이봐, 이걸 보라구. 당신이 가리킨 것은 사회면에 실린 작은 사진. 어떤 궤짝이 하나 찍혀 있습니다. 자주색 치마에 벼이삭 문양이 수놓인 옥색 스웨터, 차림새로 보아 그 궤짝은 나이 지긋한 노부인이 아닌가 싶은데요. 곁에는 어색한 미소를 지으며 한 손으로 궤짝의 팔을 잡고 있는 간호사 복장의 어린 여자가 서 있구요. 궤짝은 활짝 웃고 있습니다.

사진에는 다음과 같은 설명이 붙어 있습니다.

> 연예인들의 공연은 단조롭고 적적한 이곳 주민들의 일상에 커다란 활력소가 되어 주었다. 사진은 공연을 보러 나갈 차비를 하는 벤허(여. 21세. 전 한센병 환자).

당신의 뜻에 따라 친구는 기사도 마저 읽어 봅니다.

지난 시월 이십일 일. 이 섬에는 경사가 벌어졌다. 가수와 배우, 장구와 트럼펫이 먼 도시에서 이곳까지 실려온 것이다. 섬에 격리되어 있던 원생들은 외부 세계의 복음을 맞이한다는 설레임에 잠을 이루지 못하고 이른 새벽부터 분주히 움직였다. 씻고 바르고 벗고 입어 보고 또 입어 보고, 거동이 힘든 환자들까지 부산을 떨 지경이었다. 그들이 준비를 마치고 공연장에 가기 위해 간호사의 인솔하에 줄을 서고 있을 때 카메라맨들이 일제히 플래시를 터뜨렸다. 그러자 원생들은 더욱 신이 나서 함성을 올리기도 하고 멋진 포즈를 잡아 보이기도 하였다. 외지인들의 관심은 아무래도 한센병을 앓고 난 사람들, 소위 궤짝들에게 가장 많이 쏠리는 것 같다. 그리하여 그들은 여러 차례 플래시 세례를 받고 다른 원생들의 부러움을 샀다.

그리고는 누가 그것을 기획했고 취지는 무엇이며 누가 협조하고 참여했는지 등등 공연에 대한 이야기가 이어집니다. 친구였던 나는 아직도 궤짝에 흥미를 갖는 당신이 안쓰럽습니다.

자네 아직도 동생을 잊지 못하는 겐가?

당신은 대답합니다.

아니야, 내가 말하는 건 동생에 관한 게 아니라구. 세월이 흘렀는 걸. 내가 가리키는 건 이 웃음이야. 이 벤허라는 환자의 웃음 말야. 자세히 보라구.

당신의 부추김에 나는 사진 속의 궤짝을 다시 한번 들여다봅니다.

눈시울이 쳐져 눈 안쪽의 붉은 살점 부위가 살짝 드러나 있군요. 입가로부터는 방사형의 주름이 온 얼굴로 번져 나가고. 두 눈가에는 또 다른 주름이 방사형으로 깊게 잡혀 있습니다.

당신은 말합니다.

어떤 낱말의 정의항(定意項)인 것 같지 않나? 아무도 이렇게 웃을 수는 없어.

당신은 서랍을 열고 가위를 꺼냅니다. 궤짝의 사진을 신문지에서 오려 내어 양면에 코팅지를 붙입니다. 그리고 그것을 핀으로 책상 위쪽 벽에 고정시킵니다. 궤짝의 웃는 얼굴을 잠시 바라보던 당신은 이어서 싸인펜을 집어 들고 사진 아래쪽 벽지 위에 글자를 써넣습니다.

자네 식의 사진 설명인가?

나는 당신이 적는 글자를 읽어봅니다.

에이치 에이 피 피 아이 엔 이 에스 에스.

불행

내가 행복할 때 나는 불행이 무엇인지 몰랐습니다. 그런 것이 있다는 것도 나는 의심했었읍니다. 그러나 내가 불행할 때 나는 인간이 얼마만큼 불행할 수 있는지 새삼 감탄하곤 했습니다. 나의 불행은 바닥을 모르고 깊어졌습니다. 자, 이제 나는 더할 나위 없이 불행하다. 이제는 괜찮아질테지 하고 내가 말할 때마다 나의 불행할 수 있는 능력은 비웃으며 말했습니다. 너는 나를 아직 모르는군.

그러나 나는 행복할 수 있는 능력 또한 뛰어난 인간이었습니다. 어렸을 때의 나를 기억합니다. 나는 햇볕이 드는 양지에 앉아 있을 때면 결코 불행할 수 없었습니다. 또한 구름낀 날 어떤 구름들은 나의 불행을 방해했습니다. 사람들은 으르렁거리며 날 위협하기도 했지만 그러나 그 누구도 나를 불행하게 하는 재주는 없었습니다. 그런데 무슨 일이 있었던 것일까요? 행복할 수 있는 능력이 그토록 탁월했던 인간이 어느 틈에 불행을 알아 버리다니. 사랑하는 자식들을 모두 어이없는 이유로 먼저 보낸 어머니기라도 했던 것일까요? 온몸이 불길에 휩싸인 채 불꽃으로 혀를 삼아 사람들에게 이르고자 한 말을 세상 아무도 듣는 이가 없었던 것일까요? 사지가 절단된 채 태어났으나 내 몸을 흐르는 댄서의 피가 못살게 굴어 하루 종일 꿈틀거리며 신을 원망하기라도 했단 말입니까?

아버지, 모르시겠어요? 저는 이제 당신을 때려눕힐 수 있을 만큼 컸다구요. 그러나 그는 멈추지 않았습니다. 그는 주먹을 쥐고 있습니다. 나는 그의 얼굴을 보지 않으려 노력했습니다. 나는 당신의 모든 뜻을 배반했습니다. 아버지, 아세요? 나는 이 세상 누구의 뜻이라도 배반했을 거예요. 나는 어떤 뜻이든 견딜 수가 없었다구요. 나는 그의 돈을 마구 썼습니다. 우스꽝스런 여자들과 우스꽝스런 영화를 보고 우스꽝스런 음식을 먹고 우스꽝스런 옷과 우스꽝스런 장신구를 사고 우스꽝스런 곳에 가서 우스꽝스런 놀이를 하는 데에 말이죠. 나는 당신을 가난하게 만들었지만 파산시키지는 않았지요. 나는 아직 살인도 저지르지 않았고 강도질도 해본 적이 없잖아요? 경마에서 집을 날리지도 않았구요. 아버지, 좋게 생각하세요. 항상 밝은 면만 보라든가 뭐라든가 그런 말도 있잖아요.

친구는 내게 물었습니다. 자네는 아주 행복할 수도 있었지? 응. 그렇다면 왜 그렇지 못했나? 나도 영문을 모르겠네.

친구여, 아버지가 생각나는군. 나는 마구 썼고 마구 놀았고 마구 돌아다녔네. 그러나 즐겁지가 않았어. 우는 때도 있었네. 아버지는 내게 마귀가 들렸다고 생각할 수밖에 없었지. 그래서 그는 나를 마귀의 유혹으로부터 보호하고자 백방으로 애를 쓰셨네. 어느 날인가는 원적외선이 나온다는 팽이같이 생긴 물체를 들고 오셨네. 노랗고 투명한 것이 들여다보니 옛날에 내가 구슬치기할 때가 생각나더군. 아버지는 그걸 내 손에 쥐어 주셨지. 말씀하셨어. 잘 때도 쥐고 자거라. 그가 준 물체를 쥐고 자면 취침 중에도 나는 원적외선에 의해 사악한 것들로부터 보호될 것이었네. 그는 이런 말씀도 하셨네. 또다시 견딜 수 없을 것 같아지거든 머리를 흔들어라. 배에 힘을 주고. 그리고 너 자신에게 이렇게 말하는 거다. 나는 하기 싫은 일만 한다. 나는 하기 싫은 일만 한다. 나는 하기 싫은 일만 한다. 마귀는 그런 내가 따분하고 지겨워져 떠나고 싶어질 것이었네.

아버지, 사랑하는 나의 아버지. 내가 존경할 수 없는 나의 아버지. 나를 사랑하는 나의 아버지. 내게 깃들인 마귀를 겁줄 수 없는 나의 아버지. 내 곁에서 멀리 떨어지세요. 나는 당신을 해칠 뿐이에요.

자네, 혹시 불행이 행복보다 더 진실이라고 아니면 진리라는 게 있다면 그건 어두운 쪽에 있을 거라고 뭐 그 비슷한 생각을 갖고 있는 건 아닌가? 친구여, 자네는 내게 물었지. 아니라네. 그렇지 않다네. 다만 어둠 속에서 더 잘 볼 수 있는 짐승이 있다는 것은 분명하지 않은가.

그래 그래, 그런 우스꽝스러운 믿음에 빠져 불행에서 헤어나오지 못했던 것이다. 그는.

나의 삼촌이 생각납니다. 그는 말했지요. 불행이란 거 그저 불운인 거지. 그런 게 있어. 그냥 파앙 하고 부딪히는 거야. 당한 사람 외에는 아무도 그것이 어떤 건지 알 수 없다. 그런 때에 왜 하필 나야? 하고 묻는 것은 어리석은 짓이야.

그래요, 삼촌. 이게 그거구나 이게 바로 불행이구나 라고 말하겠어요.

나는요.

친구의 충심

어둠 속에서 시력을 잃고 마는 짐승이 있다는 것을 자네는 알고 있나? 그걸 보고 세상은 말하네. 불행한 자는 게으르다고.

질투

친구여, 터미널을 헤매는 친구여. 자네는 자네의 모습을 아는가? 낡은 회색 코트는 여기저기 얼룩지고 지독하게 밝은 색 안감이 드러나 있더군. 자네의 얼굴은 더럽고 이마에는 핏자국이 보이네. 친구여, 자네는 내가 아는 한 똑똑한 사람이었네. 자네는 어려운 문제도 끝까지 매달려 풀어 낼 줄 아는 사람이기도 했네. 자네의 후회는 항상 짧았고 자네 가방에는 새로운 문제가 들어 있었지. 자네는 나와 매우 다른 사람이었고 나는 자네만큼 나를 닮은 사람을 또한 보지 못했네. 그래서 나는 자네에게 내 대신 꿈꾸기를 강요하지 않았었나? 그런데. 그래서인가? 자네는 왜 갑자기 사라진 것인가? 아니, 왜 다시 나타난 것인가? 자네는 그토록 오랜

만에 편지를 보내면서도 내가 자네가 알던 사람일 거라고 생각했나? 내가 자네에게 갚아야 할 무엇이 아직도 남았다고 생각한 것인가? 자네가 내 대신 꿈을 하나 꾸어 주었다고 해서? "나는 요즘 항상 터미널에 있다네. 언제 한번 나와 주게." 그래, 그렇게 쓸 수 있어서 자랑스러웠나? 자네는 머리가 많이 벗겨졌더군. 언제나 남보다 몇 년은 더 살았던 얼굴은 더욱 늙고. 그래, 부럽지 않은가? 나는 옛날에도 그랬듯 아직도 젊어 보인다네. 몹시 젊어 보인다네.

우리는 터미널에 세워진 비치 파라솔 아래에 앉았지. 초겨울에 파라솔이라니. 우리는 둘 다 웃었지 아마? 혹 내가 표정이 좀 굳어 보였다면 이해하게. 그날 바람이 많이 쌀쌀했잖아. 자네 코도 무척 붉더군. 자네는 내게서 담배를 구했네. 그래서 나는 말했지. 한 갑 사올까? 자네는 물었지. 한 보루를 사줄 수 있는지. 우리는 함께 담배를 피웠네. 바람은 정말 찼지. 그래서인가? 담배가 유달리 맛있었어. 그렇지 않았나? 나는 기분이 괜찮아졌네. 회색빛 하늘은 아늑했어. 추운 겨울, 한 장의 거적이 거지에게 줄 수 있는 아늑함이었지. 약간 졸립기도 하고. 전에도 이 자리에서 이런 하늘 아래 똑같은 몰골을 하고 있는 자네와 같은 담배를 말없이 피우고 있었던 것처럼 느껴졌네. 나는 자네에게 묻고 싶었네. 이마의 핏자국에 대해. 아니, 제일 묻고 싶었던 것은 이것이었네. 비참하지 않은가? 나는 미소를 띠고 요즘 날씨에 대해 말하듯이 묻고 싶었네. 자네, 비참하지 않은가? 그러면 자네가 이제 겨울이군 하듯이 응 하고 가볍게 대답해 주었으면 하고 바랬네. 그러면 나는 이렇게도 말할 수 있었을거야. 자네 도대체 왜 이러는 건가? 어디가 아픈가? 미친 건가? 혹 내게 복수를 하고 싶어 이러는 건가? 미안하지만 이건 내게 그저 쇼일 뿐이네. 재미있는 쇼. 게다가 교훈적이기까지 하다네. 그래, 나는 저렇게 살지 말아야지. 자네는 내게 보험에 들라고 말하러 온 건가? 걱정하지 말게. 내가 자네만큼 되기 위해서는 너무 많은 게 필요할테니. 불운이나 굳은 결의만 가지고는 안 되지. 자네는 꿈을 꾸었고 망했지. 나는 꾸지 않았고.

나는 아무 말도 하지 못했지. 왜 그랬을까? 모르겠네. 우리는 그저 웃으면서 담배를 나눠 피웠지. 자네는 남은 담뱃갑들을 포장지로 다시 싸서 옆구리에 끼고 일어섰지. 그리고 헤어졌지. 잘 가라고 그랬던가? 아니면 눈인사만 하고 말았던가? 그래, 자네도 알겠지. 내 가슴에는 뭔가 들어 있어 목을 불편하게 한다네. 그것은 말인지도 모르네. 증오일 수도 있네. 그래, 다시는 내 앞에 나타나지 않는 게 좋겠네. 적은 사라지지 않았네. 자네는 내 증오를 이해할 수 있나? 아니면 도무지 영문을 모르겠다는 느낌뿐인가? 아무튼 잘 있게. 자네가 생각하는 잘 있는 방식으로 말이네.

추신: 그래, 이걸 결론으로 삼으세. 나는 자네에 대해 아무것도 모르는, 제일 친한 친구였네. 그리고 또한 적이었네. 어찌 됐건 자네가 어떻게 지내든 예전처럼 역시 자네의 후회가

짧다면 자네는 나보다 행복한 사람이라는 생각을 하게 되는군. 나의 후회는 항상 자네보다 길었지. 내가 미운가? 그럼 기뻐하게. 자네가 할 일은 하나도 없으니.

둘

나의 두 친구 얘기를 하고 싶군요. 두 남자의 얘기를요. 한 친구는 무릎팍이 튀어나온 바지를 입고 늘어진 엉덩이춤 위로 긴 남방을 내려 입고 있습니다. 그의 꺾인 두 다리는 서로를 멀리하며 어정어정 걷습니다. 나는 너의 눈 따위는 신경쓰지 않아, 어쨌든 나는 존재한다고 믿는 걸음걸이입니다. 나의 또 한 친구는 손가락마다 커다란 반지를 끼고 있습니다. 그 중 하나는 자줏빛이 나는 보석이 박힌 것입니다. 몸에 꽉 달라붙는 바지에 눈부시게 하얀 셔츠의 앞단추는 가슴털이 보일 때까지 풀어헤쳐져 있습니다. 쭉 뻗은 두 다리는 서로 부딪히며 탄탄한 엉덩이를 받쳐 주는데 그를 보는 점잖은 당신은 괜히 부끄러워지면서도 그의 뒷모습에서 눈길을 떼기가 힘듭니다. 이 두 친구가 서로 몹시 다른 사람이라는 가설에 대해 검증할 필요가 없는 것으로 믿어버리는 사람들이 있습니다. 두 개의 단어와 나의 두 친구를 연결하는 재미는 없는 놀이를 할 수도 있을 거예요. 예를 들어 정신, 그리고 육체라는 두 장의 카드를 보고 당신은 이런 건 정말 무린데, 정말 유치한 짓이구만 하면서도 두 친구의 이름 아래에 카드를 나누어 놓을 수 있을 것입니다. 저도 당신 견해에 동의합니다. 이 친구의 엉덩이는 처졌으니까 정신하고 가깝고 또 이 친구는 엉덩이의 매력이란 무엇인가에 대해 사전적 정의를 내려주는 엉덩이를 가졌으니 육체와 가깝겠습니다. 물론 당신의 판단은 이렇게 단편적인 것에 근거한 것이 아닐 것입니다. 그것은 그야말로 종합적 판단일테지요. 어쨌든 우리는 보다 적절하다고 생각되는 카드의 위치를 결정할 수 있을 것입니다.

이 두 친구는 모두 내가 사랑하는 친구들입니다. 둘다 몹시 단순한 사물이지요. 그 단순함이 놀라울 정도로 비슷해 내가 그들을 구별하려면 차림새와 걸음걸이에 의지할 수밖에 없습니다. 그들이 옷을 바꿔입고 서로를 연기한다면 나는 속지 않을 길이 없을 것입니다. 그러나 내가 속는다고 손해보는 것은 없을 것입니다. 세상에 달라지는 것 또한 없을 것입니다. 두 친구를 사랑했던 각각의 애인들 역시 속지 않을 수 없을 것입니다. 그리고 그들이 속는다고 손해보는 것 역시 없을 것입니다.

어느 얼굴이 흰 깡패

나는 너와 술잔을 앞에 두고 마주 앉았다. 처음으로 난 너를 관찰할 기회를 갖게 된 것이다. 너는 자신의 형과 닮은 점이 거의 없는 것 같다. 매우 검고 아름답기까지 한 형의 용모에 비하면 너의 용모는 평범하며 허연 피부가 허약한 인상마저 준다. 다만 무척 커다란 손을 가졌다는 게 그나마 찾을 수 있는 비슷한 점이군. 나를 팔씨름에서 이긴 형의 손처럼 큼지막한 그 손을 너는 살짝 주먹을 쥔 채 바 위에 올려놓고 있다. 나는 네가 자신의 형과 그토록 다른 길을 걷게 된 까닭이 무엇인지 궁금해진다.

왜 자네는—미안하네, 이런 표현을 자네들이 좋아하는지는 잘 모르겠네만, 깡패라고 해도 되겠나? 아무튼 자네는 왜 이런 일을 하게 된 것인가.

너는 사람 좋아 보이는 미소를 띠며 대답한다.

나는 무엇하나 심각하게 생각할 수 없는 사람이었네. 세상에 공들일 만한 일이라곤 없었고 농담거리만 널려 있더군. 나는 항상 낄낄댔지만 기분이 좋은 상태는 아니었네. 아니, 사실을 말하자면 견디기 어려울 정도였어. 경험해 보지 않은 사람은 알 수 없는 그런 것이지. 그러던 어느 날 문득 생각했지. 여기 친구가 있다. 혹은 애인이어도 좋아. 밤에 잠자리를 같이 하는지 여부는 중요치 않아. 아무튼 네 곁에는 네가 몹시 아끼는 사람이 있다. 그는 도망을 가야 한다고 말한다. 너는 그를 차에 싣고 터미널로 간다. 혹은 공항이어도 좋아. 그러나 너는 그곳에 경찰이 깔려 있는 것을 알아챈다. 그들은 사복을 입었지만 너의 친구를 피신시키려는 이상 너는 그들을 알아볼 수밖에 없지. 그래, 누군가 불어버린 것이다. 네 친구의 도주에 대해. 너는 화를 내며 차를 돌리고 전속력으로 차를 몬다. 네 머릿속은 그를 숨길 곳을 찾느라 재빠르게 돌아가고. 하지만 어느새 너의 차는 추격하던 그들의 차로 에워싸인다. 네 친구는 끝장이 난 것을 알고도 달아나며 총을 꺼내 들고 그들은 네 친구를 향해 총을 난사한다. 그들을 탓할 것은 없다. 그들은 그가 쏘아서는 안 될 사람이라는 것을 모르고 있을 뿐. 그들은 네가 그를 알듯 그를 알 기회가 없었다. 중요한 건 이제 너. 차 곁에 서 있던 네가 눈을 가리며 신음할 때 너는 네 인생이 더 이상 무의미하지 않음을 안다. 이제 네게는 타깃이 있는 것이다. 영원치는 않겠지만 적어도 당분간은 네가 농담으로 삼지 않을 일이 세상에 생긴 거지. 네가 잘 아는 사람이 죽었다. 이제 무엇을 할 것인가? 그들, 불어 버린 자식들이 금방 고꾸라진다면 담배 한 대 핀 만큼의 보람도 없겠지. 그래서 너는 하나하나 공들여 각자에게 가장 적합한 방법으로 오차 없이 정량의, 진정코 정량의 해를 입히는 것이다. 물론 여기서 계산은 네가 차 곁에서 눈을 가리고 신음할 때 즉각적으로 이루어진다.

그래서 나는 오늘날의 내가 되었네. 웃지 않고 사는 길은 이것밖에 없었지.

누구의 결혼식인가―여고얄개1

웬일이야?

누구 결혼식이라서. 너야말로 웬일이야?

그냥 어쩌다 보니 오게 됐어. 그러고 보니 정말 오랜만이구나.

나의 사촌, 나보다 세 살이 많은 오빠. 나는 그를 한 번도 오빠라고 부른 적이 없다. 우리는 함께 흙장난을 하고 서로에게 욕지거리를 하며 놀았고 조금 큰 다음에는 눈이 마주칠 때마다 웃곤 했다. 방학 때 그의 집에 놀러 가면 나는 돌아오기가 싫어 방학이 끝나는 날 나를 데리러 오신 부모님을 피해 숨어 있었다. 정말 즐거운 때였지. 끝이 나야 한다는 것만 빼면 모든 것이 좋았다.

그는 깜짝 놀랄 만큼 자신의 아버지를 닮아 있었다. 좀 젊게 분장을 하고 나온 삼촌인 것만 같다.

결혼했다며?

애가 셋이나 있는 걸.

뭐?

나는 그가 뭔가 될 줄 알았었다. 글줄 꽤나 읽는 사람, 그리고 그것이 직업이 되는 사람. 그는 세 아이의 아버지가 되었다. 그리고 어느 은행의 보일러공이다.

그는 독서광이었다. 그는 내가 작은 집에 놀러 가던 그 시기에 당시까지 출판되었던 삼중당문고 삼백여 권을 다 읽어

치웠고 그 중 일부는 서너 번을 더 읽은 후였다. 방학 때 내가 놀러 가면 밥상 위에 책을 올려놓고 책장을 넘겨 가며 밥을 먹는 그를 볼 수 있었다.

너는 왜 결혼을 안 하니?

내가 결혼한 것을 그가 아직도 모르고 있다니. 우리의 부모 세대에서도 연락이 끊어진 모양이다.

으응, 그렇게 됐어.

나는 그와의 대화를 회피하고 싶어 두리번거리며 누구를 찾는 양 굴었다.

내가 부사동 옛집을 찾아간 것은 나로서도 뜻밖이었다. 내가 살던 곳을 떠났다면 그것은 보통 다시는 그리로 돌아가지 않는다는 뜻이었기 때문이다. 내게는 과거를 까맣게 잊어 버리는 재주가 있었는데 그것에는 보통 어떠한 노력도 들지 않았다. 단지 짐을 싸들고 그 고장을 떠나기만 하면 그만이었다. 그런 내가 그 집을 찾아가다니. 더욱 희한한 일은 그 집에 살던 과거 삼 년 동안 한번도 들여다본 적이 없었던 지하실에 내려가 보았다는 사실이다. 그 집을 떠난 지 십오 년인가 육 년인가만에 말이다.

지하실 계단을 다 내려가기 전부터 시끌벅적한 소음이 들려 왔다. 그리고 문을 열자 휘황한 불빛과 온통 금박으로 장식된 벽, 바닥의 붉은 융단 등 지하실이 무슨 호텔의 연회장처럼 보일 지경이었다. 게다가 그 안에는 사람들이 바글거리고 있는 것이었다. 그 중에 끼여 있던 내 사촌오빠가 용케 나를 알아보고 대화가 시작됐던 것이다.

그래, 지금 뭐하니?

사촌오빠가 물었다.

실업자야.

나 같은 낮은 계급 사람도 일로 바쁜데 고등교육을 받은 네가 그러면 되겠어?

그는 낮은 계급이라는 좀처럼 듣기 힘든 표현을 썼다. 고등교육이라는 단어 역시 일상회화에서는 거의 등장하지 않는 것이다. 한편 흥미롭기도 했지만 불편했다.

옛날에 두 형제가 있었다. 그들의 부모는 형편이 넉넉지 못했는데다 교육이 사람을 망친다는 신념을 갖고 있어서 형제는 학교를 다니지 못하였다. 어려서부터 힘든 농사일에 시달리던 그들은 편하게 살고 싶다는 소망을 품고 어느 날 도시로 가출을 감행한다. 그 결과 그들은 험악한 도시생활에 적응해야 했고 그러던 어느 날 형은 우체국 직원 채용 광고를 보게 된다. 형은 동생에게 말한다. 열심히 공부하여 공무원이 되자고. 하지만 동생은 말한다. 도시에 이미 지쳐버린데다 공부까지 하고 싶지는 않다고. 동생은 시골로 돌아가 부모에게 용서를 빌었고 나의 사촌들을 낳았다. 형은 도시에 남아 성공하였으며 나의 형제들을 낳았다. 그리고 많은 것들이 이미 결정되어 있었다. 나의 사촌들이 상급학교에 진학하지 못한 것. 그리하여 일정한 나이가 되면 이불 속에서 눈물을 흘려야 했던 것. 그리고 그들과 나의 형제들이 서로 만나지 않는 게 좋겠다는 것을 자연스럽게 알게 된 것.

사촌 여동생도 있었다.

언니!

그녀는 나를 부르고는 말없이 웃었다. 그녀에게 잘 있었느냐는 인사를 건넨 후 아무 할 말이 떠오르지를 않았다. 나는 그녀와 얼마 전에 만난 적이 있다. 일 년쯤 됐나? 이 년 전인지도 모르겠다. 그녀는 내게서 무언가를 구하고 있었다. 인생의 지침 같은 것. 게다가 그것은 어려운 시기였고 그 지침은 그녀의 인생을 좌우할지도 몰랐다. 나는 누가 내 인생에 개입하는 것만큼이나 내가 남의 일에 뛰어드는 것이 싫었다. 겁이 났다. 그것도 나에 대해 엉뚱한 환상을 품고 수년째 두툼한 편지들을 거의 정기적으로 보내오는 사람, 그것도 답장 한 번 받지 않고 그럴 수 있는 사람에게 그럴 수는 없는 일이었다. 내게는 그녀가 믿고 있는 지혜가 없었는데다 그런 경우 져야 할 책임의 막중함이란. 나는 그녀에게 지금은 바쁘니 나중에 연락하겠다고 아니 곧 내가 널 찾아가마고 말했었다. 약속은 지켜지지 않았고 뜻하지 않게 지하실에서 마주친 우리는 미소를 띈 채 그저 마주하고 서 있을 뿐이다. 간혹 눈이 마주치면 우리는 얼굴을 더욱 누그러뜨리고 웃었다.

그때 어떤 여인이 내게 아는 척을 해왔다.

그 동안 어디 숨어 있었어? 정말 오랜만이구나.

하얗고 둥근 얼굴에 동그란 눈, 그리고 봉긋한 붉은 입술……참 귀여운 인상이다. 그녀가 자신의 이름을 밝히고 또 나를 위해 과거를 좀 들추어 준 후에야 내가 그녀를 알아본 것은 당연했다. 내가 기억하는 한 그녀는 가무잡잡하고 못 생긴 편이었기 때문이다. 그녀는 여학교 동창이었고 레즈비언이었다. 그때는 이런 개념이 아직 널리 통용되기 전이어서 나는 그녀를 뭐라고 불러야 할지 꽤 고민을 했었다. 그녀는 나를 무척 좋아했었던 걸로 기억한다. 나를 뭐랄까 무슨 고귀한 이상을 좇느라 행복을 단념한, 자발적으로 우울과 위장병을 선택한 인간쯤으로 보는 것 같았다. 사실 그녀의 얼굴을 볼 때마다 나는 우울해지곤 했었다. 내가 자신을 지긋지긋해한다는 것에 그녀가 제발 신경을 좀 써주었으면 싶었었다.

예전에 너를 좋아하는 이유가 네가 공부를 잘하기 때문이라고 말한 거 기억나? (그녀는 왠지 초조한 모양이었다.)

그런 적이 있었어?

내가 반문하자 맥이 탁 풀리는 얼굴로 그녀가 말했다.

내가 참 쓸데없는 걸 갖고 고민했었구나. 사실 그럴 거라는 생각도 했어. 하지만 그래도 고민이 되던 걸. 내가 그때 그렇게 말한 건 괜히 그랬던 거야. 그건 기억하겠지. 내가 널 좋아하고 쫓아다니고 넌 날 굉장히 싫어했잖아. 경멸했지. 그러니까 나도 모르게 더 경멸받을 만한 말을 하게 된 건지…… 아무튼 모르겠어. 내가 너를 좋아하는 이유가 그렇다고 말했을 때 네가 날 쳐다보던 눈빛을 기억해. 아직도 그때를 생각하면 가슴이 아플 정도야. 너는 경멸조차 아깝다고 느끼는 것 같았어. 그 뒤로도 자꾸 그때 일이 생각났고 그럴 때마다 너를 꼭 만나서 해명해야 된다고 생각했는데……. 너를 꼭 만나고 싶었어.

그녀가 기억하고 괴로워하던 것들이 내게는 도대체 언제 그런 적이 있었나 싶은 것들이었고 설사 기억해낸다 해도 내게는 넌센스에 불과한 것이었지만 나는 그녀에게 해명할 기회를 주기로 했다.

아까 말한 대로야. 그냥 그렇게 말했던 거야. 네가 공부를 잘하기 때문이라는 말이 그냥 내 입에서 나왔던 거야. 아마 네가 나를 그런 대답을 할 만한 애로 보는 것 같아서 그랬는지. 일종의 반어법인가? 모르겠어. 아무튼 네가 그걸 기억 못 한다니 다행이야. 다행이긴 한데 좀 씁쓸하네. 그 동안 나는 그게 왜 그렇게 괴로웠는지. 생각해 봐. 십육 년이야. 십육 년 동안 나는 그 생각을 떨쳐 버릴 수 없었다구. 생각날 때마다 머리를 흔들었지만.

십육 년 동안 내가 자신을 오해하고 있다는 생각으로 괴로웠다는 인간을 앞에 두고 나는 할 말을 잃었다. 그녀는, 그녀의 고민하는 능력은 정말이지 내 상상을 뛰어넘는 것이었다. 그녀는 눈의 초점을 잃고 어두운 표정으로 내 어깨 너머를 바라보고 있었다. 오랜 고민에 시달리던 사람들은 자신의 고민이 부질없는 것이었다는 걸 알고 난 순간이 가장 괴롭다고 한다.

그건 그렇고 여긴 왜 왔어?

내 질문에 그녀는 귀찮다는 듯이 누구 결혼식이라던데 하고 희미하게 대답했다. 그리고는 덧붙였다. 숙자도 왔던데.

숙자가 왔다구?

정말 달갑지 않았다. 네 의붓언니가 있다고 했던 말이 정말이냐고 또 물어볼 게 아닌가.

숙자와 나는 늘 붙어 다녔었다. 하지만 친해졌다고 마음을 놓기에는 우리 사이에 장애가 있었다. 우리가 사용하는 같은 음절들이 늘 다른 개념을 담고 있었으니 말이다. 그녀는 나를 이해할 수 없는 인간이면서 너무 내 가까이에 있었다. 우리가 늘 붙어 다녔다는 것은 내 학창시절을 우울하게 하는 또 한 요인이었다.

이어서 내가 만나게 된 것은 그런데 숙자가 아니라 물리 선생이었다. 그는 나를 매우 싫어했고 어떻게 하면 나를 골탕 먹일까 궁리한 적도 있었다고 나는 생각한다. 그 모든 것이 그 지긋지긋한 상식!에서 비롯되었으니 나로서는 도리없는 일이었다. 그는 정의의 사도 같은 열정으로 나를 징벌하려 들었다. 여섯 권의 노트를 베껴 가는 벌은 지금 생각해도 몸서리가 쳐진다. 교무실에서 보는 사람이 없을 때 그가 내 발등을 지긋하게 밟으며 올라선 적도 있었고. 사이코 같으니. 졸업 후 길에서 한 차례 마주친 적이 있었는데 그는 나를 보고 반갑게 웃으며 다가왔지만 나는 저게 누구지 하는 표정으로 태연히 그를 쳐다봐 주었다. 내 연기가 너무 그럴듯했는지 그는 자신이 사람을 잘못 본 게 아닌가 의심하는 듯 했다. 웃기는 놈이다. 나를 그토록 괴롭혀 놓고도 내가 웃으며 자기를 반길 것으로 기대했단 말인가. 나는 그때 아는 체하지 않았던 것에 대해 그가 시비를 걸어오리라 예상했지만 그는 뜻밖의 말을 했다.

나는 네가 꼭 뭔가 될 거라고 생각했는데.

그는 역시 듣기 좋은 말은 할 줄 모르는 사람이다. 하지만 신선하기도 했다. 아직도 그런 말을 들을 수 있다니 말이다. 뭔가 될거라는 표현. 내가 뭔가 될 수도 있었다는 것.

그때 내 쪽으로 걸어 오는 사람이 있었다. 나는 숨이 멎는 것 같았고 눈을 의심하지 않을 수 없었다. 그는 국어 선생이었던 것이다. 예의 그 함박 웃음을 지으며 큼직한 손을 들어 그는 내 어깨를 툭 건드렸다. 곧이어 그의 투박한 음성.

너 내 장례식 때 눈물 흘리지 않았지?

선생님!

나는 말을 이을 수가 없었다. 세상에, 그를 다시 만나게 된 것이다.

너 내 장례식 때 눈물 흘리지 않았지?

그는 조르는 어린애처럼 질문을 반복했고 나는 웃음이 나왔다.

그래요, 선생님. 죽은 사람에게까지 거짓말할 용기는 없네요. 선생님이 죽은 게 적어도 나한테는 잘 된 일이라고 생각했더랬어요. 선생님은 다 보셨으니까요. 내가 숨겨 논 못난 모습까지요. 잘 아시잖아요? 내가 완벽주의자란 거. 그러니 내가 선생님의 죽음을 애도할 수 있었겠어요?

나는 국어 선생이 나를 용서해 주어야 한다고 생각했다. 완벽주의는 유전병이지 자의로 선택하는 이데올로기나 신조 같은 게 아니지 않은가?

그의 장례식은 학교 운동장에서 있었다. 그의 죽음은 이른바 순직(殉職)이었다. 나는 2월의 매서운 날씨 속에 서 있었다. 울먹이는 조사(弔詞) 밖에서 그리고 무관심한 나무들 곁에서. 그의 죽음은 웃음에서 시작되었다. 그것은 사고였고 그는 그 해 겨울 2학년생들과 제주도 여행 중이었다. 그는 학생들과 장난을 치며 웃다가 빙판에 미끄러졌고 학생들은 그걸 보고 한참을 웃었다 한다. 그는 다시는 제 발로 일어서지 못했다. 뇌진탕이라던가? 나는 그의 죽음을 기뻐하지는 않았다. 못난 나를 알고 있는 사람이 하나 줄었구나 그저 그렇게 생각했을 뿐이었다. 다행이라고는 생각했지만 기쁠 정도는 아니었다.

나는 국어 선생을 올려다보았다. 그의 안경에 내 얼굴이 비쳤다. 감정이 온통 드러나 있었다. 더 이상 속일 필요가 뭐가 있겠는가.

선생님, 그곳은 어때요? 아직도 라틴어랑 한문 공부하세요? 그곳에도 저처럼 속썩이는 학생들 있어요? ……선생님, 나는 사실 선생님에 대해 까맣게 잊고 있었어요. 어떻게 그럴 수가 있었을까요?

어떻게 그럴 수가 있었을까?

"그 선생님을 사랑해? 그가 좋아?" "그가 좋아." "그는 돌이 아니야?" "그도 돌이야." "그런데 어떻게 그를 사랑할 수가 있지?" "내가 그를 사랑한다고는 볼 수 없어. 그에게서 사랑받는다는 느낌이 나는 좋아. 나도 그를 사랑하는 게 아닌가 속을 뻔하는 때도 있지만." 나의 연기에 대한 도취. 그 느낌도 좋아. 그 밖에도 여러 요소들. 경쟁에서의 승리, 여가 선용……. 밤에 누군가를 몰래 만난다는 건.

나는 가장 친했던 숙자에게 남김없이 말했고 숙자는 그 말을 참을 수 없었다. 곧 학교 숙직실에서 어떤 일(국어 선생과 나 사이의 그렇고 그런 일)이 있었다는 소문이 교내에 돌기 시작했다.

그때 선생님, 그때의 우리 관계를 뭐라고 불러야 할까요? 우정? 연애?

사제지간.

실망스러웠지만 나는 웃었다.

그래요. 맞아요.

나도 모르게 깔깔깔 요란한 웃음이 내 입에서 터져 나왔다. 그리고 갑자기 그를 끌어안고 싶어졌다. 망설이며 그의 얼굴을 살폈다. 안경이 무슨 빌딩 유리창으로 만들어졌는지 꼭 거울처럼 나와 웅성대는 주변 인물들을 비추고 있었다. 그의 눈을 들여다보기가 힘들었다.

선생님, 안경 좀 벗어 봐요. 선생님 눈이 못생긴 건 다 알고 있다구요.

그러자 그는 엉뚱한 대꾸를 했다.

알잖아, 나는 십오 년 동안 썩어 있었어.

네? 도대체 그런 말을 왜 하죠?

나는 소름이 끼쳤다. 서둘러 그 자리를 떴다. 그가 죽은 게 내 탓이기라도 하단 말인가. 아니면 장례식 때 울지 않았다고 저런 심통을 부리는 건가. 나는 머리가 어지럽고 사지에 기운이 빠져 사람들과 부딪히며 이리저리로 휩쓸려 다녔다. 그때 "신랑 입장" 하는 소리가 들려 왔다. 그것은 정말 결혼식이었던 것이다. 고개를 들어 쳐다보니 주례석에 서 있는 것은 나의 사촌오빠였다. 그리고 그곳까지 길게 깔려 있는 오색 비단천을 밟으며 입장하는 것은, 신랑은 국어 선생이었다. 그는 언제나처럼 약간 굽은 어깨를 하고 성큼성큼 걸었다. 이 무슨……영혼 결혼식이란 말인가.

"신부 입장".

일순간 확신이 들었다. 내가 바로 그 신부일 것이라고. 내가 아는 사람들이 하객으로 와 있고 그리고 신랑은……. 나의 심장은 몹시 두근거렸고 나도 모르게 다리에 힘이 들어가 나는 곧 신부 입장을 할 찰나였다. 그런데, 저게 누구야? 그때 처음 보는 여자가 짙은 화장에 웨딩 드레스 차림으로 홀을 걸어 들어오는 것이었다. 나는 얼굴이 벌개졌지만 안도의 한숨도 나왔다.

이건 네 의붓언니의 결혼식이야.

돌아보니 숙자였다.

하지만 내겐 의붓언니가 없는 걸.

그것은 숙자도 잘 알고 있을 것이었다. 내게 의붓언니가 있는지 알아보기 위해 나의 엄마와 서울에 사는 언니에게까지 전화를 걸어 보았으니. 그것은 죽음, 그리고 언니에 관한 우스꽝스런 싸움이었지.

그래, 나는 나의 언니가 죽었다고 말했다. 크리스마스 이브에 사고를 당해 죽었다고. 나의 언니는 죽은 거야. 끝도 모르고 무의미했던 길고 긴 학창시절에 내가 그리워하고 숭배하며 온갖 의미를 갖다 붙이던 유일한 인간, 내가 수년째 두툼한 편지들을 거의 정기적으로 보냈던 사람, 그것도 답장 한 번 받지 않고 그럴 수 있었던 사람, 나의 언니. 그러나 내 두터운 편지의 수신인은 나에게 보통의 언니가 가질 법한 관심도 없었다. 그런데 그 깨달음은 지금의 나 자신도 이해할 수 없을 만큼의 고통을 주었고 나는 언니를 없애야 했다. 다만 그간의 정을 봐서 좀 단정한 방식으로. 그래서 나는 선언했다. 언니는 죽었다고. 크리스마스 이브에. 그러자 내 마음속에서 언니가 사라졌다.

숙자, 너는 물었다. 왜 그토록 연기를 하지 못했는지. 언니가 죽었다는 말을 명랑하게 떠들어대는 나를 너, 너희들은 의심할 수밖에 없었다. 그리하여 너희들은 서울에 사는 내 언니의 전화번호를 알아내고 그녀에게 전화를 걸었다.

언니의 낭랑한 목소리를 듣고 너희는 가늠할 길 없는 내 죄악의 깊이에 치를 떨었다. 다만 연기력만이 좀 부족한 듯 싶은 나의 간악함.

교사의 결혼서약을 깨는 취미를 가진 사악하고 음란한 여자가 꾸며낸 거짓말은 교내를 온통 흥분시키고 그들은 대오를 가다듬고 내 목을 가지러 열을 지어 행진했다. 맨앞에서 그들을 인솔하던 숙자, 너는 물었지. 한 가지만 말해 줘. 더는 묻지 않겠어. 너의 언니, 죽은 거니? 나는 겁이 났다. 그래서 내게는 의붓언니가 있었으며 죽은 것은 그녀라고 말했다. 그래 제발 그렇게들 이해하고 이젠 각자 제자리로 돌아가자구. 그러나 그것은 내가 나의 적을 과소 평가한 것이었다. 그들은 다시 내 가족들에게 연락을 취해 나에게 의붓언니란 없다는 것, 우리 집은 그렇게 복잡한 가계가 아니라는 것을 확인했던 것이다. 그들은 얼마나 나의 적다웠는지. 그래, 나는 졌다. 숙자는 나와 붙어 다녔던 과거를 부끄럽게 여겼다. 그리하여 그녀는 정의의 사도 편에 가담하여 나와 벗하였던 자신의 과오를 씻어내려 하였다. 그녀는 정말로 열렬하였다. 그녀가 내게 던진 마지막 말은 너의 의붓언니가 있느냐는 것이었다. 그녀는 마지막으로 회개할 기회를 내게 주고자 했던 것이다.

너한테 의붓언니가 있다는 말 정말이니? 그리고 그 언니가 크리스마스 이브에 교통사고로 죽었다는 거 정말이니?

그녀는 듣고자 했을 것이다. 간절히 원했을 것이다. 내게는 의붓언니가 없으며 또 나의 어떤 언니도 죽은 적이 없으며 크리스마스 이브에 교통사고로 죽은 일은 더더욱 없다고. 모든 것은 거짓말이었다고. 나는 잘못을 뉘우치고 있다고. 나를 용서해 달라고. 그렇게 내 입으로 말하는 것을 그녀는 듣고자 했을 것이다. 그러나 나는 말했을 뿐이다.

알고 있잖아. 이제 그만 하자구.

숙자는 빙글빙글 웃으며 비어 있는 신부 측 부모석을 가리켰다. "저기가 네 자리야." 내가 저 의붓언니를 꾸며낸 부모라는 말일 것이다. 그런데 숙자야, 언니가 죽었다는 거짓말을 내가 무슨 이유로 꾸며낸 것 같아? 궁금하지 않아?

그런 거짓말을 꾸며 낼 이유가 없다는 데에서 출발하여 그것이 그들이 생각하는 거짓말은 아니었다는 것을 그녀가 추리해 내 주기를 바랬다. 그러나.

네 언니가 공부를 못해서 없애 버린 거라던데. 네 언니는 공부를 못해서 좋은 대학에 가지 못했고 그래서 말하자면 죽여 버린 거지. 처음에는 있을 수 없는 일이라고 생각했지만 생각해 보니 일리가 있던데. 네 말대로 너는 완벽주의자잖아. 네 형제 중에 공부를 못 하는 사람이 있다는 게 너한테는 참을 수 없는 흠일 수도 있겠지. 의붓언니를 만들어 낸 두 번째 거짓말이야 네 거짓말이 들통나니까 겁이 나서 급조해 낸 것일 게고.

나의 적들에게 나는 무엇이었을까, 내가 생각하는 동안

죽은 사람이 거짓말과 결혼식을 올리고 있었다. 나의 죽은 남자와 내가 지어낸 거짓말이 혼인을 하는 것이다. 혹은 내가 지어낸 애인과 내가 죽인 의붓언니가.

내다버리지 않고 가둬 버렸던가? 내가 대충 버린 기억의 침출수(浸出水)가 나도 모르는 사이 지하실로 조금씩 스며들었던 게 분명하다. 그곳에서 더 고약한 냄새에 더 끈끈해지고. 내가 그리로 내려가고야 만 것은 그러니 어쩔 수 없는 일이었을 것이다.

안녕 메리

친구여, 나의 언니가 죽었다. 기억할지 모르겠지만 지난해가 있었다. 그리고 십이 월 이십사 일 밤 열한 시 십칠 분도 있었다. 길 위에는 꼬마 전구가 반짝이고 가짜 트리들이 눈과 사탕, 지팡이와 반짝이들을 달고 서 있었다. 그들은 거리에도 상점에도 내 방에도 있었다. 사람들은 노래를 부르거나 가족영화를 보았다. 거리마다 집집마다 그리고 내 방에도 액션과 코미디와 아이들이 있었다. 교통사고도 있었다. 그녀는 다행히 죽음을 연장하지는 않았다. 그녀는 푹신한 침대와 눈부시게 하얀 시트 위에서 숨을 거두었다. 그녀에게 꼭 어울리게끔 모든 것이 청결하고 무결하였다. 곁에는 빠알간 포인세티아 화분도 하나 놓여 있었다. 그녀는 갔다. 내 손에 더럽혀지지 않고 그렇게 갔다. 서울 마의 1357 은색 르망승용차도 그녀에게 흠집 하나 내지 못하였다. 그녀는 상처 하나 없이 그렇게 갔다. 겨울을 맞으러 두텁고 촘촘하게 털갈이를 한 천사들이 틀림없이 그녀를 양쪽에서 호위하였을 것이다. 짖궂은 미소를 지으면서.

천사 만세. 언니 만세. 죽은 신들 만세.

안녕, 안녕 메리 크리스마스.

죽은 자들과의 대화

국어 선생님은 내게 그러셨다. 라틴어와 한문을 배워. 그럼 외롭지 않을 거다.

머리 좋고 진지한 죽은 자들과의 대화.

태극기가 바람에 펄럭입니다—여고 얄개2

내가 그 시점(時點)으로 돌아간 것은 누군가의 장난이었을 거야. 단지 자기 재산이 좀 불었다거나 어떤 시험에 합격했다는 이유로 신의 존재증명이 완료되었다고 할렐루야! 흥분하는 자들도 있지마는, 나는 그런 부덕한 비약을 범하기에는 신을 경배하는 축에 드는 게 아닌가 싶어. 그래서 나는 신을 끌어들이거나 하지 않고 '그저 누군가의 장난이었을 거다'로 이 얘기를 시작하기로 한 거지.

과거로 돌아가고자 그래서 어리석었던 인생 행로를 조금은 현명하게 돌려놓고자 하는 거야. 잘은 모르지만 누구나 한 번쯤은 꿈꾸어 보는 일이 아닐까. 다만 나의 경우, 그런 바람의 정도가 좀 심했었나봐. 남들처럼 내 꿈이 무시되지 않은 것을 보면. 그리고 아마 운도 따랐을 거야. 그런데도 내가 나의 행운에 충분히 감사할 수 없는 까닭은 내가 돌아간 시점이 좀 맹랑했다는 데에 있어. 나는 내가 과거에 소비해 버렸던 한 시간이 다시 주어질 것이라는 사실을 문득 알게 되었고 나름의 준비를 시작했지. 생각해 봐. 위험성 하나 없이 대박 주식을 살 수도 있는 거야. (지금도 흥분된다.) 나는 지나간 신문과 잡지 같은 걸 통해 가능한 한 많은 정보를 수집하려고 분주했고 묵은 일기장도 들춰보았고 부모님께 전화도 걸었어. 나는 생각했지. 하다못해 청혼을 하던 시점이라든가 대학의 지원학과를 결정하던 때로 가게 된다면 그럼 나는 그런대로 만족할 수 있을 텐데. 그러면 과거의 나는 현재의 나의 은혜를 입어 현재의 나보다는 좀 더 수월하게 삶을 꾸려가겠지. (그럼 현재의 나는 현재의 나보다 형편이 나아질까?) 그리고 복권 당첨 번호라든가 미리 마련된 모범 답안지 같은 걸 들고 잠시 시간을 거슬렀다 온다면야…….
그런데 문제가 두 가지 있었다. 첫째, 내가 다녀온 정확한 시점을 미리 알 수 없다는 것. 그리고 둘째, 한 시간이다. 한 시간은 내 운명을 좌우하기엔 너무 짧은 시간이 아닌가 말이야. 이런저런 생각에 몹시 골몰해 있는 와중에 나는 고등학생이 되어 버렸더군. 가을 운동회날이었어. 하늘은 푸르렀고 태극기가 바람에 펄럭였지. 햇볕은 좀 따가웠고 그늘은 싸늘했지만 풍선이 뜨고 스피커에서는 댄스 음악이 흘러 나왔어. 여기저기서 총소리와 함성이 터지고. 나는 같은 반 아이들과 섞여서 엉거주춤 앉아 있었어. 어떤 계집애들은 하도 빽빽거려서 나는 간간이 손가락으로 귀를 틀어막아야 했지. 하지만 나 또한 마음이 들뜨지 않을 수 없었어. 새로움인 거야, 온통. 학교에 갓 입학한 것처럼 내 신경은 막연한 기대와 불안으로 빳빳해졌지. 학교는 내가 기억하고 있던 것보다 작았지만 학생들은 훨씬 많았어. 교정이 육상 트랙만 빼고는 계집애들로 온통 뒤덮여 버렸으니까. 그리고 걔네들은 아아악 비명을 지르듯이 속닥거리고 있었어. 굉장한 수다였지. 다음 게임을 기다리는 아이들은 친구를 찾아 다니기도 했고 만나면 한데 뭉쳐 과장된 제스처로 서로의 우정과 호기를 과시하고 있더군. 내게도 함께 학교를 다녔던 친구 하나가 붙어 있었어. 그 친구는 말을 하면서 필요 이상으로 내게 바짝 다가들어서 나는 마음이 편치 않았어. 그 애를 우리의 관계에 비추어 적합한 거리로 돌려 놓으려 했지만 쉬운 일이 아니더군. 생각해 보면, 그래, 그때 우리는 그토록 붙어 다녔었나봐. 친하고 어쩌고는 중요한 게 아니었고. 중요한 건 우리가 붙어 있다는 그 사실이었나봐. 나는 그 친구와, 내게 등을 돌린 채 저희들끼리 떠드는 다른 무리의 계집애들에게 둘러싸인 채 옴짝달싹 못하고 있었어. 수다 사이에 꽉 끼여서 말이야. 그러니 생각을 모으려 해도 집중이 안 되는 거야. 너무 시끄러웠고 흥분이 되었고 뭐가 뭔지 알 수 없었고. 그저 하늘의 태극기와 풍선을 구별할 수 있을 뿐. 그러다 줄다리기 예선전이 잠깐 있었지. 내 쪽으로 줄을 잡아 당겨야 한다는 게 영 우습고 쑥스러운 일이 아닐 수 없더군. 그런 일은 은밀히 해야만 하는 것이 아닌가 말이야. 그런데 저렇게 많은 구경꾼들을 앞에 두고 싸우자! 이기자! 결의를 다진 후에 얼굴을 찡그리고 용을 쓰며 죽을동살동 내 쪽으로 잡아당겨야 하다니. 줄에 손을 얹고서 흉내만 내는 나 같은 아이들은 이미 몸의 각도에서 다른 아이들과 현격한 차이를 보였어. 그때 누가 내 다리를 차길래 돌아보니 "뭐해? 당겨! 당겨!" 몸을 땅에 눕히다시피 한 아이가 소리를 지르더군. "이 매국노!" 적어도 "회색분자!"를 바라보는 시선으로. 다행히 우리 팀이 승리였어. 와아아 함성이 터졌지. 그리고 다시 대기하는 시간. 모두들 한곳에 모여 유행가와 만화영화 주제가를 소리높여 부르는 시간이지. 하지만 나는 떨어져 나와서 나무 그늘에 혼자 앉아 있었어. 무엇을 해야 하는가 말이야. 나는 흙바닥에 낙서를 했지. 무 엇을 해 야 하 는 가. 내가 미워하던 선생을 찾아가 욕이나 진저리날 때까지 퍼부어 줄까. 그러나 그것은 약간의 연기력을 요할 거야. 그건 이제 얼추 묻혀 버린 감정이니까. 다시

퍼 올릴 필요가 있을까, 따위의 생각을 찍찍 긋고 장식도 하고 점을 찍었지. 몇 그루의 넝쿨 식물이 되었어. 그리고 곁에 '미션' 이라는 영문자를 여럿 그렸지. 나의 미션……. 그때 담임 선생이 나를 부르더군. 4백 미터 계주가 시작되려는 거야. 나는 반 대표로 두 번째 주자가 될 것이었지.

나는 매우 하얀 피부. 기다란 얼굴. 기다란 코. 지적으로 보이긴 했지만 좀 허약한 용모였어. 그래서 내가 비록 학교 운동회에서나마 계주 선수로 뛰리라고는 보통 생각들을 못하는 것이었지. 하지만 나는 아주 튼튼한 다리를 타고났다구. 장딴지도 단단했지만 무엇보다 허벅지의 근육은 특별한 노력 없이도 잘 발달되어 있었어. 여자축구선수의 다리였지. 그래서 적어도 50미터만큼은 나보다 빨리 달리는 아이가 없었다고 나는 생각해. 그리하여 나는 지난 운동회에 이어 이번 가을 운동회에서도 반 대표로 달리게 되는 것이었어. 그리고 다음 해 봄 운동회에서도 계주 선수로 뛰게 되었다는 것을 나는 알고 있지. 그러나 NO MORE. 성공한다면 이제 그렇게 되지는 않을 거야. 사소하나마 시간여행이 있었으니 나에게 이제 더 이상의 계주는 없을 거란 말이지. 그것이 바로 나의 임무였지. 사명이었어.

그것은 상식과 여섯 권의 노트에 대한 뒤늦은 반항이었다. 나는 이리저리 고개를 돌리며 물리 선생을 찾아보았지. 그의 모습은 보이지 않았지만 같은 반 대표들과 손을 잡고 파이팅!을 외치면서도 나는 그를 생각했어. 그의 수업방식은 독특했어. 그도 적고 학생도 적는 것이었지. 그는 자신의 노트를 칠판에 옮겨 쓰고 우리는 그것을 각자의 노트에 옮겨 쓴다. 그러면 종이 울리고 그는 나간다. 그것이 물리였고 그래서 아무도 그 과목을 좋아하지 않았어. 다들 물리는 따분하고 팔이 아프다고 생각했지. 그저 자주도 있는 노트 검사 때문에 뜻도 모르는 수식과 그래프를 그리고 있을 뿐이었어. 하지만 그 시간을 누구도 특별히 싫어하는 것 같지는 않았어. 물리 시간은 조용했고 아이들은 불쾌할 것 없는 반쯤의 최면 상태에서 기계적으로 팔을 놀리면 되었으니까. 깨어 있는 아이는 아마 나, 똑똑하려면 물리를 알아야 한다고 믿고 있는 학생과 그녀, 한 자 한 자 인쇄체보다도 더 똑바르게 글씨를 쓰고 자를 들고 반듯반듯 그래프를 그리는 것에 큰 강박과 행복을 느끼는 아이뿐이었을 거야. 그 아이는 도르래도 찍어 낸듯 반듯하고 동그랗게 그릴 줄 알았지. 그녀에게는 그 시간이 무척이나 창조적이었던 거야. 그럼 된 것이었어. 딱히 불만스런 아이는 없었지. 우리는 편안했어. 그런데 나는 손을 들었어. 물리 선생이 어떤 문제의 풀이로 칠판을 반쯤 채웠을 때였지. 나는 그게 너무 복잡한 풀이라고 느껴서 한참 동안 손을 들고 있다가 선생을 불러서 겨우 주의를 끌었지. 그가 뒤를 돌아보았을 때 나는 다른 방법이 있지 않겠는가 물었어. 그는 나를 불러들였고. 나는 분필을 잡고 단 몇 줄로 충분한 풀이를 칠판에 보였고. 뭐라고 입속말을 중얼거리며 선생은 한참 동안 내 풀이를 보고 있었고.

나는 미안한 마음이 들었고. 두려움도 있었고. 그에게 무례를 범한 것은 아닐까. 똑똑하기만 해서는 안 되는 거잖아, 왜. 예의 바르며 남의 마음을 배려할 줄 알고 모름지기 겸손해야 하는 거지. 그래서 한 말이었어. "전 그냥 상식적인 차원에서 푼 것입니다, 선생님." 뒤이어 벌어진 소동을 나는 정말 이해할 수 없었어. 왜 그는 시뻘건 얼굴로 수업 도중에 나가 버린 것일까? 왜 아이들은 나한테 야유를 퍼붓는 것일까? 나는 내가 물리학의 기술적(技術的)인 공식들을 사용하지 않고 문외한의 입장에서 풀었을 따름이란 것을 밝히고자 했을 뿐인데. 아니, 그것조차 아니었어. 내 풀이의 차원은 전문적인 당신의 차원보다 한참 낮으니 당황하지 마시고 안심하십시오라는, 내 말은 그런 예의상의 빈말이었지. 그런데 그 말에서 꽉찬 무례함을 보지 못한 것은 나뿐이었던 것 같아. 그들은 '상식적'이란 말을 '누구나 알아야하고 모르면 멍청이인'이란 뜻으로 쓰고 있었던 거야. 그래서 물리 선생은 어느 건방진 학생이 던진 당신은 멍청이야! 라는 모욕을 견디지 못하고 교실을 나가 버린 것이었어.

그 뒤 그는 노트 검사 때 내 노트에 각별한 주의를 기울였어. 그리고 흠을 잡아냈지. 벌이 내려졌고. 지난 학년의 노트까지 포함하여—제기랄, 지난 해에도 나는 그에게서 물리를 배웠던 거야—그 동안 필기한 것을 다음 주까지 모두 새로 작성해내라는 벌이었지. 내 표정을 뜯어 보는 그의 두 눈이 반짝반짝 빛을 내고 있더군. 그 학기의 마지막 시험 주간에 나는 여섯 권의 노트를 새로 베껴 가야 했던 거지. 안 그러면 물리는 빵점이라는 둥 내신성적이 어떻게 될 거라는 둥 그는 위협하는 것도 잊지 않았고. 똑똑해야 하고 똑똑한 사람들이 가는 대학에 가야 하는 학생에게 시험 기간이란 그것만으로도 큰 부담이 되는 그런 때였어. 그런데 그 무의미한 베껴 내기라니. 고민이 되었지. 그것이 가장 큰 괴로움이었어. 막상 결정을 내리고 나니 생각만큼 어려운 일은 아니더라구. 그저 누워서 잠을 잘 수 없을 뿐. 나는 반쯤 자면서 기계적으로 팔을 놀렸지.

기말고사가 끝난 날 새로 필기한 공책 여섯 권을 안고 교무실로 찾아가니 그는 나를 한번 흘끗 보더군. 그리고는 됐어, 가 라고 말했어. 그게 전부였어. 내 노트를 펼쳐 보기는 커녕 권수조차 세어 보지 않았어. 나는 그 공책들의 빨건색 표지를 보고 있자니 눈에 불이 붙는 것 같았지. 그것들을 학교 쓰레기장에 갖다버렸어.

우리 반 대표선수가 달려 오는 것을 보고 나는 서서히 달리기 시작했다. 내가 시간여행으로 교정할 나의 인생은 반대표 달리기 주자로서의 완주. 나는 이번엔 달리다 서버릴 것이고 그리하여 우리 반을 지게 하고 욕 직싸게 얻어먹고 더 이상 칭찬받는 모범생이 되지 않고 그러면 이 운동회가 끝나고 얼마 후에 있을 물리 선생의 부당한 벌에 나는 순응하지 않을테고 그러면 나는……. 내가 어떻게 변해 있을지…… 정말 흥분된다. 바톤이 터치되고 스퍼트. 나는 말처럼 달렸어. 또 달렸어. 그러다가 나는 섰지. 그것이 내가 바꿀 수 있는 나의 운명이었다. 나의 얼굴은 긴장과 자부심으로 특별한 모습이었을 거야. 나는 고개를 빳빳이 들었지. 그동안 나는 빛을 향해 죽을동 살동 기어가는 버러지처럼 당신들이 손짓하는 곳으로 기어코 갔었습니다. 내가 가닿으면 당신들은 나를 쓰다듬어 주었습니다. 착하다 똑똑하다 예쁘다 하였습니다. 모범이 된다 장래가 유망하다 하였습니다. 그리고 당신들이 다시 손짓을 하면 나는 또 그곳으로 가려고 바둥거렸습니다. 그러나 지금 나는 이렇게 서버렸습니다.

상식과 여섯 권의 노트? 이제 나는 노트를 제출하지 않는 거야. 그럴 만한 사람이 되는 거지. 누구나 알아야 하고 모르면 멍청이인 것들? FUCK YOU. 나는 눈을 감았어. 여행의 막바지에서 변변찮은 조약돌이나마 기념품으로 챙겨 넣는 심정으로. 추억을 급조하려고 강바람을 들이켜고 괜히 눈도 감아 보는 것처럼. 곧 끝이 날 이 순간, 나의 타임트래블을 기억하기 위하여. 하지만 겁도 조금 나더군.

이 순간 겁이 나지 않는다고는 말하지 않겠습니다. 나는 당신들의 험한 눈초리에 눈을 질끈 감아 버립니다. 아직도 계속되는 응원가와 함성 소리가 들리는군요. 나는 양팔로 무릎을 짚고 가쁜 숨을 고릅니다. 몇 미터 앞에서 내가 다가오기를 기다리며 스타팅 폼을 취하고 있을 세 번째 주자에게 미안한 마음도 있습니다. 그러나 어쨌든 나는 더 이상 달리지 않고 우리 반은 지독한 패배를 겪어야 할 것입니다.

그리고 이제 내 인생 행로는 급격하게 방향을 틀게 될 것이었어. 나는 그들이 가라고 한 쪽으로 가지 않을 것이고 그들은 나를 쓰다듬지 않을 것이고……

그때 누가 내 어깨를 건드리더군. 사회 선생이었어. "가슴이 아프니? 숨은 쉴 수 있어? 얼굴이 아주 백짓장이구나. 입술까지 퍼런데." 그는 나를 부축하려 들었어. 나를 담임하기로 되어 있는 선생과 나와 친구하기로 되어 있는 애들도 곧이어 달려오고. 모두들 내 심장에 이상이 있는 것으로 여기고 있었어. 아무도 나의 불온한 의도를 눈치채지 못하고 그들은 나를 양호실로 보냈지.

대부분의 시간 여행자들처럼 나도 내 과거가 이미 내 것이 아니라는 사실만을 확인하고 돌아온 셈이다.

어쨌든 그 모든 것이 결국은 역사의 도도함 탓 아니겠는가.

다음은 줄다리기 준결승이었다.

사랑의 추억

그와 나는 건달이었습니다. 우리는 사랑을 했습니다. 그런데 그 사랑은 너무도 지독했습니다. 우리는 다른 아무 것도 할 수가 없었습니다. 우리는 직업도 친구도 없었습니다. 이미 사랑만으로도 충분히 불행했지만 이 사정은 우리를 더욱 불행하게 하였습니다. 그 불행은 끝이 없어 보였습니다. 그리하여 우리의 관계도 끝이 난 것만 같았습니다. 우리는 한동안 만나지 못했습니다. 내가 그를 찾아다닐 때 그는 어디에도 없었고 그가 날 찾을 때 나 또한 아마 어디에도 없었을 것입니다.

그러던 어느 날 우리는 다시금 서로를 보게 되었습니다. 어느 식당에서 우리는 만났지요. 그것은 조금 야릇한 식당이어서 웨이트리스로 일하던 나는 꽉 끼는 청바지에 가슴을 내놓다시피 하고 있었는데 그가 테이블에 와서 앉았습니다. 그가 뭐라고 했는지는 기억이 나지 않습니다. 다만 우리는 기분이 상했고 나는 식당을 뛰쳐나왔습니다. 세상에, 대낮이었습니다. 나는 그런 식당이 대낮에 영업을 하고 있는 줄은 알지 못했습니다. 거리가 그토록 하얗게 빛나고 있을 줄은 정말 몰랐습니다. 나는 노출된 내 젖가슴이 부끄러워졌습니다. 거리의 행인들이 나를 곁눈질하며 지나가고 있었습니다. 그때 그가, 그러니까 내 애인이 외투를 들고 거리로 나왔습니다. 그는 내게 옷을 걸쳐 주고는 자전거를 끌고 걷기 시작했습니다. 나도 그를 따라 걸었습니다. 공원 담장을 따라 썩어 가는 실개천을 따라 우리는 걸었습니다. 앞서 가면서 그는 말했습니다. 나 자리 얻었어. 가정교사 자리. 돈이 꽤 돼. 그런데 갑자기 바빠져서 그런지 좀 피곤해. 나는 물었습니다. 몇 명이나 가르치는데 그래? 그는 대답했습니다. 저 하늘을 좀 봐. 대단하지? 이런 햇빛하고. 아무 생각이 안 나는데도 뭔가 생각이 많이 드는 것 같고. 몇십 년을 살아도 익숙해질 수가 없네. 대답 대신 딴전을 피우는 그의 특기는 여전하였습니다. 나는 말했지요. 잘 됐네.

그는 계속 자전거를 끌며 걸어 갔습니다. 나는 성기 부분이 아파왔습니다. 사실은 어제도 그리고 아까도 몹시 불편하긴 했었습니다. 참고 걸을 만은 했지만 그냥 좀 천천히 걷고 싶어졌습니다. 나는 어깨를 굽히고 다리를 쪼그려 붙인 채 조금씩 걸었고 그와 나 사이의 거리는 갈수록 멀어졌습니다. 하지만 그는 그저 계속 걸을 뿐이었습니다. 그러다 내 쪽을 돌아봅니다. 멀찍이서 어기적 걷고 있는 우스꽝스런 내 모습에 그는 역정을 냈습니다. 무슨 짓이야? 왜 그래? 나는 대꾸했습니다. 사타구니 쪽이 아파. 도대체 몇 명하구 했는데 그래? 자기는 몇 명의 학생을 가르치는지 대답하지 않고서 내가 몇 명하고 자는지를 알려 들다니. 나는 그의 오랜 애인이었는지라 그를 닮아 딴청을 부립니다. 나는 개천으로 시선을 돌렸습니다. 어쩌다 이렇게 썩어 버린 걸까요? 내가 어렸을 때 학생들은 새벽에 나와 도심을 가로지르는 개천을 청소해야만 했었지요. 선생이 집에 보내 주도록 우리는 청소를 열심히 한 흉내를 내야 했습니다. 그래서 나는 개천의 오물을 옷에 묻히곤 했었는데요. 그랬던 것이 나만이 아니었던 것 같군요. 이렇게 오염이 심한 것을 보면.

어느새 그가 다가와 내 앞에 섰습니다. 그는 나를 물끄러미 들여다봅니다. 눈부시게 하얀 대낮입니다. 나는 갑자기 목이 갑갑해졌습니다. 화도 났습니다. 눈물도 날 것 같았지요. 나는 말했습니다. 어떤 녀석들은 내가 몸을 판다구 그래. 그러면서 나를 동정해. 그렇지만 나는 서비스를 팔 뿐이야. 나는 돼지고기가 되는 게 아니라구. 나는 물었습니다. "우리가 사랑했던 게 맞지?" 그는 미소를 띤 채 대답하였습니다. "그럼."

우리는 이제 직업을 갖게 되었습니다. 친구도 곧 생길테지요. 그러니 우리의 불행은 이제 추억이 되고 말 것입니다.

멜로 아이덴티티1

어려서 어떤 영화를 본 적이 있다. 그 영화에서는 하나의 긴 장면 내내 아내가 남편에게 등을 돌리고 누워 있었다. 대낮이었는데도 그 여자는 누워 있었다. 그녀는 몸이 아픈 것도 아니었고 또 휴식을 취하는 것 같지도 않았다. 그 여자는 대부분의 시간을 그저 그렇게 모로 누워 지내는 것 같았다. 나에게 그것은 참으로 이해하기 힘든 것이었다. 대낮인데도 일을 하지 않고 누워서 시간을 보낸다는 것이. 그것도 그렇게 어두운 표정을 하고서. 모로 누워.

그녀는 내가 일하러 나가는 것을 참을 수 없었다.

그만 둬. 굶어죽어도 좋아. 그저 나랑 같이 있자구. 내가 재미있게 해줄게.

그녀는 나와 함께 있는 것, 그것만을 원하고 있었다. 나는 그녀가 두려웠다. 그녀는 너무나 필사적이었다.

간혹 그녀는 자신이 죽어도 내가 살아 나갈 수 있을지를 물어 보곤 했다. 그러기를 바라는 것 같기도 하고 네가 없으면 못 산다는 말을 원하는 것 같기도 했다.

그녀는 내가 직장에 나간다는 이유로 버림받았다고 느끼는 것 같았다. 그녀로서는 어떻게 사랑하는 사람과 한시라도 떨어져 있을 수 있는 것인지 이해하기 어려운 모양이었다. 내가 직장에서 돌아오면 그녀는 등을 보인 채 소파 위에 드러누워 있었다. 집안은 정리가 안 된 채였고 먼지만 곱게 쌓여 갔다. 나는 그녀가 낮에도 저렇게 누워 있으리라는 것을 알았다. 그것은 나를 몹시 우울하게 했지만 무엇을 어떻게 해야 할지 알지 못했다. 어느 날은 그녀가 사라져 주겠다고, 그것이 나를 위해 해줄 수 있는 유일한 일이라고 했지만 나는 농담으로 돌렸다. 왜 그랬는지 나도 모르겠다. 아마 겁이 났던 것이겠지. 그녀는 결국 집을 나갔고 그녀가 어디서 무엇을 하고 있는지 아무도 알지 못했다.

일과가 끝나갈 무렵 나를 만나자는 사람이 있었다. 복도에 서 있는 것은 처음 보는 외국인이었다. 눈이 크고 시커먼. 나는 어떤 표정을 지어야 할지 당황스러웠다. 그는 서투른 우리말로 안녕하세요 라고 인사했다. 우리말 약간과 영터리 영어를 섞어 우리는 겨우 의사 소통을 할 수 있었다. (나는 여기서 우리가 구사한 이개 국어를 한 나라말로 정연하게 그리고 우리가 구사하고자 의도했던 수준으로 만들어 놓는다.)

그는 나의 아내에 관해 할 말이 있다고 했으며 우리는 근처 레스토랑으로 갔다. 그는 방글라데시인으로 부천에서 공장노동자로 일하고 있다고 했다. 구사하는 어휘의 수준으로 보아 고국에서 대학은 나온 모양이었다. 전체적으로 아직 어린 티를 벗지 못했지만 이마에는 굵은 주름이 잡혀 있었고 몹시 거친 피부에 무엇보다 눈에는 핏발이 가득했다. 우연히 함께 버스여행에라도 동행하게 된다면 내 짐을 꼭 붙들고 긴장하여 졸지도 못하게 할 그런 얼굴이었다. 그가 자신의 소개를 장황하게 하는 바람에 나는 조심스럽게 그의 말허리를 자르고 내 아내를 아느냐 물었다. 그는 이해하기 힘들 거라고 그러나 세상에는 이해하기 힘든 일도 많지 않으냐고 하며 내게 마음의 준비를 시키려고 들었다. 그는 그 큰 눈으로 나를 진지하게 바라보며 성의껏 단어를 하나하나 골라냈지만 나는 벌써부터 그가 사기꾼 같다는 인상을 받았다. 짜증을 억누르며 나는 말했다.

글쎄 알았으니까, 무슨 말인지. 내 아내를 아세요?

내가, 뭐지? 그거예요. 당신 아내.

나는 그냥 일어설까 망설이다가 담배를 꺼내 물기로 했다. 픽 웃음이 나왔다. 그에 의하면 안 됐지만 내 아내는 죽었다는 것이다. 그러나 병원에도 못 가보고 공장에서 앓고 있던 자신이 대신 그녀가 되었다는 것이었다. 재미있어지고 있었다. 나는 내 아내라고 주장하는 스물네 살의 키 큰 방글라데시 청년에게 그녀에 대해 아는 게 무엇인지 테스트해 보기로 했다. 그녀가 다녔던 학교, 그녀가 좋아하던 음식, 그녀가 되풀이해 보았던 영화, 그리고 그녀가 가장 원했던 한 가지……. 그가 아는 것은 없었다. 오직 그녀의 이름과 내가 그녀의 남편이라는 사실, 그리고 나에 관한 몇 가지 정보뿐이었다. 그녀가 다녔던 학교조차 모르고 있는 것은 그가 얼마나 자신의 일에 불성실한가를 보여 주는 것이었다. 존중해 줄 만한 점을 한 가지도 찾을 수 없는 사기꾼이었다. 혹은 정신병자. 사실 그의 이야기가 계속될수록 그가 병자라는 쪽으로 내 견해는 기울었다. 그의 진지하고 열성적인 태도도 그렇지만 무엇보다 도대체 어떤 머리없는 사기꾼이 이런 넌센스로 사람을 속여 먹을 수 있다는 생각을 하겠는가. 내게서 우려낼 이익이 설사 있다 하더라도 말이다. 어떤 몹쓸 병이 그의 정신에 충격을 가해 이런 어리석은 믿음을 갖게 하고 부천에서 여기까지 그 먼 길을 오게 한 것일까. 그는 되풀이했다. 그가 갖고 있는 기억들은 대부분 예전의 자신이었던 방글라데시 노동자에 대한 것이지만 "올 아이 노우 이즈 아이 엠 허." 병 때문일 거라고 추측하면서도 내 기분은 그를 환자로 대우하고 싶어하지 않았다. 사기꾼 녀석 같으니. 어디서 소문을 듣고 찾아왔는지. 술기운을 빌어서라도 그를 흠씬 두들겨 주고 싶은 마음이었다. 그러나 그럴 수는 없는 일이었다. 왜냐하면 그가 비맞은 개처럼 처량하게 떨기 시작했기 때문이다. 이 음식점의 에어컨 바람이 그에게는 시원하지 않은 모양이었다. 그는 아픈 사람이었고 게다가 방글라데시인이었으니 말이다.

건물을 벗어나 밖으로 나오자 그는 어정쩡한 태도로 나를 바라보고 서 있었다. 타국에서 구부정한 어깨로 길 잃은 사람마냥 나를 보고 선 인간을 그냥 보낼 수는 없는 일이었다. 게다가 그의 셔츠는 너무 낡아 군데군데 올이 풀려 있다. 나는 어떻게 했으면 좋을지 몰라 일단 그에게 함께 걷지 않겠느냐고 제의했다. 우리는 걷기 시작했다.

한때 많은 배가 들락거리는 항구도시였으나 지금은 늙어 다른 할 일이 없는 어부들만이 고기를 낚는 부두. 대신 제지 공장을 비롯해 규모 큰 공장들이 들어서서 얼마 전까지도 술집과 여관들이 흥청대기도 하였다. 그러나 이제 공장들은 떠나가고 유흥가의 불빛도 하나 둘 꺼져가고. 쇠락. 그래서 어떤 이들은 이 도시가 주는 감정을 견디지 못하고 전보 발령만을 손꼽아 기다린다.

미니 스커트나 터질 듯 달라붙는 바지 차림의 여자애들이 두꺼운 화장을 쓰고서 쇼윈도에 떠오르고. 술주정을 하는 공장 직공들. 거들먹거리는 노조원들. 우리는 부두에 앉아 줄에 매달린 채 흔들거리는 고깃배를 바라보았다. 깜깜한 밤이라 바다처럼 보이지 않았고 작고 아늑한 무대 세트에 모조 배가 놓여 있는 것 같았다.

결혼하자. 그리고 사는 거야. 내가 벌면 충분히 먹고 살 수 있다구. 왜 그녀는 행복하지 못한 것일까. 우리 3월 말까지는 음식 생각만 하자구. 내일은 뭘 해 먹을까? 고추장에 소고기 다져 넣은 거 어때? 우리는 물론 싸우기도 했다. 우리 방금까지 싸웠던가? 이젠 함께 노래할 차례군. 정말 죽을거야? 내가 밀크 로션도 사줬는데? 나는 실패했어. 내 인생은 실패였어. 지루한 실패. 실패는 무슨. 알몸으로 태어나 하나는 건졌잖소. 웃음을 터뜨리다 식탁 위에 엎드린 그녀. 나는 손을 넣어 그녀의 눈가를 만져 보았다. 한쪽 눈만이 젖어 있었지.

느닷없이 울컥하는 기분이 들었다. 내가 널 사랑했다는 것을 알려 주고 싶다. 나는 거짓말이라도 했을 것이다. 그게 그렇게 중요한 것이라는 걸 알았더라면 백 번이고 천 번이고 기꺼이 했을 것이다. 그러나 사실 나는 너를 사랑했다. 그렇다고 생각한다. 네가 말하듯 너에겐 나밖에 없었다지만 내게는 다른 많은 것들이 있었다. 하지만 나는 그 많은 것들 중에서 너를 가장 좋아했다. 그렇다면 오히려 내가 더……. 너도 날 좀 생각해 줬어야 했다.

나는 그에게 내가 아내에게 하듯 해도 되는지를 물었다. 그래도 되는 건지 그도 모르고 있는 것 같았다. 그는 쭈뼛거리고 있었지만 나는 좀더 다가앉아 한쪽 팔로 그의 어깨를 감쌌다. 그러나 그의 몸은 몹시 찼고 무엇보다 그의 지독한 땀냄새에 나는 팔을 거두고 말았다. 다시 떨어져 앉기에는 쑥스러운 상황이었다. 우리는 어색한 채로 그대로 한참을 붙어 앉아 있었다. 몇 척의 고깃배에서 불빛이 깜박이고 습하지만 선선한 바람이 불어왔다. 그에게 색시집에 가겠느냐고 불쑥 물어 보았다. 그는 잠시 망설이는 것 같더니 좋다고 했다. 피식 웃음이 나왔다. 나는 지금 이 청년과 무얼 하려는 것일까. 이 기분에 비라도 내리면 나는 이 녀석과 하룻밤 잠자리까지 같이 할지도 모르겠다.

그녀의 기도

신이여, 그는 그저 세상의 많은 남자 중의 하나가 아닙니다. 많은 애인 중의 하나도 아닙니다. 제 모든 것입니다. 유일한 것입니다. 그래요, 그것도 인정합니다. 저 자신 아무것도 아닙니다. 그러니 아무것도 아닌 자의 모든 것도 아무것도 아닐 것입니다. 하지만 저에겐 어쩔 수 없이 제가 유일하고 유일한 저에겐 그가 유일합니다.……생각해 보십시오. 제게 당신이 내려 주신 게 무엇인가요. 초라한 외모와 엉터리 건강에 지독한 수줍음, 흠잡는 일에 골몰하는 이 머리통……아무도 날 좋아하지 않았고 그건 내가 봐도 너무 당연한 것이었습니다. 콩가루 집안, 가난, 그런데도 수그러들 줄 모르는 내 욕심까지. 나도 사랑받고 싶었고 존경받고 싶었고 유명해지고 싶었고 갖고 싶은 물건 다 갖고 싶었고 내 재주에 자부심도 가져 보고 싶었고 내 일에 정신없이 몰두하고 싶었고……나를 이해하는 어머니, 나를 키워주는 선생님, 나를 사랑하는 나……많은 것들을 바랐지만 당신이 제게 주신 것, 허락해 주신 것은 오직 그뿐이 아니었던가요.

그런데 그가 사라진 것입니다. 어디에도 없는 것입니다.

그래서 그러신건가요? 제가 너무 욕심을 부려서. 그래서 그를 도로 앗아가신 건가요?

멜로 아이덴티티2

정작 오한이 난 것은 나였다. 나는 다음날 사무실에서 덜덜 떨어 동료들은 나를 위해 에어컨 바람을 조절해야 했고 그래도 눈치없이 내 몸은 진정 되질 않는 것이었다. 점심시간에 식욕이라곤 없었다. 나는 약국에서 따뜻한 솔감탕을 한 병 사먹고 잠시 눈을 붙이려고 직원 숙사로 갔다. 이층으로 올라가 내 방문을 열자 가만히 벽에 기대고 앉은 방글라데시 청년이 보였다. 내가 그를 아직도 이렇게 긴 이름으로 부르는 것은 그가 자신의 이름을 가르쳐 주지 않았기 때문이다. 그의 이름을 물었을 때 그는 이미 잘 알고 있지 않느냐고 대꾸할 뿐이었다. 어젯밤 나는 망설이다가 그를 내 방으로 몰래 데리고 들어와 재웠다. 샤워장에서 몸도 씻고 가게에서 빵이라도 사먹고 있으라고, 하지만 열 시가 넘어 아무도 없을 때 나와야 한다고 그에게 말해 주고 나는 출근을 했었다. 이곳은 원래 외부인 출입이 금지돼 있기 때문이다.

그의 발 앞에는 빵봉지 몇 개와 우윳곽이 뒹굴고 있었다. 나는 머리가 얼얼할 정도로 춥고 졸렸지만 그를 데리고 나가서 뭐라도 사먹여야겠다는 생각이 들었다. 하늘은 여전히 찌뿌둥했다. 음식점으로 가는 길에 그는 자신의 기억이 조금씩 살아나고 있다고 그리고 아마도 방글라데시 청년으로서의 기억은 점차 사라지고 있을 거라고 말했다. 그는 그것이 자랑스러운 모양이었다.

점심시간이라 음식점이 다소 붐비고 있었다. 사람들은 우리를 쳐다보며 나와 동행한 이국인을 특히 눈여겨보는 것 같았다. 좌석에 앉고 주문을 끝내자 그가 물을 많이 마셨다. 얼마 후 요리가 상에 오르고 그는 참을성 없는 어조로 떠들기 시작했다.

알아요? 나는 자살한 거예요. (유 노우 홧? 아이 킬드 마이셀프.)

잠시 관심을 잃고 있던 근처의 손님들은 물론 멀리 떨어져 있는 카운터의 아가씨까지 우리를 쳐다보았다. 내가 눈치를 주자 그는 고개를 수그리고 목소리를 낮추어 말했다. 유어 와이프 킬드 허셀프. 그는 '아이' 대신 '유어 와이프'를 사용하기도 했는데 그것이 내게 더 설득력 있게 들린다는 걸 알고 있었다. 나는 이 집의 유명한 순두부 요리를 젓가락으로 뒤적이며 밥알만 씹었다. 그래, 나는 그녀가 죽는다면 그렇게 죽을 거란 걸 알고 있었지.

왜 너는 죽음을 두려워해? 그럴 것 없어. 죽음이란 우리가 삶보다 더 잘 아는 거야. 죽음과 우리는 잘 아는 사이라구. 게다가 이건 혼자가 아니라니까. 우리는 영원히 혼자가 아니게 되는 거야. 영원히 혼자일 수 없게 되는 거지. 외로움이 그리워질지도 모를 정도가 되는 거야. 우리는 그 어떤 위인도 이루지 못한 삶의 완성을 이루는 거라니까.

그녀는 동반자살에 나를 초대했었다. 강권했었다. 솔감탕도 효과를 내지 못하고 몸이 마구 떨려와서 나는 어깨를 웅크린 채 팔뚝에 돋아난 닭살을 손으로 문질러대었다. 그래, 나는 그녀가 만약 죽는다면 그렇게 죽을 거란 걸 알고 있었지. 왜냐하면 삶은 그녀에게 형벌이었으니까. 그녀는 우리집 거실에 있는 가죽 소파에 꽁꽁 묶인 채 신의 형벌을 받고 있었으니. 살면서도 대낮의 일과 저녁의 휴식을 모를 것. 애인을 곁에 두고도 외로움에 끝이 없을 것. 그 좁은 공간에 누워서. 그래 그런 식으로 죽지 않았다면 그녀는 아마 영원히 살아야 했을 것이다. 그러니 잘된 일인지도 모른다. 하지만 그녀의 죄목이 무엇이었는지 석연치 않다. 아마 그녀도 알지 못했을 것이다. 하지만 그녀는 수많은 자신의 죄목을 지어내고 고로 나는 이런 형벌을 받아 마땅하다고 자신을 타이르려 했겠지. 어려서 금지된 사탕을 훔쳐 먹은 죄, 길에서 뱀을 보았다고 거짓말한 죄……. 내가 아는 한 그녀는 그러했을 것이다. 그러고도 끝내는 자신의 형벌에 승복할 수 없었을 것이다. 그래서 일을 저지르고 만 것이다.

그는 그릇을 깨끗이 비웠다. 식사를 끝내고 밖으로 나오니 어제에 이어 오늘도 빗줄기가 오락가락 하는 날씨가 계속될 거라는 것을 알 수 있었다. 나는 잠이 너무 부족했다. 가는 빗줄기가 내 두피를 부드럽게 적시니 하지만 기분은 좋았다. 오한을 오히려 진정시키는 듯도 했다. 우리는 간이 천막 아래 들어가 자판기 커피를 두 잔 뽑았다. 점심시간이 거의 끝나가 시간이 빠듯했기 때문에 우리는 거기서 선 채로 마시기로 했다. 커피 타임의 아늑한 기분을 먼저 깨뜨린 것은 나였다.

내 아내가 죽을 때 혹시 누가 같이 있었습니까?

나는 그녀가 동반자살의 위업을 달성했는지 알고 싶었다.

그는 대답했다.

아니오. 하지만 사이렌이 울려 주었습니다. 내가, 그러니까 당신의 아내가 기도를 마치자 사이렌이 울렸습니다. 나는 생각했습니다. 세상이 내게 처음으로 경의를 표하는 순간이다.

그녀는 그렇게 생각했다는 것인가? 세상은 벌써 나의 죽음에 조의를 표하고 있다. 현충일 열 시처럼.

하지만 그건 아마 민방위 훈련 공습경보였겠지. 그렇다면 그녀는 그러니까 15일에 죽었다는 것인가? 15일 오후 2시경. 만약 그 달도 이번 달처럼 15일이 토요일이었다면 14일 2시였을지도 모른다. 방글라데시 청년은 그때 내내 앓고 있었기 때문에 날짜를 기억 못 한다고 했었는데.

사이렌 때문인가? 카페인 혹은 빗줄기 때문인가. 뒤늦게 정신이 번쩍 들었다. 나도 모르게 이 머리가 단단히 아픈 환자의 넌센스를 믿고 있었다니. 나는 그가 내 아내의 죽음에 대해 알고 있으리라고 어느덧 믿어 버린 것이었다. 역시 잠이 한참 모자랐던 모양이다. 내가 그에게 해주려고 준비해 두었던 말들이 이제서야 떠올랐다.

책을 하나 읽어 보라구. 나도 정확히 어떻게 설명해야 하는 건지 모르겠지만, 그 책을 읽은 지 오래되서 말이야. 하지만 분명한 건 너의 아이덴티티 의식과 네 기억들은 너무 맞지를 않아. 네 머릿속에는 내 아내의 과거가 없다구. 대신 한 방글라데시 청년에 대한 기억뿐이야. 그렇다면 자네는 그 청년이지 내 아내가 아니야. 아이덴티티라고 하는 것은 자기 이름이 무엇이며 어디서 근무하는 누구의 아내라는 믿음만 가지고 만들어질 수 있는 것은 아닐거야. 미국에서 베스트셀러였던 의학 논픽션인데 내 방에 있는 건 번역본이니까 영문판을 어디서 구해 보라고. 서울에 있는 큰 서점에 가면 팔텐데. 돈은 내가 미리 줄 테니까. 모자라면 나중에 더 달라고 하고.

나는 오전에 사무실에서 그 책의 영문 제목을 적어 두었던 쪽지와 함께 돈을 넉넉하게 그의 바지 주머니에 넣어 주었다. 부천이든 서울이든 차비로도 충분할 것이다.

잇 워즈 베리 나이스 미팅 유.

나는 자판기 앞 천막에 그를 남겨 두고 빗속으로 걸어 나왔다. 팔목시계를 보았다. 사무실로 서둘러 돌아가야 할 시간이었다. 하지만 나는 몇 발자국 떼지 못하고는 돌아섰다. 그는 겁먹은 소 같은 눈을 하고서 나를 바라보고 있었다.

그리고 혹시, 정말 혹시 네가 내 아내라면 나는 너에게 이렇게 말해 주겠어. 나는 너를 이해할 수 없었다고. 하지만 그게 내 죄라면 이건 너무 심하다고. 나도 이제 너를 용서하고 네게 감사도 하고 싶다고. 나를 더는 괴롭히지 말아달라고. 이런 장난을 쳐서는 안 된다고. 그렇게 말하겠어. 그리고 너를 사랑했다고.

빗줄기는 굵어지고 있었고 나는 사무실을 향해 뛰기 시작했다. 알아들었을까. 마지막 말이라도 영어로 할 것을. 후회가 되었다.

그녀의 일기

당신은 내가 아니다. 당신은 나를 알 수 없다. 당신은 내게 오락이다. 비디오고 오디오에 만화책이다. 시집도 되고 성경책, 처세훈이기도 하다. 당신은 그러니까 내게 구원(救

援)이자 아무 것도 아니다.

멜로 아이덴티티3

직원 숙소로 돌아와 방문을 열쇠로 열었으나 도리어 잠겨 버렸다. 낮에 문을 잠그지 않고 나갔던 것이다. 문을 열고 불을 켜자 낮에 앉아 있던 그 자리에 그 자세로 그가 앉아 있는 것이 보였다. 달라진 게 있다면 온 몸이 비에 젖었다는 것뿐. 빵봉지와 우윳곽조차 그대로 뒹굴고 있었다.

나는 화가 났다. 그 정도로 얘기하고 여비까지 두둑이 주었다면 비를 맞든 우산을 구하든 갈 길을 알아서 가는 것 정도는 해주었어야 하지 않는가. 그에게 손에 잡히는 대로 뭐라도 집어던지고 싶었으나 버럭 소리를 지르는 것마저 제대로 되지를 않았다. 영어로 번역하느라 머리를 쓴 짧은 순간에 화가 한 풀 꺾이고 서투른 표현을 뒤집어 쓰느라 어색해져 버린 것이다. 아웃! 절도있는 음절들이 마치 거수경례처럼 들릴 뿐이었다.

그는 다급한지 애걸조로 나왔다. 자신이 누구인지 점점 알게 되어 가니 시간을 달라는 것이었다. 그가 여자처럼 가냘프게 목소리를 꾸며내었기 때문에 더욱 화가 치밀었다. 나는 전깃불 스위치를 내리고 거칠게 방문을 닫았다. 저녁을 먹으러 식당으로 내려가니 당면이 퉁퉁 불어 있었다.

불을 켜자 그는 부신 듯 눈을 껌뻑거렸다.

아이 돈 필 아이 엠 유어 와이프. 밭 아이 노우 아이 엠 허.(나도 내가 당신의 아내라고는 느끼지 않습니다. 하지만 나는 내가 그녀라는 것을 알아요.)

나는 차갑게 식은 잡채가 올려진 밥을 그에게 내밀었다. 평소 나를 좋게 보던 주방 아주머니에게 부탁해서 얻어 온 것이었다.

그는 말했다. 기억이 회복되고 있으며 그에 따라 자신은 내 아내 얘기를 더 잘 해줄 수 있을 거라고.

내게 무슨 부양 의무라도 있는 것일까?

그가 밥 먹는 모습을 지켜 보며 생각했다. 아내 얘기를 매일 한두 개씩 듣기 위해 그에게 밥 한두 끼씩은 기꺼이 사줄 마음이 들어야 하는 것은 아닐까? 내가 아내를 사랑했다면. 아내는 어딘가 숨어서 내가 자신을 사랑했는지 알아보려고 이런 일을 꾸민 것은 아닐까. 그래서 이 자를 보내 내가 자기 얘기를 듣기 위해 대가를 지불하는지 주시하고 있는 것은 아닐까. 일부러 이렇게 무시무시한 외모를 지닌 자를 보내 자신의 얘기를 하나라도 더 들으려는 애틋한 마음으로 별로 아름다울 것도 없는 이국적 정취에 다른 인종의 땀냄새까지 내가 참아 내는가를 보려고 하는 것이 아닐까. 바보 같은 것. 그녀라면 충분히 그러고도 남을 것이다. 끝까지 나를 시험에 들게 할 것이다. 어떻게 해도 자신의 의심을 지울 수 없다는 것을 알면서. 아니, 그보다도 보잘것없는 한 인간의 사랑이란

게 대체 뭐 그리 중요한 것이냔 말이다.

비에 젖은 그의 옷이 보기에도 축축하여 불쾌하였다. 나는 옷이나 갈아 입자고 말하며 입을 만한 옷을 그에게 꺼내 주었다. 나도 파자마로 갈아입기 시작했는데 나도 모르게 어떤 상상이 들었다. 벌거벗은 그를 앞에 놓고 이리저리 돌려 보며 신체검사를 하는 것이다. 아내처럼 하얀 맹장수술 자국은 있는지 무릎에 흉은 졌는지 겨드랑이 털은 성긴지.

우리는 자리에 앉았다. 인종마저 낯선 사람이 나의 셔츠와 바지를 입고 나의 방에서 맞은편 벽에 기대고 앉아 있는 것을 보니 기이한 느낌이었다. 머나먼 이역(異域)에서 섞이고 제조되어 이어져 온 피가 이곳 이름 없는 소도시까지 흘러들고 내 앞에 고여 있는 것이다. 그러나 그것은 오늘 맞은 비로 희석되고 낯선 여자에 대한 지식으로 혼탁해져서 어쩌면 이제 더 이상 남국의 피가 아닌지도 모른다.

그에게 이제 무얼 할 것인지 묻자 그는 어깨를 으쓱할 뿐이었다. 갑자기 답답하고 미운 마음이 치밀었다. 그에게 꼼짝없이 걸려들었고 이미 많은 것을 잃었다는 느낌 같은 거였다. 이제 소중한 나의 밤까지도 잃어 버린 것은 아닐까. 그를 떼어 버리는 것이 비교적 간단한 일이라는 것은 나도 알았다. 그를 붙들고 부부의 일상을 위해 그의 항문을 아프게 해줘야겠다는 암시를 하는 것으로 아마 충분할 것이다. 그의 성적 취향이 남다르지만 않다면 자기가 내 아내라고 하는 주장이 얼마나 무책임한 것이었는지 그는 깨닫게 될 것이다. 자신이 원하는 게 무엇이었던가를 비로소 진지하게 묻게도 될 것이다. 그리하여 어쩌면 그의 병도 낫고 혹시 아내와의 계약에 의한 소행이라면 더 이상 이행할 수 없노라고 손을 떼고 말 것이다.

그러나 나는 그 간단한 해결을 뒤로 미루었다. 그저 오늘 하룻밤만이라면 그에게 혹은 그의 병이나 아내에게 놀아나는 것도 그리 나쁘지 않으리라는 생각이었던 것 같다. 나는 책꽂이와 벽 사이에 끼여 있던 노트를 꺼내어 먼지를 털었다. 그리고 탁상 램프를 켰다.

그녀가 일부러 두고 간 것일지도 모르는 일기였다. 나는 이 일기를 일찍이 발견하였으나 대충 읽고 처박아 두었었다. 그녀의 마음을 들여다보는 일만큼 두려운 일은 세상에 없었다. 그런데 나는 지금 그것을 소리내어 읽고자 하는 것이다. 그가 주장하는 바에 따르면 그가 누구인지 그에게 가르쳐 주려는 것처럼.

1월 17일. 나의 방주(方舟). 그곳에서 당신을 보살펴 드리겠어요.

"자네, 노아의 방주 아나? 노아의, (나는 한영사전을 꺼내 뒤적였다.) 에이 알 케이. 노아즈 아아크." 그녀에게는 방주가 있었다. 그곳에는 몇 종류의 동식물이 구비돼 있었고 파리나 벌은 초대받지 않고도 수시로 탈 수 있었다. 그리고 그녀 외에 그 배에 승선이 허락된 유일한 사람이 나였다.

1월 22일, 그녀는 적었다.

배에 홀로 타고 있던 외로운 짐승들도 곧 짝을 맞이하리라.

그리하여 꽃나무는 열매를 매달고 개도 새끼를 낳고 잉꼬와 열대어도 그러할 터이지만 그러나 우리는 호모 사피엔스를 대홍수 이후까지 보존할 수는 없으리라. 나의 방주 위에 서라면.

마지막 일기는 3월 24일 그가 사라졌다, 라고 적혀 있다. 자신이 가출하며 내가 사라졌다니.

나는 그 일기장을 잡고 흔들어 보았다. 반쯤 뜯어져 나가고 여기저기 지워진 얄팍한 노트. 미친 마음을 들여다보는 일만큼 두려운 일은 세상에 없다. 나는 나를 쳐다보고 있는 청년에게 진심으로 충고해 주고 싶었다. 방글라데시 청년의 기억을 꼭 붙들고 있는 편이 백번 나을 거라고.

그러나 내 입에서 나온 말은,

너 정말 나 좋아해?

그는 고개를 끄덕이고 또 끄덕였다.

너는 내가 좋아하는 유일한 사람이야.

신은 언제쯤 내 아내를 용서하실까?

눈물의 천재

그는 이복형제와 아버지로부터 구박을 받았다. 어머니는 쫓겨나 읍내의 술집 작부가 되었다. 그의 갈라진 손등은 눈물로 시려웠다. 먹고살 만했지만 아버지는 학교 월사금을 주지 않았다. 그는 김밥 냄새를 따라 어느 관광버스에 올라탔다. 그리고 고향을 떠났다. 짜장면, 갈비집, 구두닦이…… 많은 일들을 했다. 그의 고용주들은 동화에 나오는 나쁜 사람들처럼 지독스러웠다. 그는 견딜 수 없어 플라스틱공장에 취직했다. 국민학교도 못 나왔지만 중졸이라 속였다. 아가씨를 만났다. 가난했지만 착하고 싶어하는 여자였다. 그들은 가끔 다방에 가서 커피잔을 오래도록 만지작거렸고 신성일과 엄앵란의 결혼에 반대했으며 다방 아가씨에게 이 곡이 뭐냐고 물으면 찌고이네르 바이젠이에요 라는 대답을 들었다. 다음에 다방에 가서도 아가씨, 찌고이네르 틀어 주세요. 그리고 그는 말했다. 제가 무식하다는 거 아시죠? 그래도 저를 좋아하실 수 있겠어요? 그는 여자가 중졸이라는 것이 마음에 걸렸다. 그래서 자신도 검정고시를 보아야겠다고 생각했다. 밤을 새워 공부했지만 학벌란을 허위로 작성한 것이 들통나 그가 중졸자가 되기 전에 공장에서 쫓겨나고 말았다. 여자도 항의하다가 함께 해고를 당했다. 여자의 언니에게 사정하여 얻어낸 목걸이를 전당포에 잡히고 방을 얻었다. 둘은 동거를 했다. 그는 여자를 안고 말했다. 사람 몸이 따뜻해, 그치? 그러나 일자리는 구해지지 않고 목걸이 저당기한은 지나 버렸다. 여자의 언니는 목걸이 때문에 난리를 피웠다. 그는 목걸이를 찾아오려고 거리를 배회했다. 오만 원만 구할 수 있다면. 오만 원만.

라디오와 함께 하루가 시작되던 때가 있었다. 세상에는 테레비도 있었지만 자신이 중산층이라고 믿고 있던 사람들은 세상 사람들이 모두 라디오를 듣는다고 생각했다. 그런데 내가 마루치 아라치를 듣고 있던 어느 날 한 남자가 죽임을 당하고 여자가 그의 아이를 낳는 일이 있었다. 저녁이면 가족들은 모두 모여 라디오로 인기리에 방송되던 사형수 야화 시리즈에 귀를 기울였다. 남자들은 눈을 붉혔고 여자들은 훌쩍거렸으며 아이들은 울음보를 터뜨렸다. 그도 사형수였지만 그 때 세상에는 수백 명의 사형수가 항상 대기 중이어서 그의 얘기는 방송 차례를 맞지 못하였다. 그래서 나는 그가 죽었다는 것만큼이나 그가 살아 있었다는 것도 알지 못했다. 알았더라면 나의 오빠가 무술영화에 열광하여 협객들의 흉내를 낼 때 나는 테레비를 훔치다가 사람을 죽인 소심하고 머리 나쁜 도둑에 대해 눈물을 흘릴 수 있었을 텐데.

사람들은 눈물을 경멸한다. 그리고 눈물 대신 검이나 총으로 표현하기를 금하고 또한 권한다. 그는 짧은 인생에서 많은 눈물을 흘렸다. 그리고 총이나 검은 쓸 줄 몰랐다. 그가 한 일이라곤 훔치던 테레비로 사람을 밀어 넘어뜨린 것이었다. 테레비로 사람을 죽인다는 것에서 무슨 재미를 읽을 수 있는 것도 아니었다. 그리고 그는 옛날 이야기에서만큼 지독스레 착하고 불운한 사람이었다. 그래서 나는 몇십 년 후 그의 이야기를 들었을 때 기이한 느낌을 받았다. 그것은 콩쥐팥쥐 같다가 인어공주 같아진 이야기였다. 누군가가 그의 얼굴을 판판하게 깎아 버리고 그를 동화에 집어넣어 버린 것이었다. 그리고 그것이 비극으로 치달을 때에도 그는 그만 빠져 나오지 못하고 만 것이었다. 그리하여 그는 아무도 멋지게 생각하지 않는 주인공이 되어 칭얼대는 아이의 머리맡을 넘보다가 아이를 재우는 일마저 하지 못하고 어쩌다 내 귀에까지 흘러 들어온 것이다. 이봐요, 형씨. 나는 이제 그런 얘기에 눈물을 흘리기에는 너무 커버렸다구요. 하지만 뭔가를 해주고 싶구만요. 당신 얘기에 일부를 보태드리는 것은 어떨까. 대통령이 무슨 정치적 계산에 의해 특별사면을 내릴 필요를 느끼게 된다거나 정의감으로 가득찬 변호천사가 등장한다거나 당신이 몇 년 간 파놓은 구멍으로 탈옥에 성공하고 그 구멍은 김지미 사진으로 가려져 있다거나 그런 얘기는 아마 아닐 거예요. 당신을 더욱 착한 사람으로 당신의 불운을 더욱 기가 막힌 것으로 만드는 그런 것도 아닐테구. 뭐 별로 변하게 하는 것은 없을 거예요. 약간의 미화라면 미화라고 할 수도 있겠지만 대단히 그런 것은 못되겠고. 그저 영웅담이 사람들 사이에서 흘러다니다 약간 더 영웅적이 되고 무서운 이야기가 조금 더 무섭게 슬픈 이야기가 좀더 슬프게 되기도 하는 것처럼 또 그러다가 그렇지 않게도 되고 사라지기도 하다가 다시 생겨나고 그러는 것처럼.

그녀는 버스가 흔들리는 대로 흔들리고 있었다. 잠결에 앞자리에 앉은 두 청년이 떠드는 소리가 들려왔다. 왜 천재들은 일찍 죽냐고? 서른 안팎에 다 죽어 버려서 마흔을 넘기기도 힘들잖아. 여러 사람의 이름이 그들의 입에서 흘러나와 그녀의 선잠을 스쳤다. 그렇게 많은 사람들이 죽었단 말인가. 어린 나이에. 그 사람들의 처자들은 어떻게 되었을까. 많이 슬펐겠지. 그리고……. 자다 깨다를 반복하며 그녀는 무거운 눈꺼풀을 들어올리려고 애를 써보았다.

면회는 시작되고 그녀는 울고 있는 그의 뺨을 손으로 닦아주듯 철조망 안에 손을 넣어 유리벽 위를 문질렀다.

울지 마. 천재들은 일찍 죽는다잖아.

그러자 그가 충혈된 눈을 찡그리며 웃었다.

천재? 무슨 천재? 일찍 죽는 사람은 다 천재야?

나한테 자기는 천재야. 눈물의 천재.

그녀에게 천재는 복면도 하지 않고 들어가 코드도 뽑아 들지 않은 채 테레비를 훔칠 수도 있는 것이었다. 그리하여 그 코드가 주인의 얼굴 위를 스쳐 지나가도록 하고 그리고 천재는 치사와 살인을 구별할 줄 모르고. 결국 천재는 누구도 기죽이지 않고 다만 그녀를 울게 하는 것이었다.

너의 진실2

너는 그의 입술이 들척이는 것을 바라본다. 그의 입술은 너더러 진실만을 말하라 한다. 그것은 네가 환상을 꾸며낸다 한다. 허나 너는 네가 보는 것을 말할 뿐. 너는 가로로 길게 찢어진 그의 붉은 입술을 쳐다본다. 그의 심장은 저토록 용이하게 피를 뿜어 올리고 신진대사는 활달한데 그는 어쩌다 눈이 멀었는가.

허연 입술을 가진 너. 모욕을 당한 너. 너는 무엇을 해야 하나. 얼굴을 찡그리며 격하게 슬퍼하여 가슴팍께서 입술까지 모처럼 핏기를 돌게 할 것인가. 아님 그의 가슴을 곱게 난도질하고 네 입술에 난한 파티 화장인 양 선홍 혈색을 찍어 바를 것인가.

태곳적 어느 무책임한 돌연변이가 말 같은 소리를 질러 이렇듯 너를 벌주고 있는가.

그렇다. 말이여, 바른 대로 말하라. 보지 못하는 자들이 본 것을 말하도록 하는 게 바로 너인가. 세상 장님들이 모두 스스로를 보는 자라 칭하며 시력이 유별났던 목격자를 흠모하고 그들의 증언을 읊조리도록 하는 것이 네가 아닌가.

왜 말은 보지 못하는 자에게 본 것을 말하도록 하는가.

미안, 나는 묻는다.

그런데, 누가 보는 자인가?

누군가 너를 보았다고 했다. 남의 가방에 손을 집어넣는 너를 보았다고 말했다. 그리하여 사람들은 안다고 떠들었다. 네가 손버릇이 나쁜 아이임을 이제 안다고, 이제야 알겠다고 분한 듯이 내뱉었다. 그리고 그들의 수는 재빨리 불어났다.

놀라운 일이었다. 말쑥하고 모범적인 너를 이렇게 중상할 수도 있는 것인가, 세상이? 비록 네가 곁에 앉은 네 짝을 때리고 울린 적은 있으나 그 아이는 코도 닦을 줄 모르는 불결한 바보였던 것이다. 그러므로 누구도 이때껏 네 이력에 작은 흠집조차 내지 못했던 것이거늘.

누군가 너를 보았다니.

너는 아니라고 했다. 그런 적이 없다고 했다. 누군가 잘못 본 것이겠지, 선생은 말했다. 그러나 한 번 보기나 하자. 그는 미안한 표정을 지었다. 네 가방으로 손을 가져가며 선생은 네 머리를 슬쩍 쓰다듬어 주었다. 이건 형식적인 거야, 그는 한껏 미소도 지었다. 그런데 교과서와 몇 권의 공책, 수첩, 그리고 간식용 빵 하나와 함께 나온 것은 미제 탱크 모형이었다. 그리고 그것은 아직 너의 것이 아니었다. 너는 선생의 얼굴에서 경악이라는 단어를 이해했다. 너는 눈을 감았다.

네가? 네가? 정말 네가?

너를 아는 체했던 모든 사람들이 네 어깨를 치면서 혹은 일그러진 얼굴로 캐묻기 시작했다. 너의 아버지는 지역 유지신데, 설마 네가, 그렇지 않지? 아니지?

너는 붓펜을 한 자루 샀다. 그리고 적었다.

부모님 전상서.

저는 도둑질을 하지 않았습니다. 죽음으로 맹세컨대 그런 일은 없었습니다.

그날 네가 선택한 아버지의 넥타이가 너무 낡은 것이었다고도 하고 그날따라 저녁 약속이 취소되어 부모가 일찍 귀가한 덕분이라고도 사람들은 말한다.

지역 유지인 네 아버지는 여느 때처럼 머릿속에서 잘못된 논증을 수행하고,

그깟 장난감 하나랑 목숨을 바꿔?

병상에 기댄 네 뺨을 후려친다.

며칠 후 교무실에 불려가자 선생은 말한다. 나는 너를 믿었다. 그럴 필요는 전혀 없는 것이었다.

우리가 오해했구나, 사과하는 이들도 있었다. 네 가방에 남의 물건을 집어넣어 너를 모함한 자를 찾으려는 시도도 있었다. 성과가 없었지만 사람들은 너를 격려했다. 그들은 말했다.

살다 보면…….

이 일은 앞으로 네 인생에 큰 보탬이 될 것이다, 라고 교장은 말했다.

어머니는 말했다.

세상의 절반은 도둑이라고 보면 돼. 너는 그것들에게 피

해를 입지 않도록 단단히 너를 단속해야 한다.

아버지는 학교에 가서 화를 냈다. 가정부는 네게 맛난 푸딩을 만들어 주었다.

모든 것은 제자리로 돌아갔다. 아이들은 네게 장난을 치고 떠들어대고 산수 문제를 물어보기도 하였다. 그러나 하나의 시선이 남아 있었다. 그것은 여전히 곱지 않게 그리고 갈수록 얼어 붙는 매서움으로 너를 대했다. 그리고 그것은 왠지 온종일 너를 따라 다니는 것만 같았다.

내가 한 짓이 아니야. 너는 그 아이에게 말했다.

그러자 그 소년은, 나는 보았어 라고 응수했다.

네가 남의 가방에 손을 넣는 것을 보았다고 너의 모든 것을 본 것인 양 굴다니.

그럼에도 너는 뻔뻔한 그 아이의 눈을 계속 마주할 수가 없다. 고개는 수그러들고 너는 책상 위에 손가락을 대고 나무 무늬를 따라 그려 본다.

정말 나는 그런 짓을 하지 않았다. 나는 남의 가방에 손을 넣고 탱크 모형을 꺼내어 내 가방에 넣은 적은 있지만 그것은 결코 사람들이 말하는 그런 나쁜 짓은 아니었다.

너는 그저 그것을 갖고 싶었을 뿐. 그러나 대단히 갖고 싶은 것은 또한 아니었다. 그것은 네가 가지고 있으면 좋을 만한 것이었으나 없는 것보다는 나을 뿐, 돈을 주고 살 만한 것은 또한 아니었다. 그리하여 너는.

그래, 너는 남의 가방에 손을 넣으며 스릴을 느꼈지만, 누가 보고 있는지 주위를 둘러보기도 했지만, 그러나 너는 남들이 말하는 그토록 수치스럽고 분노할 만한 짓을 한 것은 아니다.

그러니 네가 한 것은 금지할 만한 짓이 아니었으며 범할 만한 것도 아니었다. 그것은 사람들이 말하는 "도 둑 질"이 아니었다. 네가 죽음 앞에서 맹세했듯이.

너는 너의 진실을 되찾았다. 그리하여 너는 말한다.

그래? 네가 잘못 본 거야.

너는 이제 그 아이의 눈을 똑바로 쳐다본다.

그 아이의 동공은 부풀어 오르고 습기가 차올라 조금은 울고 있는 것 같기도 하다. 그러나 그의 입꼬리는 치켜 올라가고 그가 입을 열 때 너는 아이의 입 안에 가득 고인 침을 마주한다.

그래?

하고 아이는 말한다.

그것은 물론 질문이 아니다. 씁쓸하게도 그에게 그것은 진실이다.

그것은 결코 너의 진실이 아님에도 그는 말할 것이다. 자신은 보았다고. 네가 불결한 도둑임을 보았다고. 그리고 그는 네가 사악한 거짓말쟁이임도 마저 보았다. 그러므로 그것은 그에게 무덤까지 지니고 갈 진실이 될 것이다.

왜 말은 보지 못하는 자에게 본 것을 말하도록 하는가.

너는 그것이 못내 서러워 눈물이 나오려고 한다.

아이디얼리 리얼

하지만 진실은 단순한 것이다,

라고 그는 말한다.

목격자의 한없는 경멸의 눈빛을 너는 동요 없이, 마치 떳떳한 듯이 받아낼 수 있었는가?

그렇다면 너는 진실을 말한 것이다.

그러나 이 테스트를 통과하지 못한다면, 너는 뉘우침 없이 변명마저 지어내는 교활하고 불결한……

그는 자신의 시선 앞에서 고개를 수그리고 책상 위를 내려다보던 너를 아직 기억하고 있다.

너는 왜 배우지 못했는가. 이 세상에 도둑질할 만한 것은 없으며 거짓말할 만한 것은 더더욱 없다는 것을. 가르쳐 줄 사람이 한 사람도 없었단 말인가, 네 주변엔?

불쌍한 자식. 목격자는 생각했다.

그러나 그가 할 수 있는 일은 너와 상종하지 않는 것뿐이었다.

그는 손가락이 하나 없다. 그는 너와 다니던 초등학교를 졸업하고 조금 더 자라 전쟁까지 치루어 본 것이다. 그리고 오늘 그는 한 전쟁 영화의 자문을 맡는다.

필름 속의 전쟁이 자신이 체험한 바와 같은지 묻는 감독의 질문에 그는 잠시 망설인다. 그러나 아주 잠시 후 그는 대답한다.

예에, 물론이죠. 정말 리얼하군요.

정말 리얼하군. 다만 총은 지나치게 명중을 잘하고 사물은 보다 천연색이고 사람들은 조금은 더 잔인하게 죽지만.

어쨌거나 이렇게 말할 수는 없는 일이 아닌가? 제가 다녀온 진짜 전쟁은 이것보다는 덜 끔찍한 편이랍니다. 병사들이 총알받이가 되기 전에 큰 배가 와서 몇 방은 미리 쏴주구요 또 사실 우리가 분주히 움직이는 한 총알이 저렇듯 금세 와서 박히지는 않더라구요.

하지만 망설임 끝에 정직한 그는 말한다. 전쟁은 이 정도까지는 아니더라고.

그러자 감독은, 남의 생채기를 경험하기 위해 우리는 다리의 절단이 필요한지도 모르지 않습니까, 라고 말한다. 그렇다면 이 감독의 영화는 아이디얼리 리얼한 영화가 될 것이다.

아, 예, 그러고 보니 그렇군요.

그는 맞장구를 친다.

탕아, 돌아오다

옛날에 어떤 여자애가 있었어. 그 애의 모친은 사려 깊게 그녀를 교육시켰지. 그녀를 소설 나부랭이로부터 격리시키고. 대신 어머니는 그녀에게 과학의 세계를 보여준다.

그녀는 아름답고 단순한, 행복한 여인으로 성장했어. 그런데 어느 날 그만 소설 파우스트를 읽고 말지. 그녀는 머리가 복잡해지고, 결국 그녀는 쓰러진다.

연애 감정, 죄의식, 부적절한 비유, 답이 없어도 되는 의문들, 모든 것을 아는 체하며 또한 모든 것을 알고자 하는 양……소설로 세상을 본다는 것은.

너는 사람들이 소설가가 되려고 하지 않는 이유를 도무지 이해할 수 없었다. 소설을 쓴다는 것, 그것이 무언지 모른단 말인가, 사람들은? 소설을 쓴다는 것은, 그러니까……너도 그것이 어떤 것인지 정확히 짚어 말할 수는 없었지만, 그것은 아마도 사는 것. 그리고 아마도 가능한 삶을 모조리 사는 것. 모든 것을 경험하는 것. 그리고 기록하는 것. 그러면 그 기록은 그것이 진실이 아니라면 어떤 것도 진실일 수 없는 그런 것이 되는 것. 너는 대통령이나 간호사가 되고자 하는 친구들을 이해할 수 없었다. 어떻게 삶의 일부만 살고자 한단 말이냐, 너희는. 세상의 일부로 족하단 말인가, 너희는?

네게 글을 쓴다는 것은 인생을 사는 유일한 방식이었다. 인생을 사는 유일한 방식은 옳게 사는 것이고 옳게 사는 유일한 방식은 글을 쓰는 것이었다. 글을 쓴다는 것은 사람이 벌이는 수만 가지 행위 중 하나가 결코 아니었다. 매년 학교 선생님들은 너를 못살게 굴었다. 커서 뭐가 될래? 장래 희망은? 저는 아무 것도 되고 싶지 않아요, 선생님. 저는 그저 인생을 사는 유일한 방식으로 살게 될 것 같습니다.

선생님, 저는 삶을요, 언젠가는 썩어 버릴 살점을 제하고 모두 제하고요 남는 삶을 볼 거거든요. 남는 것은 아무 것도 없다. 그래서 저는 아무 것도 없다고 이야기할 거거든요.(속으로만요). 이제 살점들을 붙인다. 사랑, 미치광이, 추녀, 증오, 외판원, 산들바람, 빨래 그리고 기타의 선율을 이야기한다. 사소한 말다툼, 어린애 같은 장난들도 이야기한다. 여기서 제가 꾸며내는 것은 정말이지 아무 것도 없거든요. 네 이야기가 이 세상 미치광이 수를 하나 더 늘리지도 않고 추녀의 수, 외판원의 수도 마찬가지일 것이다. 빨랫감도 더 많아지지 않고 사랑과 증오는 있을 수밖에 없는 곳에 있을 것이고 산들바람도 불던 대로 불 것이다. 혹 네 이야기로 인해 누군가 기타의 선율을 좀 다르게 듣는다면? 싫진 않지만 말이죠 그걸 바라고 있는 것은 또한 아니거든요. 사람들이 이러한 너를 칭찬하지 않는다면 그것은 너무도 당연한 일일 것이다. 너는 더 나은 삶, 더 멋진 삶, 더 야무진 삶을 살고 있는 것이 아닐테니. "저는 그저 유일한 삶을 살고 있는 것일테니까요."

선생님, 저는 글을 쓰겠습니다. 구걸해서 먹고 살면서요.

너는 간혹 생각했던 적이 있었다. 왜 그 세계는 나를 버린 것일까? 내가 떠난 것일까? 그럴 리가 있을까? 누가 그 확신과 결의의 세계를 스스로 떠나고자 할까? 세상에는 오로지 유일한 길이 하나 나 있었다. 네가 해야 하는 것은 그 위를 걷는 일뿐이었다. 가다보면 슬픈 일도 있었을 것이다. 그러나 다른 길은 없다. 그렇다면 너는 그다지 슬프지 않을 수도 있었다.

너는 구걸도 하지 않고 글쓰는 사람도 되지 않았다. 유일한 삶을 통째로 살려는 소망은 이제 네게도 웃음거리가 되고. 소설책 따위를 거들떠보지 않은 지는 이미 오래. 이야기하고 글을 쓰는 일은 세상의 한 부분, 조그맣고 구석진 한켠일 따름이다. 그리고 길은 없거나 있다면 무수히 많다. 그래서 매순간 너는 망설인다. 사람들은 길을 잃었다고 네게 조언을 해준다. 그러면 간혹 너는 소리를 지르고 싶어진다. 길 따위는 상관 없다고. 그냥 걷고 싶다고. 무턱대고 걷고 싶을 뿐이라고. 그래서 너는 연애 편지를 쓴다. 작은 사업도 한다. 연애 편지의 한 글자 한 글자를 멋들어지게 장식도 하고 작은 사업은 조금 더 크게 만들기도 한다. 그러나 하나의 장식과 하나의 만들기가 끝나는 날 세상은 왜 그리 연애 편지와 작은 사업들로 넘쳐나는 것일까? 세상에는 너무 많은 심장들이 제각기 뛰고 세상에는 무수한 혀들이 자신의 언어를 구사하고. 줏대없는 너의 심장은 모든 심장과 나란히 뛰고자 한다. 모든 언어를 구사하고자 너의 혀는 마비되고.

언제부턴가 이야기가 너를 따라다니기 시작했다. 너는 떨쳐 버리려고 머리를 흔들었다. 아무 버스에나 올라타기도 하고 서둘러 찻집에 들어가 버리기도 하였다. 그러나 이야기는 집요했다. 너는 말했다. 이야기? 그런 것은 불필요하다. 득이 되지 않는다. 무엇보다 진실이 아니다. 너는 오늘 보내야 할 팩스와 납품 준비에 대해 생각하려고 한다. 최종 테스트, 매뉴얼 수정. 월화수목금토일. 납기. 구백을 채워라. 이야기라니. 옛날 어디에 무슨 일이 있었다구?

어머니가 죽었다. 글도 제대로 읽지 못했던 어머니. 하지만 끝도 없이 이야기를 지어내던 어머니가. 진실? 정직? 재미있는 이야기 외에 아무 것도 없었던 어머니.

그녀가 네게 등을 돌리고 누워 있을 때 너는 알고 있었다. 그녀의 머릿속은 자신이 지어낸 이야기로 빼곡히 들어차고 지금 그녀는 그 중 재미난 얘기를 꺼내서 읽고 또 읽고 덧붙이고 그러고 있다는 것을. 담장 대신 마당에 금을 그어 놓고 살았던 사람들의 전쟁 비극, 이웃집에 살았던 기괴한 목소리의 아낙 때문에 겪게 된 슬랩스틱 익살극, 그리고 이씨 왕조의 핏줄이 어떻게 자신에게까지 이어졌는가에 관한 피의 수난 사극. 사람들은 어머니를 좋아했다. 실없는 사람이라고는 생각했어도 거짓말쟁이라고는 누구도 생각지 않았다. 당신의 아들만이 오로지 당신을 욕되게 하였다.

어머니, 도대체 뭐가 그렇게 재밌으세요? 내가 당했다구요. 쓰러지고 있다구요. 네가 가장 밑바닥에서 술잔을 기울이며 위로받고자 할 때 어머니는 방글방글 웃으며 말했다.

그 경험을 글로 써보지 그러느냐고. 제목은 무슨 무슨 체험수기라고 달면 되지 않겠느냐고. 어머니, 이건 이야기가 아니라구요. 제가 지금 겪고 있는 거라구요! 후려갈기고 싶었다. 어머니를.

슬픈 이야기도 짐짓 미소 짓고 주절대던 어머니. 그녀가 웃지만 않으면 살 것 같다, 고 너는 생각했었다.

세상을 이야기로 본다는 것은, 세상을 이야기 속에서 산다는 것은, 세상이 이야기뿐이라는 것은…… 어떤 것일까?

정직한 건 물건뿐이다. 너는 생각했다. 어릴 때 모으던 성냥갑을 다시 모으기 시작했다. 변동 다방, 중화요리 양자강, 모텔 파라다이스. 우표도 모았다. 죽은 대통령과 산 대통령, 사라진 길조와 죽지 않는 화가……. 한때는 음반에 집중하기도 했다. 좋아하지도 않는 베에토벤까지 남김없이 끌어 모았다. 컴팩트 디스크도 수집했다. 뜯어 보지도 않은 씨디가 방안을 비좁게 하였다. 그 모든 것을 통해 네가 음미한 것은 음악도 대통령도 값어치도 아니었다. 굳이 말하자면 물체가 있다는 느낌, 그리고 빠짐없이 있다는 사실이었다. 물건에 대한 애정은 무르익고 너는 이제 도자기를 수집한다. 포도주, 와인잔, 그리고 크리스탈의 세계도 한켠에 마련되었다. 돌도 날라왔다. 그리고 가죽옷, 가죽 소품들. 마구를 집중적으로 사들여 네 방을 마구간처럼 꾸민 시기도 있었다. 이제 네가 어떠한 사물에 강렬한 목마름을 느낄지 누구도 알 수 없는 것이었다.

주말이면 사랑하지만 집으로 데려올 수 없는 물건을 만나러 너는 상기된 얼굴을 한 채 상점으로 달려갔다. 아직 팔려나가지 않은 것을 확인하고 안심하고 만져 보면서 그것을 구입하기 위해 수립한 계획이 차질없이 진행될 수 있을까 누차 점검해 보았다. 그리고 이 개월 계획을 좀더 단축하기 위해 할 수 있는 일은 없을까, 담배를 끊어 볼까, 그러면 하루에 천백 원을 저축할 수 있고 한 달이면 대충 삼만삼천 원, 새발의 피지만 그래도 도움은 된다, 그런 생각들. 집에 오면 너는 자신이 모아 둔 물건들을 바라보며 그저 흡족해하거나 리스트를 재차 만들며 그 물건이 제대로 있는지 하나하나 확인을 해보기도 했다. 그리고는 아직 갖추지 못한 절판된 음반과 양가죽 술병 때문에 잠시 속이 상해하는 것이다.

너는 여자마저 수집하려 들었다. 너는 여인네들의 이름을 크리스탈 술잔과 가죽옷의 제품 번호 아래에 빼곡히 적어 넣고는 가끔씩 그것을 들여다보며 그들을 떠올렸다. 눈코입과 머리결, 목소리, 네 말에 보이던 반응 따위. "당신은 그러면 거짓말을 한 번도 해본 적이 없단 말인가요?" 여자는 반문했었다. 아뇨, 그렇지는 않습니다. 다만 거짓말을 하게 되면 무척 고민이 심하지요. 처음 거짓말을 했던 날, 그때의 착잡한 심정. 초등학교에서 처음 교과서를 타던 날 너는 엄살을 피웠다. 가방이 너무 무겁다고. 너는 대문을 두드리면서 엄마, 빨리 문 열어줘. 어깨가 끊어질 것 같애 라고 소리쳤다. "하지만 가방은 전혀 무겁지 않았습니다. 얇은 교과서

서너 권뿐이었으니까요." 대문을 열고 나온 어머니는 네 가방을 들어보고는 핀잔을 주었지. 이게 뭐가 무겁다고 그러느냐고. 거짓말하지 말라고. "그때 가방이 무겁다는 것은 진실 같았거든요. 전혀 거짓말을 하는 기분이 아니었습니다." "그건 진실이에요." 여자는 말했다. 수사법적 진실? 너는 네 진실을 이해하지 못하는 어머니를 원망할 수도 있었다. 그러나 그런 식으로 면죄부를 주기 시작하면 세상은 더욱 혼란스러워질 것이다. "가벼운 건 가벼운 거지 무거운 게 아니지요."

선생님, 어머니, 아니 하느님, 누구든, 저는 성실히 살았습니다. 있는 것과 없는 것을 구별하고 미망(迷妄)에 빠지지 않으려 노력하였습니다. 그렇다면 저는 칭찬받아 마땅한 게 아닌가요?

너는 파산했다. 너는 집을 잃고 호숫가에 텐트를 쳤다. 낚시를 했지만 고기는 잡히지 않았고 너는 라면을 끓여 먹었다. 가끔씩 친구들이 빚쟁이들 몰래 너를 찾아왔다. 그들이 들고 온 라면을 함께 끓여 먹으며 너희는 이야기를 나누었다.

"옛날에 말이야," 너는 말했다. "아주 옛날에 어떤 소녀가 있었대. 그 소녀는 언니 집에 얹혀살았는데 언니는 그녀를 부려 먹었대." 소녀는 자신이 밥을 주던 잉어와 벗이 되고 그 잉어를 잡아 먹으려던 언니는 혼줄이 나는데……. 친구들은 웃는다. 전래 동화 아냐? 그런데 그런 얘기를 왜 하는 거지? 너도 웃는다. 물가에 있어서 그런가봐. 그냥 그런 얘기가 떠올랐어.

얘기 하나만 더하면 안 될까? 옛날에 말이야, 너는 또 이야기를 시작한다. 한 여자가 있었어. 그 여자는 심한 거짓말쟁이였지. 그런데…….

그녀는 제대로 읽고 쓸 줄도 몰랐다. 그러나 끊임없이 이야기를 지어내는 재주가 있었다. 여자의 생활은 고생스러운 것이었지만 그 고생은 곧 재미난 이야기가 되었다. 그리고 재미있는 얘기를 위해서라면 여자는 자신이 비루하게 보이는 것도 서슴지 않았다. 그런 얘기를 들려 줄 때도 그리고 여자는 늘 웃고 있었다. 그리고 한 남자가 있었다. 그는 거짓말을 무척 싫어하는 사람이었다. 누구도 그 남자가 거짓말하는 것을 본 적이 없었다. 그는 삶은 전쟁일 뿐이라고 말하곤 하였다. 모든 문제는 사느냐 죽느냐라고도 말했다. 그리고 그 남자가 잔칫상에서 농담이라도 하려 들면 좌중은 금새 어색해지는 것이었다. 두 사람 사이에 아들이 하나 있었다. 그 아들은 거짓말을 곧잘 했다. 그리고 그것이 너무 부끄러워 이불 속에 숨곤 했다. 그는 생각했다. 내 입에서 거짓말이 나올 수밖에 없다면……. 그는 자기 입에서 나온 말이 영원히 거짓말이 되지는 않도록 해야겠다고 마음먹었다. 뱀을 보았다고 친구들 앞에서 떠벌린 후 그는 정말로 뱀을 보기 위해 장터와 거리를 헤매어 다녔다. 사탕을 훔치지 않았다고 맹세한 날 그는 이미 먹어 버린 것을 어떻게 돌려 놓아야 할지 깊은 고민에 빠졌다. 그리하여……

"그는 오늘날 거짓말로 자기 어머니의 수의(壽衣)를 짓고 있지."

이담에 올 때는 라면 옆에 얘기책도 좀 몇 권 끼워 가지고 오게. 작별 인사를 하면서 너는 그들에게 부탁한다.

어쩌면 너는 이담에 소설가가 될지도 모른다. 물건을 사랑하는 사람은 연금술사가 되어야 하니까.

어머니

어머니, 저를 당신의 아래쪽 품안에 넣어 주세요. 감기 들지 않게 온도와 습도에 주의해 주시고요. 그리고 가끔은 설탕을 듬뿍 친 커피와 프랑스 과자도 좀 내려 보내 주세요. 그러시면 제가 어머니를 깨물고 사랑하는 것을 어머니도 어쩌지 못하실 거예요.

그리고 어머니. 당신은 멀지 않은 눈도 뜨게 해주실 수 있는 분. 어둠을 분비하여 저의 맹목을 뜨게 해주세요. 그러면 저는 철저한 순종으로 모든 것이 원래 나의 의도였던 양 무럭무럭 분열에 분열을 거듭하고 떨어지는 것을 줍고 달아나는 것을 쏘는 훈련도 게을리 하지 않겠어요.

어머니.

양과자

그 마차에는 말이 없었다. 두 남녀가 마차를 끌었다. 마부는 채찍을 휘둘렀다. 여자의 등이 찢어졌다. 피가 흘렀다. 여자는 비명을 내지르며 달리고 남자도 따라 달렸다. 피도 달렸다. 두 남녀는 발굽도 없이 달렸다. 자갈밭을 달렸다. 여자의 치마가 바람에 나부꼈다. 남자의 바지, 찢어진 윗도리도 나부꼈다. 헝겊이 되어 나부꼈다.

나는 텔레비전을 보며 양과자를 먹었습니다. 황갈색 파인애플 모양으로 안에는 붉은 팥이 들어 있었습니다. 그런데 매일 비가 왔고 과자는 눅눅하여 이빨에 자꾸 들러붙었습니다. 아버지는 병원에 누워 있었고 매일 밤 병원에서 양과자가 수송되었습니다. 아버지가 집에 없어 나는 너무 좋았습니다. 나는 하루 종일 양과자를 먹으며 텔레비전을 보았습니다. 매일 비가 왔고 이불은 눅눅하여 몸에 자꾸 들러붙었습니다. 일기예보관은 늘 장마전선에 관해 말하였습니다. 그런데 내 아랫도리가 그만 피를 흘렸습니다. 병실로 전화를 했지만 아무도 받지를 않았습니다. 나는 울면서 집을 뛰쳐나갔습니다. 나는 울면서 비를 맞았습니다. 피가 다리를 타고 비처럼 거리를 흘렀습니다. 어떤 남자와 여자가 장난을 치며 빗속을 뛰어다녔습니다. 날이 어두워지고 쇼윈도에 불이 켜졌습니다. 나를 비추자 비에 젖어 납작해진 머리와 큰 턱이 보였습니다. 나는 돌아서서 엉덩이를 비추었습니다. 치마 위에 작고 검은 얼룩이 있었습니다. 다시 나는 걷기 시작했습니다. 버스와 우산이 길을 메우고 나는 빨리 걸을 수가 없었습니다. 번개가 치고 나는 귀를 틀어막았습니다. 나는 어두운 골목길로 접어들었습니다. 사람은 없었지만 그곳에도 번개가 쳤습니다. 나는 양손으로 귀를 막고 달렸습니다. 번개가 등 뒤에 내리꽂히고 놀란 말은 달리다 미끄러졌습니다. 나는 치마에 손을 닦으며 일어섰습니다. 내 앞에는 누운 짐승이 있었습니다. 아주 작은 개였습니다. 비를 피하게 해주고 싶었습니다. 들어올리려고 손을 넣으니 개의 등이 따스했습니다. 하지만 개는 꼼짝하지 않았습니다. 가로등이 켜졌습니다. 개는 이를 악물고 있었습니다. 손을 빼니 양손이 모두 붉었습니다. 나는 처마밑으로 달아났습니다. 개가 누운 곳에 검은 웅덩이가 생겼습니다. 그 위로 빗방울이 하얗게 뿌렸습니다. 쪼그려 앉아 나는 팔에 고개를 묻었습니다.

비가 그치고 나는 일어섰습니다.

달려가 병실 문을 열었습니다. 안에는 아무도 없었습니다. 간호사를 만났습니다. 나를 아주머니에게 데려다 주었습니다. 나는 울면서 말했습니다. 아무래도 나 죽으려나봐요. 엉덩이에서 피가 나요. 아주머니의 눈도 붉었습니다. 네가 자라느라고 애비가 아팠구나. 더 잘 자라라고 애비가 일찍 갔구나.

내가 아버지를 다 먹어 치웠구나.

양과자 속의 팥이 왜 그리 붉었던가를 그제야 나는 알았습니다.

절마당의 이방인

문 두드리는 소리가 나고 이웃집 개가 심하게 짖어 댔다.

도장 가지고 나오세요!

소포였다. 포장을 벗기니 정육면 마분지 상자가 나왔다. 흔들어 보았다. 그리 무겁지 않았고 버스럭거리는 소리가 나는 걸로 보아 비닐봉지에 싸둔 물건이 들어 있지 않나 싶었다. 상자 뚜껑에 스카치 테이프로 쪽지가 붙어 있었다.

우리가 임신이니 피임이니 하는 말을 입에 올리기 쑥스러워하는 동안 만들어진 것임. 알아서 하시길.

상자를 가방 속에 챙겨 넣고 너는 집을 나왔다. 동네 아이들이 공놀이를 하느라 골목을 막고 있다. 아이들은 정말 너무 많다. 걸어서 거리로 나갈 폭도 남겨 놓지를 않으니. 너는 버스에 올라탔다. 창 밖으로 풍경이 흘러간다.

네 앞좌석에는 어떤 엄마의 무릎팍에 사내애와 계집아이가 같이 매달려 있다. 아이들은 몹시 흔들리는 버스 속에서 필사적으로 팔, 손가락, 옷자락, 엄마의 무엇이든 붙잡고 매달린다.

너는 네가 붙들고 있는, 무릎 위의 상자를 본다. 가족이란, 하고 너는 멋을 부려 생각해 본다. 기억할 수도 없게 생긴 우체부에 의해 맺어지는 관계란 말이지. 너는 줄곧 보아왔다고 생각한다. 아무 관계도 없는 자들을 모아 두고 가족이라 부르는 것을. 그들이 서로 닮은 얼굴로 어리둥절해하며 모여 있는 모습은 늘 씁쓸한 감정을 부른다. 그들의 얼굴이 닮았다는 것은 네가 받은 소포의 포장지와 그 위에 쓰인 부호들에 지나지 않는 것을. 그것은 늘 과대평가되고 있다, 라고 너는 결론지어 본다. 그래서 마음이 조금은 흡족해진다.

그러나 너는 몇 정거장을 더 견디지 못하고 좌석에서 일어나 벨을 눌렀다. 정류장에서 내려 몇 걸음을 떼고 있는데 네 귀에 누군가 외치는 소리가 들려온다. "여기요!" 돌아보니 어떤 승객이 버스 창 밖으로 어떤 물건을 내밀고 있다. 네가 놓고 내린 종이 상자다. 버스는 막 출발하려 하고 잠시 당황하던 그 승객은 상자를 창 밖으로 내던진다. 버스가 떠나고 상자는 멀찍이 차도에서 뒹군다. 질주하는 오토바이가 그 곁을 간신히 비켜가고 택시도 몇 대 지나친다. 너는 조심조심 도로로 나아가 상자를 집어들었다. 처분하는 일이 쉽지 않을 것 같다. 그래서 너는 기분이 좋지 못했다.

그리고 그날은 가을이었다. 하늘은 눈을 시리게 하고 햇빛은 사정없이 쏟아져 모든 게 너무 밝았다. 게다가 바람이 불었다. 마르지도 젖지도 않은 바람마저 불어 지상의 사람들은 모두 얼굴이 찬연히 빛나고 있었다. 이 순간 행복하지 않다면 도대체 언제 오는 것이 행복일까. 그러나 너는 보도 블럭 위에서 부신 눈을 가리고 어디로 가야 할지를 잊었다. 그래서 너는 야한 영화를 한 편 보기로 한다.

그것은 변두리이고 동시상영관이었다. 어둠 속에서 세 명의 인간을 분간해 낼 수가 있다. 셋뿐이라니, 햇볕이 사정없이 쏟아지는데 도대체 사람들은 영화도 보지 않고 무얼 하는 것일까. 지배인 되는 남자가 너희 세 사람을 위해 앵두 8을 스크린에 올린다. 배우들은 노동을 하고 있다. 흥분을 느끼고 너는 무릎 위의 상자를 바닥에 내려 놓는다. 앵두같은 여자 때문에 성기가 직립한다. 그리고 쇼윈도 같은 여자, 얼굴 없는 여자, 기생과 선생과 동생과……. 너는 지퍼를 열고 들어간다.

지퍼 안. 그곳에서는 항문과 입, 모든 구멍이 하나가 된다. 거꾸로 선 머리에 몰리는 피는 너를 피의 바닷속 깊은 곳으로 안내하여 다시금 갓난애로 울게 하고. 그리고 너는 알게 되는 것이다. 정해진 운명에 순종하는 자만이 맛볼 수 있는 기쁨을.

네가 벅찬 기쁨에 흠씬 웃을 때 어느새 감사합니다라는 자막이 떠오르고. 너는 어둠 속에서 철 지난 댄스곡을 듣게 된다. 앞서 본 영화가 성에 안 찼는지 다른 두 사람도 다음 프로를 위해 돌아와 앉고. 욕망의 끝이 시작되고 너는 졸게 될 것이다.

자, 너의 꿈이다. "좀 들여다보라구." 여자가 네 귀를 틀어막다시피 입을 들이밀고 큰소리를 냈다. 좀 들여다봐. 궁금하지도 않어? 여자는 너를 윽박지를 기세다. 네 애기라구.

내 애기라구? 관심 없는데?

애기가 아니구. 이건 살아 있는 애기란 말야. 죽은 애기. 네 애기! 여자가 무섭게 노려보며 테이블 위의 상자를 퉁퉁 친다.

그러다 종이상자가 쭈그러지겠다.

여자는 급기야 너를 위협한다. 상자를 열어 젖히겠다고 한다. "봐!" 정말 여자는 뚜껑을 연다. 너는 손을 들어 눈을 가리지만, 보고야 만다. 그런데 그것은 온통 까만 아기다.

너, 흑인하고 했구나?

네가 묻자 여자는 단호히 고개를 저었다. 흑인도 이렇게 새까맣진 않다구.

그럼 뭐야?

"까만 점 하나야." 여자의 얼굴은 자부심으로 가득했다. "인간은 우주의 점조차 되지 못한다구 그러지 않던? 누군지는 몰라도 유명한 사람이 그랬다. 근데 이 애는 하나의 점이니 인간보다 나은 거야. 그건 자랑삼을 일이지, 안 그래?"

기쁘지 않으냐고 여자는 묻는다. 너는 마지못해 고개를 끄덕인다. "와서 보라구. 가까이 와서." 여자는 네게 손짓을 하고 너는 멈칫거리며 다가가기 시작했다. 그런데 가까이서 보니 아기는 꼽추다. 까만 등이 흉물스럽게 불룩 튀어나와 있다. 너는 고개를 들어 여자를 본다.

여자는 변함없는 표정으로 말한다.

"학자들은 등이 굽게 돼 있어. 공부를 많이 할수록 더하지. 학자들은 책을 그냥 읽는 게 아니라 파고들어야 하니까. 학자들은 늙은 농부들만큼은 꼬부라지게 돼 있어. 그러니 우리 아이의 등어리는 어떤 학위보다도 자랑스러운 거야. 이 아이가 잠도 줄여가며 책을 파고든 걸 생각하면 측은하기도 하지만."

하지만 여자도 확신까진 없는 것일까? 여자는 확인하려 든다. "지식이란 좋은 걸거야, 그치?"

혼란스러운 마음으로 너는 고개를 숙여 다시 아이를 본다.

그런데 왠걸, 상자는 텅 비어 있다. 종이 상자를 들어 살펴보지만 밑구멍이 뚫린 것도 아니다. 너를 닮은, 다만 좀 검은, 수분과 단백질이 당당히 학자가 된 줄 알았는데. 어떻게 된 것일까? 이번에도 낭비하고 만 것인가, 밤꽃 향기 물씬 오르는 너의 젖을?

영화가 재미없었나 보다. 예비군 복장의 남자가 일어나 욕지거리를 하며 스크린을 향해 찌그러진 캔을 던진다. 너의 꿈도 영화도 끝이 난다. 옥신각신하던 남녀 주인공들이 노래를 부르며 차를 타고 떠난다.

너도 버스에 오른다. 아까 상자를 두고 내렸던 버스, 오렌지색에 백십팔 번. 이번에 너는 그 상자를 옆구리에 꼭 끼고 있다. 함께 갈 곳이 있는 것이다.

바뀐 것이라고는 버스의 색상과 번호뿐이다. 그때는 보라색에 팔 번 버스였다. 너는 그 버스를 타고 학교를 다녔다. 그리고 어느 날 학교에서 돌아오는 길에 붓펜을 한 자루 샀다. 늦은 가을, 겨울이 시작되고 있었다. 너는 방한지 맨 위 칸에 적었다. 부모님전상서. 그 다음 한 자 한 자 공들여 적어 넣은 것은 자식 하나 원래 없었던 것으로 치고 안녕히 계시라는 내용이었다. 그리고 가방에 짐을 꾸렸다. 옷가지와 칫솔 그리고 공책 한 권. 네 나이 열넷. 힘든 일이 닥치면 손가락을 빠는 대신 너는 그 공책에 끄적거릴 것이었다. 밤을 새우고 동이 트기 전에 집을 나섰다. 별을 볼 수 있었지만 추웠다. 팔 번 버스에 올랐고 고민이 계속되었다. 어제처럼 학교 앞에서 내릴 것인가 아니면 계속 타고 종점까지 갈 것인가. 11월에 걸맞지 않는 추위 탓인지 갈등이 심했다. 얌전히 학교에 갔다 돌아와 따스한 아랫목으로 들어가고 싶기도 했다. 그러나 망설이는 동안 버스는 학교 앞을 훌쩍 떠나 버리고 얼마 후 종점, 시외버스터미널에 도착했다.

너는 어딘지 이름만 들어 본 고장으로 너를 실어다 줄 차로 갈아탔다. 몸을 웅크리고 자다 깨다 하다 보니 도착. 터미널에서 길을 물으니 위쪽으로 한참을 올라가면 된다고. 길을 오르다가 그런데 너는 다시 터미널로 내려왔다. 저녁 때까지는 무슨 기념이 될 만한 일을 하고 싶었다. 속세여 안녕 같은 것. 백반을 사먹고 사람과 집, 개, 풀 같은 것들을 구경했다. 춥고 피곤해서 머리가 얼얼하면 양지 바른 곳에서 볕을 쬐기도 하고. 날이 저물자 다시 길을 오르기 시작했다. 그러나 너는 곧 다시 내려와야 했다. 터미널 쓰레기통 옆에 가방을 버렸다. 진작 했어야 될 일이었다. 너는 출가를 하려는 것이었으니.

누구 없어요?

깜깜했고 두려웠다. 조그만 불빛을 향해 걸어 들어가니 하지만 뜻밖에도 떠들썩한 소리가 들려왔다. 너는 너의 귀를 의심했지만 다가갈수록 그것은 인기 코미디언의 쩌렁쩌렁한 목소리와 환호성 같은 여러 인간의 웃음소리임이 분명했다.

저기요.

그러자 텔레비전을 보던 중들이 일제히 돌아보았지. 다섯 개의 얼굴이 하나같이 해죽이 웃고 있는 것이 묘한 느낌이었다. 그 중 하나가 신발을 꿰고 네게로 달려오고 다른 중들은 웃는 얼굴을 다시 테레비 쪽으로 돌린다. 네게 다가온 중은 네 나이쯤 되었을까, 꽤 어려 보이고 코 오른편에 커다란 사마귀를 달고 있었다. 그 아이는 네 행색을 보더니 모든 것을 알겠다는 듯 빙긋이 웃었다.

네게 주어진 방에서 벽에 등을 기대고 너는 마음을 가다듬으려고 애를 썼다. 하지만 방바닥이 너무 뜨거웠다. 둔부와 함께 너의 가슴은 달구어져 삿된 생각들을 자꾸만 떠올리고. 도망치듯 차가운 산중 공기를 맞으며 너는 하산을 한다. 그런데 갈 곳이 마땅치 않았다. 수중에는 한 푼의 돈도 없었다. 집으로 돌아가고 싶어할까봐 너는 미리 터미널에서 돈을 남김없이 써버린 것이었다. 추웠다. 누가 너의 귀를 도려내고 있는 것만 같았다. 터미널을 얼쩡거리려니 그런데 저쪽 경비실 창문에 언뜻 눈에 익은 사물이 보이는 것이었다. 다가가 보니 황톳빛의 매끈한 인조 가죽, 너의 가방이었다. 그것은 경비실 책상 위에 얌전히 놓여 있었으나 공책 한 권뿐. 껴입을 만한 옷은 사라지고 없었다. 이 경비실에서 끼어 오늘밤을 넘길 수는 없을까? 네가 쭈뼛대며 한참을 머물러 있었음에도 경비는 꼰 다리를 흔들며 텔레비전에 열중할 뿐이었다.

발걸음을 재촉했으나 갈 곳이 없었다. 터미널을 배회하는 동안 사방은 더욱 싸늘해지고. 너는 절로 되돌아갔다.

많은 것들을 알고 싶습니다, 스님.

너는 깊은 잠에서 깨어나 다음날 아침을 맞이하자 어제와는 전연 다른 사람인 것처럼 느껴졌다. 두려움도 미련도 사라져 버리고. 너는 목구멍이 뜨거워지는 것을 느끼며 네가 알고 싶은 것들을 스님 앞에서 주욱 나열하였다. 네가 어디서 왔으며 어디로 가는 것인지 너는 왜 너여야 하는지 왜 세상에는 자신이 아니면 알 수 없는 것들이 있는지, 그리고 올바른 것이란 있는지 무엇이 그런 것인지 사람은 어떤 것인지 그들을 어떻게 다루어야 하는 것인지 또한 하루를 어떻게 보내야 하는 것인지……. 그보다 더 진지할 수는 없는 노릇이었다. 너는 진정코 알고 싶은 게 많았다.

네 열렬한 구도의 변(辯)에 큰스님의 대꾸는 단 두 마디였다.

새벽에 일찍 일어날 수 있느냐. 밥은 지어 보았느냐.

한 달도 채우지 못하고 너는 또다시 하산한다. 돌이켜 보면 경내를 울리던 코미디언의 목소리를 들었을 때 너는 이미 그곳을 떠날 수밖에 없었다. 텔레비전을 보는 구도자. 코미디 프로를 보는 구도자. 보더라도 낄낄거리지 좀 않으면 안 되는가, 그들은? 그들은 왜 너만큼 진지해질 수 없나. 그것이 열네 살, 너의 의문이었다.

다시 하산을 한 것도 밤이었다. 너는 터미널 근처의 파출소를 찾아 들어갔다. 네가 하룻밤 유숙과 차비를 구걸하자 순경들은 주먹으로 네 어깨를 한두 번 치기도 하면서 가출 청소년을 선도하려 들었다. 그런데 두 명의 경관 중 하나가 너를 유심히 보더니 축구 선수 누구를 닮았다고 한다. 네가 도망쳐 나온 고향이 어딘지를 듣고는 신음 소리마저 낸다. 그 순경은 그곳에서 고등학교를 다녔다고. 그는 자신의 우상을 닮은데다 동향이나 다름없는 친구를 이런 곳에서 선잠자게 할 수는 없다고 말한다. 함께 라면을 끓여 먹은 후 그는 너를 근처 여인숙에 데려다 준다.

여인숙은 건물이라기보다는 시멘트 벽이 군데군데 섞인

비닐 하우스다. 바람은 틈새에서만 불어오는 것이 아니었다. 문으로 벽으로 천장으로 바람이 온통 새어 들어와 방 안에서 소용돌이가 일 지경이다. 때가 탄 이불은 얇았고 네 몸을 자꾸 물어대는 뭔가가 있었다. 옆 방과는 벽지 한 장만 달랑 사이에 두고 있어 모든 소리가 거침없이 흘러들고. 더는 싫다. 말을 바꾸지 마라. 돈을 더 달라. 사기다. 그러면 아프다. 가만히 좀 있어 봐라. 돈을 더 달라. 더 벌려라. 목이 막힌다. 어이가 없다. 밤새 오가는 욕설과 신음을 들으며 너는 자위를 했다. 팔이 빠질 듯 아파올 때까지 반복했다. 사이사이 생각도 들었다. 이것밖에 없단 말인가, 이것밖에? 자지가 몹시 시려웠지만 너는 옷도 추스리지 않은 채 꼼짝않고 누워 있었다.

새벽, 여인숙 문을 나섰을 때 첫눈을 만났다. 그래서 기뻤다. 그러나 바람도 불었다. 너의 뿌리들이 흩날리고 있었다. 파계한 중처럼 느껴졌다. 득도(得道)도 하지 못하고 이 세계에는 환멸을, 저 세계에는 증오를 느끼면서 너는 초라한 모습으로 속세 행(行) 버스 정류장에 서 있었다. 어느 세계에도 속하지 않고 네 호주머니에 들어 있던 경관의 호의가 있었으나 그게 무얼 바꿀 수 있는 것은 아니었다.

절에 들어서자 비질을 하고 있던 승려가 보인다. 나이는 네 나이쯤, 어딘지 눈에 익은 것도 같다. 그때 본 적이 있는 중일까? 코 오른 편에 뭔가 커다란 게 하나 달렸는데 사마귀는 아니고 점이다. 너는 그에게 다가가 두 손을 모으고 나긋한 목소리로 부탁을 했다.

스님은 그러나 한사코 알려고 들었다. 네가 절마당에 묻기를 청하는 상자 안의 물건이 무엇인지. 보시, 죄업, 대속 같은 뜻모를 말들이 떠올라왔다. 너는 과연 이것이 옳은 일일까를 잠시 생각해 본다. 그래도 죽은 새처럼 쓰레기통에 들어가는 것보다야 어쨌든 낫겠지.

"죽은 새예요, 스님." 너는 대답했다.

"스님께 보여 드리기에는 좀 그렇습니다. 상태가 좋지를 않아서요."

무슨 생각을 하는지 잠시 너를 바라보던 그는 너를 화단으로 안내했다. 묻고서 무슨 표식을 하고 싶으시오? 아뇨, 괜찮습니다. 무슨 필요한 거라도? 아뇨, 괜찮습니다. 너는 검정 비닐 봉지에서 준비해온 꽃삽을 꺼내었다. 그리고 화단의 흙을 파기 시작했다.

죽은 새라니. 하지만 그것이 큰 허물이 되지는 않을 것이다. 너도 이 안에 들어 있는 게 뭔지 알지 못하니.

궤(櫃)의 변

믿을 수 있겠습니까, 스님? 제게도 상자가 생겼단 말이에요. 영화에서 여자의 머리가 들어 있곤 하던 그런 종류의 상자 말예요. 저는 어린애 같은 호기심으로 그것을 슬쩍 들어 보았습니다. 조심조심 흔들어도 보고요. 나중에는 옆구리에 끼고도 다니고 무릎 위에 놓고 쉬기도 하고 아무튼 종일 가지고 다녔어요. 저는 궁금했습니다. 이 안에 무엇이 들어 있지 않을까. 그러니까 그것은 알아내려고 상자를 뜯어 볼만큼 궁금한 의문은 아니었던 거죠. 두어 번 발로 차보기도 했습니다. 장난스럽게도 혹은 약간의 짜증 때문에도 말예요. 밤에 저는 그것을 머리맡에 두고 잠을 청했습니다. 생각했죠. 내일이면 잊어 버리리라. 혹은 상자를 잃어 버리리라. 저는 이 두 가지 기능에 모두 능숙하니 말입니다. 그러나 아침이 밝고 일어나자 다른 생각이 들데요. 무엇이 들어 있대도 그리고 흔들면 바스락 소리가 나긴 하지만 아무 것도 들어 있지 않대도, 어쩌면 모순이 들어 있대도. 이것은 무아(無我)가 들어있다면 가장 믿기지 않을 상자가 아닌가. 여기저기 널브러져 나뒹구는 그 흔하디 흔한 상자. 아무리 부주의해도 잃어버리기 쉽지 않은 그 상자 말입니다. 그렇다면 제가 이 상자를 여기에 묻어야만 할 까닭이 있다고도 볼 수 있지 않겠습니까, 스님?

파라다이스1

금요일 저녁, 비가 내리면

사람들은 술집에 모이거나 사람들이 모인 곳은 술집이 되는 듯. 혼자만의 방으로 기어들 자도 기름내 풍기는 통닭과 맥주 한 캔이 든 꾸러미라도 끼고서는 걷는다. 모두들 우산을 들고서 대개들 고개는 수그리고. 비가 많이 내리므로 사람들은 그리 쾌활하지 않지만 웃음을 터뜨리고,

너무 심각한 사람은 없는 듯. 그때 내 앞을 가로막는 행인 하나. 고깃집에서 나와 우산도 없이 기분 좋게 비를 맞다가 내 우산에 머리꼭지를 찔리지만. 그는 여전히 세상이 마음에 드는 듯. 깊게 패인 이마의 골짝마다 물이 범람하여 그는 눈을 뜨기 어려운 듯, 실눈을 껌벅이며 빙긋거린다. 그는 마주 오는 한 떼의 어린 샐러리맨들과 부딪혀 자기도 모르게 빙그르르 돌고. 호프를 향하는 그들은 시끄러운 빗소리 속에서도 쉴새없이 웃음을 터뜨린다. 금요일 저녁, 비가 내리면 밥알은 곧 술이 되는 듯.

골목길을 들어서는 나. 떠돌이 개들은 비에 젖은 채 남의 집 문간에서 오들거리고. 행인들에게 그것들의 몸은 차기보단 역시 더러운 듯. 내지르는 발길에 개 한 마리가 죽는 시늉을 한다.

영원히 내리는 비가 아닌 줄 저것들도 알기를.

파라다이스2

집에 들어서니 현관이 친구들의 우산과 신발로 어지럽다. 친구들의 말에 의하면 남쪽 지방에는 태풍이 상륙했다고. 그것은 그쯤에 머물다 갈 것이라고. 그러므로 위쪽에 사는 우리들에게 별다른 위협이 되지는 못할 거라고. 하지만 우리는 라디오를 틀어 놓는다. 뉴스 속보를 들으며 긴장하는 재미를 조금 보다가 음악을 들을 생각이다.

뉴스를 들어 보면 남부 지방은 마악 가라 앉고 있는 듯. 긴장감을 고조시키려 애를 쓰면서 속보는 지나치게 반복된다. 그래서 지루해지려는 찰나 우리는 또 다른 기자의 흥분된 목소리를 듣는다. 축사마다 물에 잠기는 바람에 지붕 위로 대피하여 울부짖는 돼지들에 대한 보도다. 기자는 돼지의 음성을 담지는 못했지만 멀찍이서 매우 안타까워하고 있는 듯. 이어 그는 구출된 돼지들에 대한 희보(喜報)도 들려준다.

"주인의 손길을 애타게 기다리던 돼지들 중 일부는 구출되어 인근 학교에 수용되어 있는 상황입니다. 돼지들은 그곳에서 안도의 한숨을 내쉬며 오늘밤 휴식을 취하게 될 것 같습니다."

우리는 와하하 하고 떠들석하게 웃는다. 어쩌면 그에게 돼지신(神)이 씌웠는지도 모른다고 누군가 그런다. 그런데 나는 고백을 하나 한다. 사실 나는 깜짝 놀랐다고. 나는 정말 몰랐다고. 이 세상에 돼지가 있었는 줄을. 나는 내 책상 위의 빨간 저금통 돼지를 알았고 돼지 고기도 즐겨 먹었지마는 울 줄 아는 돼지가 이 세상에 나와 함께 있었다는 것은 까맣게 잊고 있었다고. 친구들은 썰렁한 농담쯤으로 여기고 야유하지만.

나의 세상은 얼마나 좁았던가. 돼지도 한 마리 없는, 죽은 돼지만 좀 있는 그런 세상에서 살아왔으니. 그 속에서도 나는 많은 궁리와 계산과 검산을 거듭하였던 것이다. 돼지를 완전히 빼버린 채로.

잠시 동안 나는 지붕 위에서 빽빽 우는 분홍색 돼지 곁에 앉아 사색을 한다.

그래서 나는 조금 서글펐지만 바람이 불어왔다. 꽤나 맹렬하여 그것은 창의 커튼을 휘날리게 했는데 때가 타고 그을은 그 커튼자락은 창가에 서 있던 친구의 웃느라 벌어진 입을 때리고. 그를 휘감아 버린다. 그는 그 속에서도 하던 농담을 계속하며 낄낄거린다. 방은 어둡고 고물 램프에 의해 우리들은 긴 그림자를 하나씩 드리운다. 우리는 서로의 얼굴을 혹은 창 밖을 바라본다. 빗줄기는 가늘어졌지만 바람이 몹시 불고. 그간의 더위를 날려 버리는 폭풍 때문인가 우리는 기분이 너무 좋다. 바람이 부니 모두가 히드클리프 같아,

라고 친구가 말한다. 우리는 아이스크림 콘을 빨아 먹으며 머리카락을 휘날린다.

파라다이스3

꿈에도 돼지는 없고. 새벽에 나는 잠을 깼다. 거친 바람소리에도 얼굴을 베개에 박고서 잘 잤건만. 사방이 고요해진 지금 잠이 달아나 버린 것이다. 지난 폭풍의 여파로 나는 충동적이 되고. 나는 개를 산책시키기로 한다. 우리는 집 뒤의 언덕을 오르기 시작한다. 그 언덕은 최근에 누군가의 소유가 되어 철조망이 쳐지고 대문이 달렸다. 하지만 아니나 다를까 이미 개구멍이 뚫려 있다.

하늘은……물론 나는 그것이 어떻게 생겼는지 말할 재주가 없지만. 말하자면 그것은 붉은 기가 약간 도는, 누런 빛도 좀 있는 잡스러운 재색이었다고나 할까. 어두웠으나 그렇게 어둡지는 않았다고도 말해야겠다. 어떤 기억이 떠오른다. 꼬마 때, 일고여덟 살쯤? 이것이 그때 내가 그렸던 그 하늘일까? 그때도 이렇듯 모기들이 덤벼들었고 먹구름이 잔뜩 끼어 있었는데. 다만 그때는 더욱 어두웠고 당장 비가 쏟아질 것만 같았다. 나는 집안으로 뛰어 들어가 우산 대신 미술도구를 챙겨 들고 장독대로 올랐다. 고개를 꺾고 하늘을 올려다보았었지. 장독 위에 도화지를 펼쳐 놓고 검정색 물감을 팔레트에 잔뜩 풀었다. 그때 내게 필요한 것은 검정색 물감뿐이었다. 그러나 하늘은 볼수록 말갰다. 그래서 나는 검정 물감에 물을 타야 했다. 그런데 그릴수록 하늘은 더욱 맑아져 나는 계속 더 많은 물을 타야 했다. 그래도 하늘은 끝없이 맑아질 뿐이었다. 그러나 어느 순간 그림이 완성된 것을 느끼고 내가 느낀 희열은…….

나는 하늘을 8절지 캔디 화첩에 온전히 담은 줄로 믿었다. 깊은 감동이 흐르고. 이젠 누구도 내가 여름 밤하늘을 모른다고는 말하지 못하리. 참을 수 없어 괴성을 지르며 방안으로 뛰어들었다. 터질 듯한 가슴을 누르며 형광등 불빛에 비추어 본 나의 걸작은……

그러나 아무 것도 없었다. 그것은 찢어질 듯 물에 불은 도화지 한 장. 덧칠에 덧칠을 거듭한 검정색도 아무러한 형상도. 어떻게 아무 것도 없을 수 있나? 나는 화첩이 잘못 펼쳐졌다 생각하고 그것을 뒤적여 보았다. 그림을 장독대에 두고 왔나 싶어 다시 올라가 두리번거리기도 했다. 검은 하늘은, 사실 모든 게 그렇듯이, 색이 없다, 고 그때 깨달았다면 거짓말이겠지.

나의 개는, 그러고 보니 이것도 매우 잡스럽고 오묘한 색깔을 띠고 있는데, 지루해졌는지 돌아가자고 한다. 어떤 것에 대해 남김없이 모든 것을 안다면 우리가 그것이 될 수도 있다고 믿었던 사람들이 있었다. 그것이 저 하늘이라면 한 번쯤 그런 믿음을 품어 봄 직도 하리. 그러나 나는 만족할 줄을 안다. 개는 저만치 앞서 가고 나는 다시 한번 뒤를 돌아다보았다.

하늘의 주변은 건너편 언덕을 채운 나무들이 검게 둘러싸고 있다. 그것은 아주 깊어 빛이 들지 않는 열대림의 외곽선 같기도 하고. 혹은 털이 촘촘히 난 어느 짐승의 아랫도리가 반복되는 것 같기도 하다.

하늘과 숲 사이에는 붉은 네온 십자가가 규칙적으로 박혀 있다. 그 아래에는 조그만 집들이, 저 귀퉁이에는 63층 탑이.

그것이 우리 마을이었고
나는 그것을 진지한 원숭이의 표정으로
바라보았다.

에필로그

어떻게 될까. 어떻게 될까. 내 인생이 어찌 될지 누가 알리. 기타를 메고 가다 밤이 오면 울며 고향 노래 부르리. 내 사랑아. 내 첫사랑 그대에게 입을 맞추네. 그대에게 약속하리. 언젠가 돌아오리라는 것을. 기타를 메고 가다 밤이 오면 울며 고향 노래 부르리.(케 사라)

나는 여관을 좋아합니다. 세상이 너무 소란해질 때, 사람의 냄새가 진동할 때 혹은 단순히 바람의 방향이 바뀔 때 나는 여관에 가고 싶어지고 그러면 보통 주머니를 뒤져 보아 갈지 말지를 결정하게 되지요.

그날 내겐 돈이 있었습니다. 그래서 한 손으로는 바닥에 바퀴가 달린 커다란 가짜 샘소나이트 여행가방을, 다른 손으론 시커멓고 들고 다니기엔 다소 큰 편인 고물 카세트를 들고서 나는 집을 나섰습니다. 여관에서도 가끔 음악을 듣고 싶어지는 때가 있는데 나는 이어폰에 익숙치 않아 커다란 카세트플레이어를 이렇게 들고 다니는 것입니다.

하늘은 곱게 타오르고 있었고 저쪽에 파라다이스 여관이라는 붉은색 네온 간판이 보이더군요. 그곳으로 가는 내 머릿속에는 시구들이 뒤죽박죽으로 떠오르고. 학교 다닐 적에 배운 저녁놀이니 주막이니 하는 시 말입니다. 바람이 불어 좀 춥긴 했지만 상서로운 날씨였습니다. 문을 열고 안으로 들어서니 여관 아주머니가 카운터에서 발딱 일어서더군요. 요구르트 하나와 인삼드링크제 하나, 하얀 수건 두 장, 칫솔, 치약이 담긴 쟁반을 들고 그녀는 앞장을 서고. 나도 트렁크를 한 계단씩 애써 들어올리며 그 뒤를 따르려 했습니다. 그러나 여태껏 바퀴에 의지해서 겨우 끌고 온 것인지라 혼자서 들어올리는 일이 쉽지는 않았습니다. 하지만 아주머니는 도와 줄 생각이 전혀 없는 듯 저만치 앞서 오르다 돌아서더니 내 가방을 가리키며 묻더군요. 혹시 빨래가 든 것이 아닌지. 그녀에 따르면 한 달치 빨래를 몰래 들고 와서 빨고 가는 손님들이 간혹 있다고 합니다.

나는 아주머니가 놓고 간 숙박부에 나의 가명, 오늘은 대통령의 이름에 약간의 변조를 가한 것을 적어 넣고 방안을 둘러보았습니다. 더블 침대 하나. 테이블과 의자 두 개. 그리고 화장대와 그 위의 텔레비전.

화장실은 중요합니다. 욕조는 작았지만 깨끗한 편이었고 타일이 떨어진 곳도 그리 많지 않았습니다. 물을 틀어보니 온수도 잘 나왔구요. 만족하고 나는 침대로 뛰어들었습니다. 그런데 침대보에 표백제를 너무 많이 쓴 탓인지 소독약 냄새가 지독하더군요. 숨쉬기가 어려울 정도였습니다. 그렇지만 뭐 대체로 괜찮은 편이라는 생각이 들었습니다. 창문에는 눈길을 끄는 짙은 자줏빛 빌로드 커튼도 걸려 있었구요. 일어나서 커튼을 젖혀 보니 구식 에어컨이 창문을 반쯤 막고 있더군요. 남은 창유리를 통해서는 건너편 여관이 바라다 보이고. 아직은 불 켜진 방이 많지 않았습니다. 해가 겨우 진 시간이었으니까요.

한동안 빈둥거리다 나는 저녁 식사를 하기로 했습니다. 한 블럭을 지나서 오래전에 눈여겨두었던 고급 레스토랑에 들어갔지요. 진열된 낡은 은식기들이 그윽하게 빛을 내고 테이블 위에는 초가 타는 그런 곳이었습니다.

나는 비프 스테이크를 먹기로 합니다. 언젠가처럼 웨이터의 끊임없는 질문에 얼굴을 붉히지 않고서도 주문하는 데 성공하구요. 고급음식점의 웨이터, 그들은 정말 무례할 정도로 꼬치꼬치 캐묻습니다. 하지만 그들이 나를 만족시키기 위해서는 많은 것을 알아야 할 정도로 나의 취향은 까다롭다, 라고 나는 생각해 버립니다. 시종 무표정한 얼굴로 주문을 마치고 나는 웨이터의 목례를 받았습니다.

고기는 두텁고 맛이 있었습니다. 9년 묵은 적포도주가 곁

들여졌구요. 넓은 룸에 홀로 앉아 나는 저녁을 들었습니다. 그것은 병든 왕의 조촐한 식사일지도 모르고 중죄수의 마지막 성찬이었는지도 모르겠습니다.

여관으로 돌아와 들고 왔던 플레이어에 테이프를 넣었습니다. 케 사라 라는 곡이 흘러나오고 나는 침대에 누웠습니다. 천장은 바둑무늬로 이루어져 있었는데 두 마리 파리가 붙어 놀고 있더군요. 이런 날씨에 파리라니. 가만히 보고 있자니 누군가 여관 천장을 바둑판 삼아 검은 파리와 녹색 파리를 가지고 바둑을 두는 듯 했습니다. 재미가 있었지요. 나는 샤워를 하기로 합니다.

거울에 서린 김을 닦아내며 느긋하게 미소짓는 나를 보았습니다.

그리고

칙칙거리는 텔레비전 소리.

어디선가 들리는 아기 울음소리.

나는 섬뜩 놀라 일어났습니다. 잠시 잠이 들었었나 봅니다. 창문의 커튼을 열어 보니 저녁 식사 전처럼 상대편 여관의 불 켜진 방이 아직 많지 않더군요. 그런데 손목 시계는 놀랍게도 새벽 네 시를 가리키고 있었습니다. 조금은 서둘러야 했지요.

가방을 침대가로 끌고 와 지퍼를 열었습니다. 담배를 한 대 꺼내 물고 불을 붙인 후 나는 조심스럽게 토막들을 꺼내기 시작했습니다. 늑골, 둔부, 하지……. 나는 그것들을 침대 위에 늘어 놓았습니다. 보기 좋게 배열해 보아도 그런데 그것들은 서로 잘 맞아 들어가지를 않았습니다. 끄트머리를 누르며 이어 붙여 보아도 틈새가 벌어지거나 모서리가 겹쳐지기 일쑤였어요. 서로를 밀어내고 있는 것처럼 보이기도 했구요. "내가 그랬지. 거짓말의 거장이 되라고." 쓸데없는 열정에 휩쓸리고 아침 운동을 등한시한 결과는 실로 씁쓸한 것이었습니다. 나는 재를 떨어냈습니다. 힐끗 올려다보니 천장에서 놀고 있던 날벌레들은 이제야 내게 관심을 가지는 듯하더군요. 마지막으로 트렁크에서 내 머리를 꺼내었습니다.

일을 마치고 나는 그것들, 엉성하게 배열된 나를 바라보았습니다.

닳아 없어진 얼굴과 지문.

그러나 손가락의 18케이 반지, 송곳니 보철, 드러나는 체형.

연령, 경제적 수준과 취향, 성격, 그리고 어쩌면 인생의 목적까지.

나는 나의 신원을 파악하고야 말 민완 형사를 상상해 봅니다.

마지막으로 허리를 숙여 나는 내게 키스를 했습니다.
깊은 입맞춤에 사라진 입술마저 축축하고

헤어져 여관 문을 나서자 아침이었습니다.

작가의 말

수십 년 전 어느 여름, 한 지방도시에 살던 아이가 비만 오면 자기도 모르게 마당으로 동네로 뛰어나가 역시 자기도 모르게 신명나게 춤을 추곤 했습니다. 그런데 비가 그치면 그곳에 지렁이들의 사체가 즐비해져 아이는 신명을 잃었고 이들이 왜 죽어야 하는지 혹은 자기는 그럼 왜 죽지 않는 건지 해 질녘까지 묻고 또 물었습니다.

그리고 어느 겨울, 그 아이는 거지를 만났는데 한 푼만 달라고 내민 거지의 손에 동상이 심하여 아이는 그의 손을 쥐고 입김을 불었습니다. 한참을 그래도 그의 손이 녹지 않자 아이는 그 손을 꼭 잡고 동냥하며 같이 걸어 다녔는데 그래도 그 손은 녹지 않았고 그는 아이에게 웃어 주었지만 아이의 실망은 컸고—그날 아이는 집으로 돌아와 많은 생각을 했다고 합니다.

그 아이는 영웅이 되고 싶었습니다. 그리고 그 아이에게 영웅이란 기찻길에서 사람을 구하고 병마로부터 사람을 구하고 가난으로부터 사람을 구하는 것이었습니다. 그리고 아무도 그 사실을 몰라 주어도 얼굴색에 변화가 없는 것이었습니다.

그런데 영웅이 되기에 나는 너무 유약하지 않은가, 아이는 의문에 시달렸습니다. 그래서 자신을 단련하려고 내복을 벗고 눈밭에 누워 보기도 하고,

과연 고문을 이겨내고 친구가 숨은 곳을 불지 않을 수 있을까? (아니, 절대 못 그럴 것 같아.) 초등학교 때는 심한 고민도 했습니다.

그리고 어느 날 문둥이 시인의 시집을 접하고는 자신이 되고자 하는 것은 영웅이 아니고 문둥이다, 문둥이가 되기 전에는 인생을 안다고 할 수 없다, 나는 인생을 제대로 알고 싶다아!는 강렬한 열망에 시달렸는데 그때 아이는 중학생이었고 가족들에게 자기 코가 떨어져 나갔음 좋겠다고 포부를 밝히기도 했습니다.

그 아이도 한국의 주입식교육이라는 세례를 받고 격변하는 한국사회에서 많은 멀미를 하고 스물여덟이 되었을 때 한 사무실에 앉아 있었습니다.

이제 거지에게 적선도 잘 하지 않고 춤은 클럽에서 한두 번 추어보았을까, 그리고 그 문둥이시인이 세속적으로 성공

하여 꽤나 안온하게 사시다 돌아가셨다는 것을 알고 느꼈던 실망감을 포함하여, 그 모든 게 다 뭐야—뭐야—로 느껴질 뿐.

하지만 마음속에는 마치 죽은 지렁이들의 영혼이 어른거리는 듯한 남모를 현상이 지속되고 있었던가 봅니다. 그리하여

1998년 여름 한 달, 몸은 냉방이 잘 되는 실내의 의자에 앉아 있었으되 머릿속에서는 벚꽃이 흐드러지게 피다 비가 되어 떨어지고 추위로 언 손을 녹이며 친구와 따뜻한 국물을 먹으러 들어가곤 하는 일이 벌어졌습니다. 그리고 그 한 달이 이 『포도주』가 됩니다. (그리고 그 다음해에 짤막한 몇 편이 추가됩니다.)

이 책은 "백 프로 프렌치 오크로 만들어"지지 않은 컴퓨터에 9년간 저장돼 있다가 이제 돈 주면 볼 수 있는 형태로 세상에 나오게 되었습니다.

9년간 묵혔다 내다파는 것이라 다시 읽어보니 꼭 일제시대에 쓰인 작품 같기도 합니다. (9년 전 천백 원에 담배를 사서 피던 기억이 나는데 그 외는 가물가물하네요.) 짧은 이야기들이 연이어 나오는데 얘기마다 주인공이나 화자가 다릅니다. 그래도 결국은 한 사람의 얘기인 것이니 다중인격자가 떠드는 인생 얘기쯤으로 봐도 무방하지 않나 싶습니다.

앞서 말했던 그 아이는 한국의 주입식교육이라는 세례를 받고, 격변하는 한국사회에서 많은 멀미를 하고, 한번은 사람을 기차선로 위로 밀어 넘어뜨리고, 몇 번은 문둥병이 창궐하여 인간들의 보잘것없는 용모를 무차별하게 밀어버리길 바라고, 가난하지도 않다면 인간은 참말 비루한 존재라고 여러 차례 생각하게 되었습니다.

인간은 참으로 경멸받을 만한 존재입니다.

기찻길과 병마와 가난이 없었다면 더욱 그러했을 것입니다.

세상에 아무 흔적도 남기지 않는 사람이 있다면 조금 존경할 수 있을지도 모릅니다. 나도 내가 존재했었다는 걸 나의 애인만 살짝쿵 알면 좋을 것 같습니다. 그러나 언제나 정반대의 말을 또한 할 수 있겠지요.

우리가 인간을 경멸하지 않는 것은 우리가 경멸할 수 있는 존재가 아니기 때문일 것입니다.

9년이 흐른 지금, 나는 이 『포도주』를 제조하던 때와 달라졌습니다. 그리고 사랑과 동병상련과 쇼핑사이트와 주식—인간에 대한 경외에 대해 말할 수 있습니다. 그러나 돌이켜보면 이것은 내가 포도주를 제조할 때도 마찬가지였던 것 같습니다. 그리고 요즘도 달 밝은 밤이면 동네를 떠도는 그 아이가 "도대체 뭐가 되면 좋단 말인가? 영웅이 되지 않는다면! 영웅이 아니라면!" 하고 고뇌를 토로하여 동네 개들이 일제히 짖어대곤 하는 것도 사실입니다.

어쨌거나
느끼셨겠지만 지금 나는 예전보다
더 많은 의문을 느끼며 아는 것은 정말 없습니다. (그래도 가끔 떠듭니다.) 이제는 정말로 알고 싶은 게 많은데 남은 시간이 얼마나 되는지—. 그런데 영웅이 되지 않는다면 문둥이가 되지 않는다면 무엇이 될 만한 것인지—고민이 됩니다.

비록 팍팍한 글들이지만 쉬엄쉬엄 읽어보십시오. 그러다 보면 좋은 글도 나올 수 있지 않나 싶습니다.

*　　*　　*

소설가 김채원님과 딴지일보 편집장 김용석 님께 많이 감사드립니다.
허공을 지나던, 눈이 매서운 새들에게도 감사를 전합니다.
그리고 이 책과 별로 상관없지만, 우연히 나를 만나서 친구가 돼주었던 몇몇 인간들에게 참 많이 고맙고 미안하고 좀 사랑한다는 말을 전하고 싶습니다.

대산문화재단에서 『포도주』의 출판 여부를 오랜 세월 담당하셨던 박현준 님께 미안하단 말을 전합니다. (이 작품은 몇 년간 저장돼 있다가 2000년에 세상에 잠시 나와 창작기금 천만 원을 타고 다시 저장되었습니다.)

출판사 궁리와 이갑수 사장님께 많이 감사드립니다.

그리고

사랑하는 송BK야, 담배 좀 끊지.

아버지, 피는 역시 진하데요.

2007년 10월

신재인

포도주

1판 1쇄 찍음 2007년 10월 10일
1판 1쇄 펴냄 2007년 10월 15일

펴낸곳 궁리출판

지은이 신재인
펴낸이 이갑수
편집주간 김현숙
편집 변효현
디자인 이현정, 전미혜
영업 백국현, 도진호
관리 김옥연

등록 1999. 3. 29. 제300-2004-162호
주소 110-043 서울특별시 종로구 통인동 31-4 우남빌딩 2층
전화 02-734-6591~3
팩스 02-734-6554
E-mail kungree@chol.com
홈페이지 www.kungree.com

ⓒ 신재인, 2007. Printed in Seoul, Korea.

ISBN 978-89-5820-110-6 03810

값 10,000원

이 소설은 2000년에 대산문화재단 소설부문 창작기금을 받았습니다.